Les larmes du vent d'autan

Du même auteur :

- *Les Griffes de la Montagne noire*, 2017
réédition en format poche janvier 2024

- *Frater Ego*, 2019

- *La dernière marche des Mousquetaires*, 2020

ISBN : 978-2-36652-360-7

Couverture : Composition @ Charlotte Picouilla

Antoine Gaïani

Les larmes du vent d'autan

Collection Noir Austral

Pour Alex

Pauline Delande était persuadée qu'un événement positif entraînait inévitablement son digne pendant négatif. Le bon appelait le mal, dans sa vie ou dans celle de ses proches. À l'euphorie d'avoir rassemblé les pièces du bonheur succédait l'amertume de les voir voler en éclats. C'était incontournable. Dans le cercle des divins régissant l'univers, il devait s'en trouver un chafouin, rabat-joie mais non moins cabotin qui prenait son pied à couper l'herbe sous le vôtre. En fait, si la vie vous ouvrait les bras, c'était à dessein de vous envoyer aussi sec dans les cordes.

Ainsi, lorsque Pauline décrocha un poste d'assistante de direction dans une entreprise castraise en plein essor, fidèle à sa philosophie, elle s'abstint de crier victoire.

Le verdict de son mari fut sans détour :

— Tu t'interdis d'être heureuse, voilà ton problème. Tu devrais voir ta tête, ajouta-t-il pendant qu'il manœuvrait le Dokker sur le parking du restaurant, guidé par les indications enfiévrées de leurs deux enfants à l'arrière.

Pauline ne prit pas la peine de protester. Éric avait vu juste. C'était vrai, elle venait de dénicher le boulot de ses rêves mais n'était pas foutue de s'en réjouir. Qu'est-ce qui ne tournait pas rond, à la fin ? Était-ce humainement viable de s'interdire d'être heureux ? Physiologiquement possible ?

Devait-elle imputer ce défaitisme infondé à quelque traumatisme passé, si profondément enfoui qu'il s'était fondu en elle sous l'éventail de ses traits de caractère ?

Quoi qu'il en soit, la joie serait de courte durée. Une bonne nouvelle finissait toujours par trébucher et, compte tenu du niveau de réjouissance provoqué par cette annonce, la chute serait d'autant plus violente. C'était gravé dans le marbre.

— Je suis réaliste, se défendit Pauline. Tout finit toujours par retomber, c'est de la physique élémentaire.

— De la superstition, plutôt, soupira Éric en coupant le moteur. Qu'est-ce qui pourrait bien nous arriver ? À part passer une soirée mémorable pour fêter la réussite d'une femme bourrée de talents…

Pauline lui effleura le bras. Il avait toujours su trouver les mots pour la réconforter.

— C'est gentil.

— Attends, ce n'est pas de toi que je parlais.

… Et les mots pour la taquiner.

Pas le temps de s'offusquer, il se penchait déjà pour l'embrasser. Il avait la barbe rêche mais c'est une sensation qu'elle avait fini par ignorer, voire par aimer. Car sans piquant, la tendresse était ennuyeuse.

Leur étreinte souleva des huées à l'arrière : Milo, dix ans, les pria de calmer leurs ardeurs pendant que sa petite sœur détaillait les lieux d'un œil sceptique.

— C'est quel genre de resto ? hasarda la fillette.

— C'est pas un resto, rétorqua son frère avec des inflexions lugubres, c'est l'antre des gobelins.

— Des quoi ?

— Ces monstres qui grouillent dans les cavernes et

les marais putrides. Ils sont moches, ils puent et leur mets favori, c'est la langue de petite fille.

— Même pas vrai, gémit Emma en étreignant sa peluche Bourriquet. Maman, dis-lui d'arrêter…

À l'avant, Pauline soupira, puis sortit de la voiture. Elle commençait à l'entrevoir, son drame inéluctable. Et plus elle s'approchait avec sa tribu de l'entrée du restaurant, plus la vision de la catastrophe à venir s'éclaircissait : les incessantes disputes de ses enfants, les réprimandes d'Éric, le ton qui monte, un geste malheureux et crac, un verre bascule et s'écrase en mille débris. Pleurs, regards réprobateurs, bref, la gêne à son apogée. Soirée ruinée.

À sa grande surprise, le repas fut agréable, son tournedos un délice et ses deux diables des anges jusqu'à l'addition. *Hum, un sursis*, voilà ce que c'était. Pour l'instant, la catastrophe ne faisait que s'échauffer, elle entrerait tôt ou tard sur le ring. *Je ne sais ni quand, ni où, mais ça va me tomber dessus.* Et pour se donner l'illusion de garder le contrôle sur le destin, elle prit le volant sur le chemin du retour. Elle n'avait rien bu. Son mari non plus. Pas une goutte d'alcool depuis huit ans, trois mois et six jours. C'est lui qui avait pris cette décision. Un arrêt brutal, aussi surprenant qu'impromptu, se souvint Pauline, mais à laquelle elle avait juré d'adhérer. Elle l'avait accompagné, soutenu. Ni rouge, ni blanc, ni rosé, ni jaune. La palette de l'ivresse sacrifiée sur l'autel de la compassion.

Emma s'agita :

— Oh non, j'ai perdu ma surprise !

Sa surprise : un sachet de ballons de baudruche fourni

avec le menu enfant. Pauline se crispa. Un coup d'œil dans le rétroviseur pour décrypter, analyser la situation et la désamorcer au plus vite. Sa fille au bord des larmes, son fils un peu trop innocent pour l'être. La tension qui grimpe. Trouver le fusible, avant que ça pète.

Elle manqua de peu un virage, redressa et se focalisa sur la route.

— Milo, rends le jouet à ta sœur.

Le garçon ouvrit une gueule de carpe.

— C'est pas moi, j'ai rien fait !

— Alors il est où, son jouet ?

— C'est pas un jouet, rectifia Emma, c'est un sac de ballons !

… De toutes les couleurs, ouais, c'est vrai. Comme si le placard de sa chambre n'en regorgeait pas déjà.

— Il est où, ce sachet, bon sang ?

Là, c'était Éric qui avait pris le relais, le ton à cheval entre la fatigue et l'agacement, son regard sévère braqué sur le principal suspect, lequel levait les mains.

— Mais c'est pas moi !

— Si, protesta Emma, c'est toi, tu l'as pris et tu me l'as pas rendu !

— C'est sûrement un coup des gobelins. Ils ont dû l'emporter dans leur tanière.

Pauline calculait : ils avaient déjà trop fait de route, les scintillements de Castres s'amenuisaient dans le rétroviseur, Dourgne n'était plus très loin, pas question d'opérer un demi-tour. Il faudrait consoler la petite.

Et si… Et si c'était cela, le désastre qui lui pendait au nez ? Dans ce cas, elle s'en sortait relativement bien. Quoiqu'à voir les larmes de sa fille… Non. Non, il y avait autre chose. Une chose bien plus terrible, dévastatrice, qui était sur le point de s'abattre. Pauline le savait, le sentait, à travers chaque fibre de son corps. Une boule nerveuse vibrait dans son ventre sans discontinuer. D'aucuns appelaient ça l'instinct féminin ; elle préférait le terme d'intuition. Une faille s'était creusée, l'onde se propageait, ne restait qu'à serrer les dents et encaisser le tsunami qui leur fonçait dessus.

Ce n'est qu'un pressentiment, se répéta-t-elle, *et un pressentiment n'a rien de rationnel*. Seulement, la sensation se prolongea et s'accentua au moment de rentrer chez eux, comme si Pauline contaminait son foyer par le seul fait d'y pénétrer. Comme si, en passant le seuil, elle en empoisonnait l'air ambiant. Leur maison comblait l'angle d'un lotissement qui, gorgé de lumière en journée, se ternissait et s'occultait le soir venu. Un éclairage public défectueux distillait une clarté toute relative, échouant à fendre l'épaisseur de la nuit. On en oubliait presque la présence d'effusions florales dans les allées, les balcons et les terrasses : les corolles orange des lantanas, les boules bleutées des agapanthes, les grappes dorées de quelque citronnier disparaissaient sous une chappe opaque et impénétrable.

Surplombant le village tel un navire cyclopéen, la montagne noire ne livrait plus qu'une masse trapue et sinistre. Juchée sur le sommet depuis plus d'un siècle, la statue de Saint-Stapin scintillait en prévision de sa fête prochaine.

Éric mena les enfants à l'étage et supervisa le rituel du soir : toilette sommaire, brossage des dents, pipi, câlins, une brève histoire et une avalanche de bisous, avant de passer le relais à sa femme qui trouva une Emma inconsolable. Son doudou Bourriquet imprégné de larmes, le pelage auréolé de taches sombres. La fillette ne pleurait plus et se contentait de renifler, brûlant de rendre justice, cherchant la sentence par le truchement de ses parents.

— Il va être puni ? s'enquit-elle dans la pénombre de sa chambre.

— Qui ça ?

— Milo. Il va être puni pour ce qu'il a fait ?

Pauline lui caressa la joue.

— Enfin, ma puce, rien ne prouve qu'il est coupable.

— Mais c'est lui.

— Il en ferait quoi, de ton sachet de ballons ? Crois-tu qu'il serait totalement absurde de penser que tu aies pu… Je ne sais pas… L'oublier au restaurant, tout simplement ?

Emma leva les yeux pour réfléchir.

Et trancher :

— C'est lui. J'en suis sûre.

— Chérie…

— Vous devez le punir.

— Ce n'est pas à toi d'en décider.

— Mais…

— Ça suffit. Il est temps de dormir. Nous en reparlerons demain.

En voulant l'embrasser, la fillette se détourna.

— T'es plus ma maman.

— Pardon ?

— T'es méchante.

— Oh, je vois. Eh bien, dans ce cas, c'est toi qui seras punie.

Emma lâcha un soupir chargé d'injustice et cacha son visage sous le drap. Le message était clair, le dialogue rompu. Inutile d'insister, Pauline n'avait plus qu'à s'éclipser. Elle sortit sans un mot. Le baiser du soir n'aurait pas lieu. Elle le regretterait le restant de sa vie.

Prochaine halte, deuxième chambre, celle de Milo. Le garçon ne remarqua pas sa présence, tout absorbé par un tome du Seigneur des Anneaux.

— Tu finis ton chapitre, puis extinction des feux, d'accord ?

— Mmh-mmh.

Elle déposa un baiser sur son front.

Et demanda :

— C'est toi ?

— Quoi ?

— Le sachet de ballons. C'est toi ?

Milo marqua une hésitation. Un peu trop longue pour être honnête. Les yeux rivés sur son livre, il s'humecta les lèvres. C'est drôle comme son père trahissait la même manie lorsqu'il se sentait acculé.

— Non, c'est…

— Parle-moi de gobelins et je t'assomme avec ton livre.

— … pas moi. C'est pas moi.

Pauline se redressa. Elle ne tirerait aucun aveu ce soir. Elle se dirigea vers la fenêtre. Une brise légère peinait à contrer la canicule de ce mois d'août. L'allée était calme, à l'image du village. Mais ça ne durerait pas. Quelque part au loin, déjà, elle devinait un bruissement devenu familier. Un ressac qu'elle avait appris à reconnaître, à identifier, là-haut, dans la nuit : le murmure de la forêt balayée par le vent. Les prémisses de plusieurs jours de rafales sans trêve. Cela faisait bien longtemps qu'il n'avait pas soufflé, celui qu'on accusait de rendre fou.

— D'accord, dit-elle en refermant la fenêtre. Bon. Mais si tu sais où ils se trouvent, sois gentil, rends-les à ta sœur.

— Hein ?

— Les ballons. S'il te plaît.

— Ah, oui, oui.

Se faire couler un bain, ensuite, l'étape primordiale avant d'aller se coucher. L'une des rares récompenses qu'elle s'octroyait, sans compter la barre de chocolat occasionnelle. Se prélasser dans l'eau jusqu'à ce qu'elle devienne froide. Debout devant la vasque, ensuite, s'étudier dans la glace. Pas trop longtemps, au risque de déprimer. De nouvelles rides s'étaient creusées au coin des yeux. Et ces bourrelets de chair, en dessous… Mince, plus les années couraient, plus elles semblaient vouloir accélérer.

Faut croire qu'à partir de quarante piges, la vie n'en a plus rien à foutre de tes états d'âme.

Elle se fit rire. Mais pas trop, ça mettait des rides.

Pauline enfila sa nuisette, passa dans la chambre attenante et se glissa sous la couette près de son homme. Dès lors, il verrouilla son smartphone, le reposa sur la table de chevet.

— Un message important ?

— Oh, tu sais, le boulot…

— À cette heure-ci ?

Éric prit une profonde inspiration. Plutôt traditionnel

pour un instructeur de plongée sous-marine.

— Le client a confirmé l'excursion de deux jours.

— C'est pour quand ?

— Ce week-end.

Le revers de la médaille, se figura Pauline avec amertume. Ce qu'elle n'avait cessé de redouter, on y venait, finalement. On lui prenait son homme.

Elle se lova contre lui, lentement enivrée par les effluves de son eau de toilette, doucement bercée par les oscillations lénifiantes de sa respiration.

— Invente une excuse, suggéra-t-elle. Rends-toi malade. Ou mieux : ta mère est morte.

— Astucieux. Encore faudrait-il qu'elle soit vivante.

— Tu pinailles.

— Je n'ai pas le choix, tu le sais.

Pauline le savait, oui. Le métier d'Éric passait avant le reste. Quand l'agence sifflait, il rappliquait, embarquait ses clients dans son Zodiac pour ne rentrer qu'une fois sa mission accomplie : leur avoir insufflé la dose d'émerveillement nécessaire pour les fidéliser. Et ils revenaient. Ils n'en avaient jamais assez. Ni des splendeurs accessibles d'une faune ensorcelante, ni du charme magnétique de l'instructeur lui-même. Épouser cet homme revenait à signer pour le meilleur, le pire, et pour tout ce qui oscillait entre les deux. Les absences à répétition en faisaient partie. Et Pauline se sentait d'autant moins légitime à le lui reprocher qu'elle avait su depuis toujours ce qui l'attendait.

La journée lui avait réservé son lot d'émotions à ressasser : l'annonce de son embauche, le chagrin de sa fille, l'absence imminente de son mari, encore… Autant de contrariétés à brasser. Et ce pressentiment qui n'arrangeait rien, revenant à la charge, infatigable, à l'instar des bourrasques du vent qui s'annonçait…

Se détendre. Se concentrer sur son propre souffle, puis compter jusqu'à cent, sa technique infaillible pour refouler les idées parasites. Imparable. À soixante, elle perdit le fil et sombra.

Quelques heures après, elle se réveilla en sursaut : des bruits de pas. Elle se redressa et tendit l'oreille : quelqu'un montait l'escalier menant aux chambres. Une marche après l'autre, minutieusement. Une bouffée de chaleur la submergea. Mentalement, elle refit l'état des lieux : vestibule, salon, cuisine, salle à manger… Avaient-ils fermé les fenêtres ? Elle agrippa le bras d'Éric.

— Chéri…

Aucune réaction.

— As-tu pensé à la buanderie ?

Il maugréa deux mots incompréhensibles et lui tourna le dos. *OK, merci*. Pauline avait la bouche sèche, maintenant, et l'imagination à cent à l'heure. C'est fou les coupe-gorges qu'on peut s'inventer, la nuit. Immobile, elle attendit un long moment, les yeux dans le noir, sans intercepter de bruit inhabituel.

Elle s'efforça de rationaliser. Milo avait pu descendre pour se chercher un verre d'eau ou un bonbon dans la grande jarre de la cuisine. Ça n'aurait pas été la première fois. Récemment, elle l'avait même surpris au beau milieu de la nuit, la manette de console de jeux dans les mains.

Sinon, quoi d'autre ?

Le vent, bien sûr, qui s'infiltrait au gré de ses premiers assauts. Ils avaient dû oublier une fenêtre, voilà tout. Inutile de paniquer. Il suffisait de descendre la fermer. Elle rejeta le drap et pivota, les pieds nus sur les lattes du plancher. Vulnérable, elle n'aurait su l'expliquer. Un comble, dans sa propre maison. La nuit, toujours, il n'y avait que des territoires hostiles.

Un craquement, de l'autre côté de la cloison. Elle coupa sa respiration. Elle n'avait pas pu l'inventer. *Ne sois pas ridicule.* Elle s'extirpa de la chambre en catimini, éclairée par l'écran de son téléphone portable dont elle dirigea le faisceau vers les marches, tout au fond du couloir. En passant devant les chambres des enfants, elle vérifia que ses petits soldats dormaient. À poings fermés. Bien. En bas, ensuite, foulant un carrelage glacial, elle remonta vers la source du courant d'air : la buanderie, comme elle l'avait présagé. Une fenêtre béait sur la nuit au-dessus de la machine à laver. Elle la referma, quelque peu honteuse d'avoir imaginé le pire. Un détour par la cuisine, elle se remplit un verre d'eau et l'emporta avec elle tout en haut de l'escalier, puis vers son nid douillet.

C'est au moment où elle entrait dans la chambre que l'écran de son portable s'assoupit. Les ténèbres l'enveloppèrent. Juste le temps d'entrevoir la silhouette au pied du lit. Armée d'un fusil.

Elle voulut crier mais sa voix resta coincée dans sa gorge. Son verre lui échappa et explosa au sol.

Première partie

Captifs

1

Toutes les fois où cette nuit lui reviendrait en mémoire au cours des semaines, des mois et des années qui suivraient, Pauline se ferait l'étrange réflexion que les événements s'étaient affranchis de la moindre logique temporelle. Au lieu de se succéder de façon linéaire – comme ils auraient dû le faire, comme ils le faisaient toujours –, les événements s'étaient bousculés, entrecoupés, télescopés et confondus dans un miasme chaotique. Le souvenir de cette nuit-là ressemblerait à un jeu de cartes mélangé et redistribué au hasard.

Ses yeux s'acclimatant à l'obscurité, elle commençait à discerner les détails de l'individu : grand, mince, voûté. Cagoule, gants. Entièrement vêtu de noir, fondu dans les ténèbres. Une ombre parmi les ombres. Une aiguille dans la bulle fragile de leur intimité. Un fusil de chasse dans les mains.

Éric s'était dressé sur les coudes, hirsute, et fixait l'homme d'un air hébété. Réveillé soit par sa présence importune, soit par l'explosion du verre contre le sol. Un instant de flottement et il se tourna vers elle, plongea son regard dans le sien, lui envoyant un message aussi silencieux qu'éloquent : cours.

Elle l'entendit résonner dans sa tête. *Cours !*

Pauline envisagea de fuir. Piquer un sprint dans le couloir. Arracher ses enfants de leur lit pour les emporter très loin. Mais s'échapper n'était pas dans sa nature, au contraire. Elle n'avait jamais eu dans les veines qu'un farouche instinct. Le même, sans doute, qui pousse la lionne à défendre sa meute, coûte que coûte. Toutes griffes dehors, quitte à y laisser davantage que du sang. Renverser la situation, faire de l'autre la proie. Elle s'entendit prononcer :

— Qu'est-ce que vous voulez ?

Et quand l'homme lui tendit simplement la main, elle ne comprit pas, l'obligeant à expliciter :

— Ton téléphone.

Elle lui remit son portable qu'il déposa à côté de celui d'Éric, sur la commode, les privant de tout moyen de communication avec l'extérieur.

Elle insista :

— Qui êtes-vous ? Qu'est-ce que vous fichez chez moi ?

— Ferme-la.

Pauline tressaillit, surtout frappée par son timbre de voix. Juvénile, dépourvu de l'assurance d'un adulte. Vingt ans. C'est l'âge qu'elle lui donnait. Et crut même déceler une pointe de panique. Cet homme n'était pas coutumier des délits de cette gravité, peut-être en était-il à son baptême en la matière.

— Je veux que vous la fermiez, tous les deux. J'ai besoin…

Il recula et scruta par la fenêtre.

— … J'ai besoin de réfléchir.

Il lorgna à gauche, à droite. Comme s'il attendait quelque chose, ou quelqu'un. Le canon du fusil déclina légèrement. L'occasion à saisir. Pauline s'avança doucement. Prudemment. Un pas, un autre. Sur ses appuis, prête à lui sauter dessus. Il se trouvait à… deux mètres ? Même pas. Elle pouvait aisément l'atteindre. Le bousculer, lui arracher l'arme. Récupérer son téléphone, alerter les autorités. Une impulsion suffirait, elle s'en sentait capable.

Le plancher grinça. Elle se tétanisa. L'homme se retourna et rajusta le canon. Il s'intéressa une seconde à Pauline avant de revenir sur Éric, sa cible de choix. Il avait les yeux immenses, comme fous, la pupille dilatée.

Drogué ?

Pauline reprit sa respiration, à peine consciente de l'avoir coupée. Le cœur aux tempes. Glacée de sueur. Un coup d'œil sur Éric : adossé à la tête de lit, les jambes sous le drap, il restait inébranlable, fort d'un sang-froid admirable, presque surréaliste. Il n'avait tenté aucun mouvement, trop conscient du canon pointé sur lui en permanence.

Comment les choses avaient-elles pu dérailler à ce point ? Si vite ? Comment avait-on pu laisser le danger s'insinuer au cœur de leur foyer de façon si sournoise ? Dans un quartier d'ordinaire si tranquille, qui n'avait jamais compté le moindre incident… Rien n'aurait pu préparer Pauline à cette situation. D'un claquement de doigts, un gouffre s'ouvrait sous ses pieds. Ne lui restait plus qu'à se cramponner de toutes ses forces, aussi longtemps que possible.

— De l'argent, proposa soudain Éric. Nous avons du liquide. Un peu. Dans un tiroir de la cuisine, je peux vous montrer…

Il repoussa le drap ; l'homme réagit en un éclair, l'œil à la visée, le doigt au pontet, prêt à faire feu.

— Bouge pas, putain !

Pauline étouffa un cri sous ses mains. Éric se cambra, le visage froissé d'angoisse.

— D'accord, d'accord, ça va.

— Tu bouges pas. Y'a personne qui bouge. Personne qui parle. Il faut… Je dois réfléchir. Je dois…

— Des bijoux, suggéra encore Éric. Nous avons quelques bagues, des colliers, j'ai… J'ai une montre que je ne porte jamais. Ce n'est pas une Rolex, mais le bracelet est en argent. Vous en tirerez un bon prix. Prenez-les. Prenez tout et partez. Ne faites rien que vous pourriez regretter.

— Tes bijoux, j'en ai rien à foutre.

— Vous voulez quoi, alors ?

— Que tu fermes ta gueule. C'est simple. Tu crois pouvoir y arriver ?

Éric acquiesça docilement, reposa sa nuque contre la tête de lit et jeta à sa femme un autre de ces regards implicites, cette fois d'une intensité à peine tenable. *Sauve-toi !*

Pas question. Pauline ne l'abandonnerait pas et le trouvait fort naïf de croire qu'elle pouvait seulement l'envisager. Son abnégation, elle la lui fit comprendre par un discret mouvement de tête. Elle resterait avec lui jusqu'au bout.

Du coin de l'œil, elle surprit l'homme se déporter à

nouveau vers la fenêtre. Il se détournait pour la deuxième fois, se montrait vulnérable, imprudent, confirmant par ce seul faux pas la posture de novice que Pauline n'avait fait qu'entrevoir, supposer.

Une nouvelle occasion de tenter le coup. Sans doute la dernière. Elle esquissa un mouvement, entama une manœuvre d'approche… Quand soudain :

— Maman !

La voix de Milo, lourde de sommeil, charriée depuis le fond du couloir. Tous ces bruits inhabituels avaient dû le réveiller. Pauline, tétanisée, sentit son cœur accélérer, puis carrément trébucher lorsque le canon du fusil pivota vers elle, sur son buste.

— Tu bouges pas.

Elle déglutit. Qui devait-elle écouter, un inconnu, même armé, ou son propre instinct ?

— C'est mon fils. Il a besoin de moi.

— Tu restes là.

— Je vous en prie…

Il raffermit sa prise sur la crosse, produisant des cliquetis métalliques, infimes mais suffisants pour lui rappeler combien la menace était réelle. Et qu'il n'hésiterait pas.

— Il ne va pas se rendormir, dit-elle. Sauf si je peux le rassurer.

— C'est pas mon problème.

— Il va quitter son lit. Il va venir ici. Il va vous voir. Alors ce sera votre problème. Laissez-moi lui parler. Rien qu'une minute. Je ne tenterai rien, je vous le promets.

L'homme observa une hésitation.

— Tu m'as pris pour un con ?

— Non, pas du tout.

— Ferme-la. Je dois réfléchir. Je dois…

— Maman ?

Milo appelait plus fort. Ce n'était pas la première fois qu'il se réveillait, expulsé d'un rêve, victime de l'afflux d'imagination que ses lectures pouvaient lui procurer. D'habitude, un câlin l'apaisait, il se rendormait aussitôt. Mais cette fois, Pauline n'était pas sûre d'arriver à déployer la sérénité nécessaire pour calmer son fils. Elle devait quand même essayer quelque chose.

— Laissez-moi y aller. S'il vous plaît. Il a besoin de moi. Il ne pourra pas se rendormir si…

— Je sais, merde…

Il s'approcha en piétinant les débris de verre. Si près que Pauline décela son odeur, celle d'un animal en cage. Elle put lire, sous la prunelle de ses yeux couleur noisette, la tristesse qui l'habitait.

— OK, dit-il. Tu vas y aller. Tu vas aller calmer ton petit, et puis…

— Merci.

— Ferme-la. Tu vas le calmer et tu vas revenir. Moi, je resterai dans le couloir, juste là, précisa-t-il en désignant du menton le pas de la porte. Je t'attendrai. Compris ?

— Oui.

— Je vais compter jusqu'à cent. Si t'es pas revenue avant, ou que t'essaies de m'entuber, je tue ton mec. Je te jure que je le ferai.

Il alla se poster sur le seuil et entama le décompte pendant qu'elle s'éloignait, progressant avec l'impression de ne plus rien contrôler. Indépendante de son propre corps, de sa propre volonté, spectatrice impuissante de la scène. Elle se vit longer le couloir obscur, puis plonger dans la chambre du garçon, dans la clarté émise par sa lampe de chevet. Elle se rua vers le lit, tomba à genoux et enlaça son fils de toutes ses forces. Le serrant si longuement, si vigoureusement qu'il la regarda de travers quand, enfin, elle s'écarta.

— Qu'est-ce qu'y se passe, maman ?

— Rien, mon ange, rien.

— J'ai cru entendre quelqu'un.

Une bouffée d'émotion la submergea. Ne pas pleurer. Ne pas craquer. Pour lui, pour eux. Elle se releva et fonça vers la fenêtre. Le vent d'autan hurlait, maintenant, s'engouffrant dans les chenaux. Surplombant le jardin, Pauline mesura la distance avec la pelouse et se rendit vite à l'évidence : à cette hauteur, sauter n'était pas envisageable.

— Maman, tu fais quoi ?

Elle revint s'accroupir, glissa une main dans ses cheveux fins, une autre sur sa joue.

— Maman…

— Écoute-moi.

— Pourquoi ?...

— J'ai très peu de temps. Ce que je vais te dire est très important.

La suite fut plus difficile à formuler, la terreur ayant tendance à vous broyer les mots, les rendre friables, de sorte qu'ils se désagrègent avant même d'avoir franchi vos lèvres.

— Quelqu'un est entré dans la maison.

Le garçon fronça les sourcils, puis, sous le choc, il

arrondit les yeux et se recula, sur le point d'expulser une exclamation que sa mère réfréna en se barrant la bouche d'un doigt.

— *Cht... cht...* Tout va bien. Tout va bien.

La conviction lui manquait, piétinée, écrasée par ce sentiment chronique que le pire restait encore à venir. Elle attira son enfant et l'enveloppa de ses bras, pendant qu'elle murmurait :

— Il est entré par effraction. Tu sais ce que ça veut dire ?

— Ou... Oui. Il a pas le droit...

— ... D'être chez nous, tu as raison. Il est armé. Donc dangereux. Ça aussi, tu sais ce que ça veut dire.

Son petit corps tressauta, sa respiration accéléra. Le plonger dans un état de panique n'était certes pas son intention première, mais elle n'avait pas le choix. Pas même le luxe d'un répit. Il fallait qu'il comprenne tout de suite qu'on ne jouait pas.

— Il est où ? voulut-il savoir.

— Dans notre chambre.

— Pourquoi ?

— Je l'ignore, admit-elle. Et sa lèvre inférieure se mit à trembler. Tu vas faire quelque chose pour ta sœur.

— Quoi ?

— Tu vas la réveiller. En douceur. Sans l'effrayer. Je veux que vous descendiez, tous les deux, sans faire un seul bruit, et que vous sortiez de la maison.

L'horreur ruissela sur le visage du garçon.

— Sans vous ?

— Rien qu'Emma et toi.

— Mais... il fait nuit et...

— Frappe chez les voisins. Frappe à toutes les portes, trouve quelqu'un.

Elle le libéra.

Il pleurait.

— J'ai peur…

— Je sais, mon ange. Mais je sais aussi combien tu es courageux. Aussi courageux que les héros de tes livres. Même plus, tu sais pourquoi ?

Il s'essuya le nez du revers de la main.

Il fit non.

— Parce que toi, tu es un enfant.

Il analysa cette remarque, le regard dans le vide. Un regard que Pauline tâcha de capter à nouveau.

— Ne faites aucun bruit. C'est très important. Sortez. Trouvez quelqu'un.

— Maman, attends…

Mais Pauline bifurquait déjà vers le couloir, consciente d'avoir trop traîné. L'autre salopard en était probablement au bout du compte et elle devrait payer la dette de chaque seconde perdue.

— Attends, gémit-il dans son dos, je vais pas y arriver.

— Si, répliqua-t-elle, affreusement étonnée par la fermeté de sa propre voix.

— Non, non…

— Tu vas le faire. Promets-le-moi.

Il se contentait de la fixer, mâchoire contractée, poings serrés.

— Promets-le-moi.

Il ne promit rien. Et Pauline, qui avait toujours porté plus de crédit à l'univers qu'à toute autre divinité, se surprit à prier alors qu'elle repartait vers sa chambre.

2

Milo sécha ses larmes, quitta son lit et passa la tête dans le couloir. Les voix étouffées qu'il avait associées au fruit de ses rêves se matérialisaient à présent dans la chambre de ses parents, mais sous le voile cotonneux d'un échange embrouillé. Des bribes éclatées, à la tension palpable.

Le garçon avait chaud. Il tira sur le col de son pyjama, le décollant comme une mue. Puis il s'appliqua à visualiser le trajet qu'il devrait effectuer, dissociant mentalement les lattes sur lesquelles il pourrait marcher de celles qui gémissaient dès qu'on posait le pied dessus. Combien de fois s'était-il échappé à la faveur de la nuit pour aller subtiliser des bonbons dans la jarre de la cuisine ? Des dizaines, sans se faire prendre… Mais cette fois, c'était différent. L'enjeu était colossal, plus crucial que tout ce qu'un enfant de son âge était capable d'envisager.

Il s'arma de courage et se faufila dans le couloir, parcourant les mètres le séparant du domaine sororal dans un silence dont sa mère aurait été fière. Mais penser à elle lui faisait monter les larmes alors il s'en abstint, tout comme il évita, ensuite, de s'attarder sur les légions de poupées dont les étagères de sa sœur regorgeaient. De toutes tailles et aux styles vestimentaires éclectiques : de la citadine à la fermière en passant par le poupon à câliner. Ces visages, ces corps inertes, l'avaient toujours mis mal à l'aise : elles pouvaient subitement prendre vie et se jeter sur lui. Le griffer, le dépecer. Le dévorer. Il s'interdit d'y penser mais s'arrangea, malgré tout, pour ne jamais leur tourner le dos et endiguer autant que possible l'exubérance de son imagination.

Il referma la porte sans heurt. Sa mère avait insisté pour qu'il la réveille en douceur, qu'il s'y prenne avec des pincettes. Qu'il opère contre sa nature, en somme, lui qui avait toujours retiré une cruelle satisfaction à la voir brusquée, contrariée, agacée. Tout ce qu'un garçon normalement constitué se plaisait à provoquer chez son encombrante petite sœur. Et puis, maintenant qu'il se tenait juste au-dessus d'elle, l'idée même d'interrompre le seul moment où elle ne lui cassait pas les pieds relevait d'une débilité aberrante.

Alors il hésita…

Puis un volet mal accroché, quelque part, claqua dans le vent. Comme un signal. Allez.

— Emma.

Elle ne bougea pas d'un cil. Évidemment. Ç'aurait été trop simple. Il lui prit le bras, le secoua doucement, puis de plus en plus fort.

— Emma, réveille-toi.

— Mmh…

Il lui arracha le drap, la révéla nue ou presque : elle

ne portait qu'une culotte. Elle fronça le nez, s'entoura de ses bras, pelotonnée.

— Laisse-moi dormir…

— Lève-toi, s'te plaît.

Elle battit des paupières et réussit à les entrouvrir au prix d'un ultime effort. Elle luttait pour ne pas les refermer.

— Qu'est-ce que…

— Chut… doucement.

Elle baissa d'un ton :

— Pourquoi ?

— Je t'expliquerai. Pas maintenant. Plus tard.

— Qu'est-ce qui se passe ?

— Faut qu'on parte.

Elle écarta sa frange d'une main, se saisit de sa pendule Pat'Patrouille de l'autre.

— On est pas le matin.

— Je sais.

Elle le considéra avec méfiance.

— Tu mijotes quoi, encore ?

— Mais rien.

— Alors laisse-moi dormir.

Elle voulut reprendre le drap mais il le rejeta à terre, hors de portée.

— Tu dois m'écouter, là.

— Arrête de m'embêter.

— Emma…

— Je le dirai à maman.

— Justement, c'est maman qui m'envoie.

— Tu mens.

— Non. On a un code rouge.

L'envie de dormir la déserta, elle reposa la pendule. Avant cette nuit, Milo n'avait usé du code rouge qu'à deux occasions. La première pour l'alerter d'un début d'incendie causé par leur cuisinière hors d'âge ; la deuxième pour lui faire comprendre que si mémé était partie au ciel, c'était pour un aller simple. Du sérieux, donc.

Elle se frotta les yeux, les riva dans les siens, tâchant d'y déceler l'étincelle d'effronterie, le mensonge dans lequel il était passé maître. Mais rien. Rien, sauf une urgence évidente.

— Je comprends pas…

— Il y a quelqu'un dans la maison. Il devrait pas être là.

Elle vacilla. Il la retint un moment contre lui. Il ne l'avait encore jamais prise dans ses bras avant ce soir. Il aurait fallu tomber dans la gravité d'une telle situation pour qu'il daigne lui accorder un peu de tendresse. Mais le moment était malvenu. Il la tira du lit, se demanda s'il devait l'habiller, abandonna cette idée au souvenir des exigences vestimentaires de mademoiselle, du temps qu'elle prenait, insensé, ne serait-ce que pour enfiler des chaussettes. Il fallait faire vite. Il dénicha un plaid parmi les affaires de sa sœur et l'y enveloppa.

— On doit partir.

— D'accord.

Elle le suivit jusqu'à la porte qu'il n'osa ouvrir que d'un centimètre, juste assez pour glisser un œil.

— La voie est libre, dit-il. On y va.

— On va où ?

— Chercher des renforts.

— Il fait nuit. Y'a du vent. J'ai peur.

Il la sentait qui tremblait. Lui-même n'en menait pas large. Moins inquiété par les propos de sa mère que par tout ce qu'elle s'était retenue de lui dire. Tout ce qui, attendant, épiant, tapi dans l'inconnu, pouvait jaillir à tout moment pour les mordre. Tout ce que le garçon s'empêchait d'imaginer : perdre sa mère, son père, ou même les deux. Mourir cette nuit, peut-être. Il était terrifié, mais conscient qu'il valait mieux camoufler ses émotions, au risque d'exacerber celles de sa sœur.

Ils s'élancèrent ensemble. Lui devant, elle dans ses pas. Lui progressait vite et en silence ; elle suivait en l'imitant. Elle aurait aimé lui prendre la main, là, tout de suite, mais devait retenir le plaid sur ses épaules, lequel traînait derrière comme une cape. Et si le but de la manœuvre restait passablement compréhensible, la fillette n'en cernait aucunement le déclencheur. Ce qui avait poussé son frère à la tirer du lit pour l'entraîner dans la nuit tumultueuse et qui dégoulinait d'une menace assez tangible pour les faire fuir. *Il y a quelqu'un dans la maison*, avait-il dit. Puis : *Quelqu'un qui ne devrait pas être là.* C'était vague, occulte. Elle avait le droit d'en apprendre davantage. Elle refusa de l'accompagner dans l'escalier. Elle exigeait de savoir qui c'était. Qui était cet être malfaisant et désaxé qui s'était invité chez eux sans autorisation.

— Aucune idée, répliqua Milo en dévalant les marches.

— Mais tu l'as vu, non ?

— Non, et j'y tiens pas.

Il lui agrippa fermement le bras et la força à descendre

jusqu'en bas. À peine eurent-ils posé le pied sur le carrelage froid qu'ils regrettèrent de ne pas avoir emporté leurs chaussons. Ils traversaient le salon quand Emma demanda où se trouvaient ses ballons de baudruche et si, hypothétiquement, c'était ce que l'intrus convoitait.

— Possible, éluda Milo qui préféra ne pas s'épancher sur cette affaire de ballons.

Ils atteignirent le vestibule et des cris éclatèrent au-dessus de leurs têtes. Des voix rauques qui s'entremêlaient, se chevauchaient. Celle d'un homme – l'intrus ? – et celle de leur mère. Les bruits d'une échauffourée, ensuite, puis d'une masse qui tombe lourdement sur le plancher. Les deux enfants stoppèrent net. Milo déglutit, gagné par un atroce pressentiment. Quoi qu'il se passe là-haut, un corps venait de s'écraser, marquant la fin de la débâcle.

— C'était quoi ? murmura Emma, les yeux rivés au plafond dans l'espoir de voir à travers.

— Je sais pas…

Il mentait. Il avait reconnu les accents d'une bagarre. Il avait clairement entendu le choc mat de ce corps à la renverse. Et c'est Emma, finalement, qui prononça dans une illumination douloureuse mais évidente, ce que Milo refusait d'admettre :

— Le monsieur a fait mal à papa et à maman.

— Non, tu te trompes.

Il voulut l'entraîner avec lui vers la sortie mais elle lui échappa. Elle rebroussait chemin à pas feutrés.

— Emma ! siffla-t-il, avant de la rattraper sur la première marche pour la retenir. Arrête. Il faut partir.

— Papa… Maman…

— Je sais. Mais impossible de remonter.

— On peut pas les laisser, argua-t-elle avec fureur, avant qu'un choc encore plus grand ne lui arrondisse les yeux. Oh non, j'ai oublié doudou !

Milo se frappa le front.

Merde, c'est pas vrai. Quelle plaie.

La peluche Bourriquet qu'elle emportait partout, plus collante que son ombre. Évidemment. Il aurait dû y penser. Si Emma ne retrouvait pas son Bourriquet dans les vingt prochaines secondes, elle taperait du pied, hurlerait, piquerait une crise à réveiller le quartier.

— Vas-y. Mais grouille.

Elle fit oui de la tête et se détourna. La voyant remonter les marches en vitesse, Milo regretta d'avoir cédé si facilement. Il se rongeait les ongles et reluquait la porte d'entrée, là-bas, qu'ils auraient dû franchir depuis une bonne minute déjà. Sa mère lui avait confié une mission. S'il échouait, il ne se le pardonnerait jamais.

Les bourrasques frappaient maintenant la maison à un rythme frénétique et en faisaient craquer l'ossature. On se serait cru dans la cale d'un rafiot à la coque fragilisée. Ce vent de damnés, exacerbé par l'effet de goulot entre les Pyrénées et le Massif Central, pouvait passer de 10 à 100 km/h en moins d'une heure. Il modelait la nature jusqu'en imprégner des difformités aux platanes de la région… ou y faire pousser des éoliennes. Sa force impérieuse vous réduisait à la condition humaine la plus vulnérable, vous rappelant sans cesse sa suprématie. Milo pouvait même le sentir s'infiltrer sous son propre épiderme et dans son squelette. Cette fois, on aurait droit à l'autan blanc, le plus sec. Avec le temps, disait-on, tout le monde finissait par s'y acclimater. Foutaises, songeait Milo. On ne s'habituait jamais à ce qui nous dépassait.

Le garçon jeta un coup d'œil en haut des marches : toujours aucun signe de sa sœur. Il se retenait de l'appeler. Pourquoi mettait-elle si longtemps ? Avait-elle seulement compris le sens de l'expression *ne pas traîner* ? Devait-elle toujours compliquer les choses ?

Attends un peu.

Et si… Il était en train de rêver. C'était ça, forcément. Un de ces rêves au réalisme troublant. Il allait se réveiller d'un moment à l'autre, retrouver le moelleux de son matelas, le confort de ses draps. Un rayon de soleil matinal filtrerait par les persiennes. Il feuilletterait quelques pages de son livre et descendrait prendre le petit-déjeuner, alléché par l'odeur du pain grillé, celui que son père ne manquait jamais de leur préparer. Le souvenir de cette nuit s'effilocherait pour se diluer quelque part dans les limbes de son subconscient.

Emma apparut, l'air victorieux. Bourriquet sous le bras, retenant d'une seule main les coins du plaid. Elle lui adressa un sourire qu'il imita, soulagé. Bon. Ne leur restait plus qu'à prendre la porte. Plonger dans la nuit, trouver quelqu'un, appeler de l'aide, prévenir la police. N'importe qui, mais faire vite.

Une silhouette se matérialisa derrière la fillette. Immense et enrobée de noir. L'estomac du garçon se contracta. Sa vessie se relâcha. Il s'était trompé, ce n'était pas un rêve. Un cauchemar.

Il s'entendit appeler sa sœur, laquelle se retourna pour découvrir l'homme qui la surplombait et expulser un hurlement, long et viscéral, qui déchirerait chacune des nuits qu'il lui restait à vivre. Il vit Emma essayer de lui échapper et se débattre, crier, gigoter, crier encore. Mais elle était trop lente, trop faible. L'homme l'emprisonnait de ses serres. Il la souleva comme si elle ne pesait rien, la renversa sur son épaule.

Le canon du fusil s'abaissa vers Milo qui eut alors la certitude qu'il ne dormait pas, qu'il était bel et bien réveillé. Pour se pisser dessus, il fallait l'être.

3

Pauline avait débordé du temps imparti. Elle le sut avant même de regagner la suite parentale où l'homme en noir lui en fit la remarque :

— T'es en retard. J'avais dit cent.

Elle l'ignora, lui passa sous le nez, se retenant de lui écraser les orteils. Elle monta sur le lit et se pressa contre Éric. Promena ses mains sur sa nuque, son visage, son torse. L'ausculta, assimila sa chaleur si familière, s'en imprégna. Éprouva chaque geste rendu, son souffle au creux de l'oreille quand il lui demanda comment elle allait, comment allaient les enfants. Elle répondit par un haussement d'épaules incertain. Pour l'instant, personne n'était blessé, c'était déjà ça.

Raclement de gorge : l'homme en noir leur intimait de se séparer l'un de l'autre. Une sommation que Pauline décida d'ignorer, de braver même. Elle se colla davantage à son mari, verrouilla ses mains autour de son cou dans un élan de sédition passive. Elle entamait une contre-offensive, jetait leur union en pleine gueule de ce salopard. Elle lui montrait qu'ils étaient soudés et le resteraient aussi loin que cet enfer les mènerait.

L'intrus gardait l'arme braquée.

— À quoi tu joues, connasse ? Tu crois que j'suis pas capable de le faire ?

Pauline le gratifia du regard le plus corrosif qu'elle avait en réserve. Elle aurait pu tout aussi bien lui cracher dessus, ou le traiter de sous-merde. Le canon du fusil oscillait désormais entre eux, hésitant sur la cible à garder en ligne de mire. Lui ou elle. Elle ou lui.

— T'as pris ton temps, avec le gosse. Tu te baladais, ou quoi ?

— Ce n'est pas si simple, répliqua Pauline. C'est un enfant, il ne suffit pas de claquer des doigts.

— Je m'en fous. Désobéis encore une fois et j'devrai vous tuer, tous les quatre.

Des menaces en l'air, songea Pauline. Cet homme n'avait pas les épaules pour les mettre à exécution. En dépit des apparences, il n'était pas le monstre qu'il s'échinait à vouloir paraître.

— Vous n'avez pas d'enfant, c'est évident, lança-t-elle. Sinon vous sauriez comment ça marche. D'ailleurs, j'espère de tout cœur que vous n'en avez pas.

L'homme eut un soubresaut involontaire, visiblement touché. Pauline venait de pincer la corde sensible, supposa-t-elle, dont elle n'allait pas se priver de jouer. Du moins une faille qu'elle s'appliquerait à creuser.

— Milo. Emma. Dix et six ans. Ils sont innocents. Vous ne voudriez pas leur faire de mal.

— J'en ai pas l'intention.

— Dans ce cas, prenez ce dont vous avez besoin et partez. Vous êtes jeune, vous avez la vie devant vous.

Au fond, vous n'êtes pas mauvais.

— Ah ouais, qu'est-ce que t'en sais ?

— Vous auriez déjà pressé la détente si vous l'étiez.

— Arrête de prétendre que tu me connais.

— Je n'ai aucune envie de vous connaître.

La main d'Éric accentua la pression autour de la sienne, l'adjurant de modérer ses propos, d'éviter de jouer avec le feu. Mais le feu, cet enfoiré l'avait allumé dès l'instant où il avait pénétré leur cocon familial pour le menacer de l'intérieur. Alors, normal qu'il se prenne un juste retour de flamme, non ?

— J'ai pas besoin d'une psy, articula-t-il.

— De quoi avez-vous besoin ? intervint Éric, avant que sa femme n'attise encore le brasier. Dites-nous ce que vous voulez, nous ferons en sorte de l'obtenir.

— Vous pouvez pas, c'est pas possible.

— Combien ? Dix mille euros ? Vingt mille ?

— Vous pigez pas.

— Pas d'argent, pas de bijoux, d'accord. Alors, quoi ? Je suis sûr que si chacun y met un peu du sien, nous pourrons trouver un terrain d'entente et satisfaire tout le monde.

— *Satisfaire*, répéta l'homme entre ses dents, avant que ses épaules ne se mettent à tressauter et qu'il se perde en un rire brisé, déplaisant.

La main dans la poche de son pantalon, il en retira une bobine de corde à linge. Il leur ordonna de se lever et leur attacha les poignets dans le dos, en commençant par elle.

— Honneur aux dames.

Pauline laissa échapper un petit gémissement lorsque

les liens lui entravèrent la chair. Éric, à son tour, s'en tint à une grimace de douleur : l'homme en noir avait serré trop fort, lui réservant un traitement de faveur.

— Salaud, vous n'étiez pas obligé.

— Dans la salle de bains.

— Vous comptez faire quoi ?

— Grouillez-vous !

Et pendant qu'ils se déportaient docilement vers la salle de bains attenante, durant ce bref laps de temps qui sépare deux bourrasques, Pauline jura avoir entendu ses enfants. Une fraction de seconde, seulement. Un écho, peut-être, ou la réverbération de leurs voix que seule une mère était capable de distinguer, d'isoler du reste. Milo, Emma. Ils étaient dans l'escalier, ils descendaient. Ils allaient rallier le salon, atteindre la porte d'entrée, puis la liberté.

Ils s'en sortiraient. Ils s'en sortiraient.

Éric, en caleçon, était debout sur le tapis de bain.

— Et maintenant ?

— La baignoire, répondit l'homme en noir.

— Pas question…

— Allez !

Pauline frémit. Le bout du canon s'était logé dans ses reins. Elle enjamba le rebord de la baignoire.

— Bien. Assieds-toi.

Elle obéit, attendant que son époux fasse de même. Mais loin d'obtempérer, Éric arborait sa tête de bouledogue, l'air mauvais d'une insoumission toute masculine qu'elle connaissait intimement pour l'avoir repéré, maintes fois, à l'amorce de chacune de leurs disputes. Cet air qui promettait des étincelles.

Il la fixait dans les yeux : *Tiens-toi prête.*

Non, pensait-elle, *non, ne fais rien !*

Éric bondit comme un ressort cassé et se jeta sur l'individu. Il le percuta de l'épaule et le renversa. Roula avec lui dans la chambre, entraîné par l'élan, déséquilibré. Pauline cria et le vent avec elle. Le reste, elle le devina depuis la baignoire : l'homme en noir qui se relevait le premier, qui fondait sur Éric en tenant le fusil à la manière d'une batte de baseball. Un coup de crosse dans le ventre pour lui couper le souffle, un coup de pied dans la tête pour l'envoyer embrasser le plancher. Quelques secondes avaient suffi pour le terrasser. Il en avait fini avec lui. Il l'empoigna sous l'aisselle pour le remettre d'aplomb et le rapatrier dans la salle de bains. Éric titubait, toussait. Le nez en sang, la lèvre fendue. Il échoua contre les vasques, une main levée pour se protéger d'un nouveau coup.

— C'est bon…

— Dans la baignoire.

— D'accord…

Il embarqua à son tour et s'effondra sur la fonte émaillée face à sa femme, laquelle crevait d'envie de le prendre dans ses bras. Elle courba l'échine autant que sa position le lui permettait, s'approchant de lui. Il fit de même, accolant son front au sien, lui envoyant, à travers chacune de ses expirations, un râle de douleur, de rage et d'impuissance. Précisément ce qui bouillonnait dans ses propres veines et menaçait d'exploser.

L'homme en noir déposa son fusil et entreprit d'attacher leurs chevilles. Ses gestes étaient imprécis, malhabiles. Il examina le résultat, le jugea satisfaisant et passa à l'étape suivante : il tira un foulard de sa poche.

— Non, supplia Pauline.

— Je regrette, dit-il en lui enfonçant le tissu dans la bouche avant d'en nouer les extrémités sur sa nuque.

Un goût de rance souleva le cœur de Pauline. Elle faillit tourner de l'œil mais se reprit tandis qu'un deuxième cache-col bâillonnait Éric.

L'homme recula. Il en avait encore deux en main. Il fit coulisser le rideau de douche, anémiant leur ration de lumière. Après les avoir privés de mouvement et de l'usage de la parole, il les rendait aveugles. Ne subsistait que leur ouïe. Ils perçurent alors l'ouverture de tiroirs qu'on fouille, qu'on saccage. Puis un enchaînement de bruits plus confus. Des tapotements sur la glace. Était-il en train de…

Ses pas s'éloignèrent dans la chambre, puis dans le couloir et enfin disparurent. Peut-être avait-il trouvé ce qu'il était venu chercher. Peut-être s'en allait-il pour de bon. Cette idée suscita chez Pauline une vague sensation de soulagement. De courte durée. L'horreur la rattrapa, la frappant en plein bide : les enfants venaient de crier. Ils n'avaient pas eu le temps de s'échapper. Ils étaient désormais à la merci de l'homme en noir.

4

L'homme en noir les avait traînés dehors jusque dans sa voiture, une citadine empiétant sur le trottoir et dont la couleur apparut à Milo comme tirant sur le vert mais qui, dans le halo jaune des lampadaires, aurait pu être bleue. Ou même grise. Le garçon savait que c'était le genre de détail qu'il devait retenir, comme tous les petits éléments qui l'entouraient. Tout ce qui allait suivre, tout. Le jour viendrait où des enquêteurs lui demanderaient de régurgiter les événements sans rien omettre. De se souvenir de la chronologie des faits, de chaque geste, chaque mot, chaque silence de leur ravisseur. Donc mobiliser toute son attention sur-le-champ. Difficile quand son urine, qui avait déjà assombri l'entrejambe de son pyjama, continuait à se répandre doucement le long de ses cuisses. Ça empestait, l'embarrassait et la honte, conjuguée à la terreur qui le rongeait, l'empêchait de garder les idées claires.

Milo ne s'autorisait pas à pleurer. Pas tout de suite, non. Il laissait ce droit à Emma. La fillette avait ouvert les vannes depuis qu'on les avait embarqués à l'arrière, un bandeau sur les yeux qu'il leur était interdit de retirer sous peine de représailles. C'était ça, le pire : ne rien voir, ne rien savoir ni du trajet ni de la destination. Tout ce que Milo pouvait faire, c'était tenir la main de sa sœur sans trembler.

Au bout d'une minute, peut-être deux, l'homme leur présenta de franches excuses : il était désolé, il ne pensait pas en arriver là, la situation avait dérapé, ce n'était pas ce qui était prévu, il essaierait de ne pas leur faire de mal. Milo se raidit. Dans tout ce déballage de contrition plus ou moins honnête, il ne retint que le terme « essayer ». L'homme allait *essayer* de ne pas leur faire mal. Un simple mot dont découlait toute l'incertitude de leur sort.

L'homme insista, il était désolé, mais n'obtint en retour que les pleurs incessants d'une fillette suffoquant dans sa peluche et le mutisme inflexible de son frère. Avisant le rétroviseur intérieur, il capta leur pathétique reflet. Une seconde avant de détourner les yeux. Une de plus et il n'aurait plus eu la force de continuer. Il aurait écrasé la pédale de frein, aurait arrêté la voiture sur le bas-côté et fait descendre les enfants. Il aurait prévenu les autorités et mis les bouts. Abrogé la mission qu'il s'était promis d'exécuter.

L'homme palpa fébrilement ses poches et en retira une boîte d'allumettes en fer-blanc. Retenant le volant avec ses poignets il l'ouvrit, récolta un peu de poudre blanche du bout d'un doigt qu'il s'appliqua directement dans la narine, puis dans l'autre. Il renifla, rempocha la boîte, s'essuya le nez. Il se sentit mieux, rasséréné. Soudain, tout lui semblait possible et ses actes justifiés. La gamine pleurait de plus belle.

— Pourquoi tu chiales ? lança-t-il. Pourquoi elle chiale ?

Milo comprit que la question lui était destinée. Serrant les dents, il tâcha de se concentrer. Se raccorder à ses propres perceptions : ce qu'il entendait, ce qu'il ressentait. Les gifles du vent contre les flancs du véhicule, le craquement du levier de vitesse, les virages qui le faisaient tanguer d'un bord à l'autre. Sept depuis qu'ils s'étaient mis en route. Deux à gauche, cinq à droite. Un ralentissement, mais aucun arrêt. Il visualisait la voiture filer dans la nuit et sortir de Dourgne. Une telle vitesse suggérait que son conducteur se bornait aux voies de circulation principales, ce qui, pour quitter le village, n'offrait qu'un champ restreint de solutions : en direction de Castres au nord-est, ou bien de Revel du côté opposé, ou encore… Non, il refusait d'envisager cette dernière possibilité, laquelle les expédierait lui et sa sœur dans les ténèbres.

— J'ai dit que j'allais rien vous faire, insista l'homme. Je l'ai dit ou pas ?

— Oui, répondit Milo.

— Alors pourquoi elle chiale ?

— Elle a peur.

— Ben, arrange ça.

— Je sais pas comment…

— Dis-lui d'arrêter. Tout de suite.

— Je sais pas…

— Démerde-toi ou j'te colle une baffe.

Et Milo se demanda, l'ombre d'un instant, si ce type avait toute sa raison. Il supposait que non. Sa mère lui avait appris que tout ne tournait pas rond dans la tête des gens. Qu'il valait mieux se méfier de ceux qu'on ne connaissait pas. Certains s'avéraient gentils malgré les apparences, quand d'autres n'en avaient que l'air.

— Fais-la taire, putain !

Milo sursauta.

Il se pencha vers sa sœur :

— Emma, faut que t'arrêtes.

— Je… j'y arrive pas…

— Pense à rien, d'accord ? Respire et pense à rien. Fais le vide. Tu comprends ?

— N… non…

Milo accola ses lèvres à son oreille, de sorte que leur aparté échappe au ravisseur :

— Ne le laisse pas gagner.

La fillette se ressaisit et ses pleurs, graduellement, se réduisirent à des sanglots, puis à des hoquets. Son visage toujours enfoui dans sa peluche.

— Où c'est qu'il nous emmène ?

— Je sais pas. Mais il t'arrivera rien.

— Comment tu peux le savoir ?

— Je le permettrai pas.

Le garçon attendit quelques instants, son front contre celui de sa sœur, puis il se recula au fond du siège. Il faillit ôter le foulard de ses yeux, se ravisa de justesse. Il avait réussi à calmer Emma mais ce n'était que partie remise. Elle menaçait d'exploser d'un moment à l'autre et il n'était pas sûr d'arriver encore à trouver les mots quand elle craquerait. Et puis l'homme prendrait des mesures. Il sévirait. Il leur ferait du mal, et l'idée qu'il puisse la toucher le rendait malade.

Où c'est qu'il nous emmène ? avait-elle demandé.

Cette question, Milo l'avait décortiquée sans être sûr de vouloir connaître la réponse. Il ne tenait pas à découvrir le véritable décor de l'enfer.

Il se sentit brusquement aspiré en arrière, comme aimanté au dossier de son siège : ils montaient. Et plus la côte se prolongeait, plus cette hypothèse se renforçait et en soulevait une autre, affreusement évidente : *il nous entraîne dans la montagne.*

L'air qui s'engouffrait par la vitre ouverte s'était progressivement chargé d'une nouvelle bande sonore : un bruissement sourd, sorte d'appel lancinant, celui des bois tourmentés par le vent. On aurait dit les vagues d'un océan déchaîné. Milo les écoutait en dénombrant les virages, de plus en plus serrés, jusqu'à ce qu'il en perde le fil et que leur voyage prenne la tournure d'une éternité. Il commençait à croire qu'ils rouleraient toute la nuit quand la voiture ralentit et s'arrêta. Milo tendit l'oreille : la portière qu'on ouvre, les amortisseurs qui soupirent, le conducteur qui sort. Un bruit de feuillages, des fourrés qu'on dérange. Quelques secondes, avant que la portière ne se referme dans un claquement sec et que la marche en avant ne reprenne, très lentement cette fois, sur une route truffée d'ornières.

Emma garda la main de son frère bien serrée dans la sienne sans jamais la lâcher, même quand ils arrivèrent à destination et que le moteur, enfin, se tut. Main dans la main quand l'homme les fit descendre pour les pousser à travers une cour tavelée, puis vers un corps de ferme en pierre infesté d'adventices et enclavé entre ses dépendances désaffectées : ce qui subsistait d'un poulailler, ce qui survivait d'une grange.

La porte se referma derrière eux et le rugissement du vent s'estompa. Après la terre rugueuse du sentier et de la cour, leurs pieds nus éprouvèrent un sol lisse : du carrelage. On les obligea à avancer, à l'aveugle, dans une odeur pestilentielle, celle d'une pourriture gorgée d'humidité. Ils descendirent prudemment les marches donnant sur une pièce où le carrelage se dérobait au profit d'une terre battue semée de gravillons. Guidés vers le fond, ensuite dans l'angle où, à même le sol, un matelas les attendait, étroit et parsemé de taches douteuses.

Ils se tenaient toujours par la main lorsqu'on les fit asseoir et qu'on leur cercla la cheville d'un anneau de fer, chacun relié par une chaîne à un piquet fiché dans le sol. Après leur avoir retiré le bandeau, ils s'acclimatèrent à la lumière qui, bien que chiche, leur permit de découvrir l'endroit où on les avait précipités : une cave. Sans rien, vide de tout, surtout d'espoir. Une chaise gisait, brisée, près d'un empilement de tréteaux et du squelette torturé de ce qui avait dû être une bicyclette. Un établi longeait le mur d'un côté, avare en outils, inatteignable de toute façon, comme le reste. Parmi les cordes qui pendaient du plafond, une seule se révélait utile, supportant une ampoule à la clarté chevrotante. Le tout noyé sous une épaisse couche de poussière.

— Ça va aller, se surprit à proférer le garçon qui sentait ses dernières bribes d'assurance le déserter à mesure qu'il examinait les lieux.

Blottie contre lui, Emma s'était remise à pleurer dès l'instant où leur ravisseur s'était volatilisé.

— Qu'est-ce qu'on v… va faire ? balbutia-t-elle à la surface de ses larmes.

Milo ne répondit rien. Parfois le silence prévalait. Il se leva et partit inspecter le pieu enfoncé dans la terre.

— Tu fais quoi ? gémit la fillette en le regardant empoigner le piquet avec ses deux mains, tirer de toutes ses forces, le frapper sans réussir à le déloger, ni le faire bouger d'un millimètre.

Finalement, le garçon renonça et regagna le matelas, se glissant sous le plaid avec sa sœur. Balayant une dernière fois leur cellule d'un regard circulaire, il finit par en repérer l'unique ouverture. Diamétralement opposé à leur position, un soupirail longeait le plafond, si haut qu'il demeurait inaccessible à un homme de grande taille mais qui, vu de l'extérieur, devait raser le sol. La vitre brisée permettait au vent de venir leur siffler sa lugubre comptine.

Des barreaux l'obturaient et la nuit, derrière, se creusait comme un lac sans fond.

*

Pauline avait fini par perdre la voix à force de s'époumoner. Sa trachée embrasée lui causait des quintes de toux incontrôlables. Pourtant elle continuait, elle appelait sans relâche ses enfants, un voisin, n'importe qui, ne trouvant que les salves du vent comme réponse. Elle se tortillait, s'échinait à essayer de libérer ses poignets de la corde qui les retenait dans son dos. Elle secouait les jambes dans l'espoir de dégager ses chevilles entravées, sans rien faire que s'épuiser. Alors elle se remettait à hurler, parfois seulement dans sa tête.

Plusieurs heures s'étaient écoulées – trois, peut-être quatre à en juger par la clarté naissance du petit matin – depuis que l'homme en noir avait enlevé ses enfants, et elle se demandait à quel moment la folie allait s'emparer d'elle. Quel degré de douleur, physique et mentale, l'esprit humain était-il capable d'endurer avant de capituler ? Sa position inconfortable prolongée lui tendait les muscles à l'extrême, provoquant des crampes qu'elle atténuait en se contorsionnant. Poussant sur les fesses, remontant à reculons la pente de la baignoire, elle s'arquait en étirant sa colonne jusqu'à l'entendre craquer. Chaque fois, elle perdait l'équilibre, retombait et recommençait à vociférer comme une démente.

En face d'elle, Éric, silencieux, dodelinait de la tête. Sa lèvre avait doublé de volume, son nez n'était plus qu'une excroissance tuméfiée par laquelle il peinait à filtrer son oxygène. Il avait tourné de l'œil à deux reprises, s'affaissant sur le côté, aussitôt réveillé par Pauline un peu brutalement. Elle le voulait avec elle et n'allait pas le laisser sombrer, pas maintenant, pas quand elle avait le plus besoin de lui. S'ils se tiraient de ce guêpier, ce serait ensemble.

Retrouvant ses esprits, Éric reprit avec ferveur un étrange rituel qu'il avait commencé plus tôt et qui consistait à faire d'amples mouvements de mâchoires. Pauline avait d'abord supposé qu'il s'entêtait à mâchonner son bâillon, tactique qu'elle-même avait envisagée avant d'en abandonner l'idée, la jugeant stérile. Elle finit par comprendre ce qu'il voulait accomplir juste avant qu'il n'y parvienne, au terme de mouvements de menton et de langue supplémentaires : son bâillon lui tomba autour du cou. Il émit un grognement de satisfaction. Pauline ne put réfréner un cri conquérant qui lui arracha une violente quinte de toux. Elle ferma les yeux pour se calmer, réprimer un sournois réflexe vomitif et quand elle les rouvrit, le visage cabossé de son mari était tout près du sien. Plié en deux, il essayait de l'atteindre. Elle s'avança à son tour, lui permettant de mordre son propre bâillon qui, après plusieurs tentatives, glissa autour de son cou.

— OK, dit-il. Ça, c'est la première étape.

Ils restèrent un moment l'un contre l'autre, savourant cette minuscule mais substantielle victoire, jusqu'à ce que l'atroce réalité les rattrape.

— Les enfants… Ils sont… Il les a…

Elle se détourna pour tousser encore, chaque mot hérissé d'épines. Mais la souffrance physique était infiniment préférable à celle du cœur. Elle se serait volontiers offerte à la torture plutôt que de savoir ses enfants en danger.

— Il les a pris… Il va…

Elle ne put achever sa phrase tant le chagrin l'étranglait, lui serrant la gorge jusqu'à en extraire des sanglots. Des larmes qu'elle versait sur l'épaule de son mari avec l'impression de s'abandonner entièrement, de relâcher tout son corps. Elle se sentait vide. Persuadée qu'elle ne pourrait plus jamais se relever, ni parler, ni même penser. Elle allait périr dans cette baignoire, et…

— On doit sortir de là.

Sa voix, arrachée du fond de ses entrailles.

— On doit les retrouver. Prévenir la police.

Une autre bouffée de chagrin irrépressible l'inonda.

— Oh mon Dieu… Milo… Emma…

— *Cht, cht…*

— Ils sont si petits, si fragiles… effrayés… On est censé les protéger, c'est notre devoir, c'est… Si je n'avais pas laissé la fenêtre ouverte… C'est à cause de moi si…

— Arrête. Ce n'est pas ta faute, tu m'entends ? Personne ne pouvait prévoir ce qui allait arriver.

— Mais qu'est-ce qu'il nous veut ?

— Je ne sais pas.

— Pourquoi nous ?

— Je n'en sais rien.

Pauline s'ébroua. Elle regarda en tous sens, comme si la liberté flottait quelque part autour d'elle. Elle gigotait, se hissait sur le rebord incliné de la baignoire, poussait sur ses pieds mais glissait à chaque tentative, s'effondrant lourdement.

— J'ai déjà essayé, marmonna Éric. Se relever, avec les jambes et les mains liées, c'est impossible.

Pauline n'écoutait plus. Elle réitéra la manœuvre avec le même résultat.

— Et merde !

— On ne peut pas…

— Je sais.

Les crampes menaçaient de récidiver, dans des muscles dont elle ne soupçonnait même pas l'existence.

— Pourquoi personne ne vient ? implora-t-elle. Personne ne nous entend ? Les voisins…

— Les Rigall sont en vacances, répondit Éric le plus calmement possible. Les Finazzi ont déménagé au début du mois, souviens-toi. Quand bien même, avec ce satané vent, on peut crier autant qu'on veut…

— Tes jambes.

— Quoi ?

— Lève les jambes.

Il fronça le front.

— Allez !

— D'accord, d'accord.

Il s'exécuta, s'allongeant et redressant les jambes de sorte que Pauline puisse accéder aux liens avec ses dents, qu'elle s'y attaque avec la hargne d'un chien enragé. Et qu'après de longues tentatives infructueuses, la corde ne daigne s'assouplir, rendre du mou, pour finalement se délier.

— Bien joué ! s'exclama Éric, incrédule. Tu es épatante, tu m'étonneras toujours.

— À ton tour, dit-elle en se couchant pour amener ses chevilles entravées au niveau du visage de son mari.

L'exercice fut plus laborieux. Éric devait faire des pauses régulières, tant sa lèvre irradiait de douleur. Il se mordait la langue, poussait des flopées de jurons, s'agaçait. Sur le point de jeter l'éponge, finalement, la corde céda.

Pauline sentit le sang affluer dans ses pieds.

— OK, ça, c'est la deuxième étape, jubila-t-elle sans y croire. On peut y arriver.

Ils s'accroupirent et, lentement, prudemment, se remirent debout. Pauline éclata de rire malgré elle. Elle n'aurait jamais pensé éprouver un tel plaisir à reconquérir sa bipédie, même si ses cuisses, ses genoux et ses mollets semblaient être devenus le territoire d'une fourmilière.

Son corps ressuscitait ; elle en aurait gémi de bonheur. Ils écartèrent le rideau de douche et, ensemble, enjambèrent le bord de la baignoire.

Plantés sur le tapis de bain, ensuite, muets de stupeur. Sur le miroir, écrit au rouge à lèvres : *C'est des choses qui arrivent*

5

Emma avait fini par s'endormir, cramponnée à sa peluche, épuisée et rincée de toutes les larmes de son corps. Milo remonta le plaid sous son menton et la dévisagea un moment. S'il n'avait jamais fait preuve de tendresse envers elle, leur relation se résumant à des discordes ponctuées de rares échanges civilisés, il se fit la promesse d'y remédier s'ils s'en sortaient.

Il se mit debout sur le matelas et scruta le soupirail, en face, au travers duquel il distinguait les formes fantomatiques des branches basses secouées par le vent : de longs doigts crochus d'hominiens livrés à des danses lascives. S'enlaçant, se repoussant, se trémoussant, se cherchant de nouveau pour s'étreindre et se griffer avec ferveur. S'y confondaient passion et hostilité, convoitise et répugnance. Une valse macabre.

La nuit tirait doucement sa révérence et le garçon, refaisant mentalement le trajet qu'ils avaient emprunté jusqu'ici, s'emmêlait, mélangeait les virages et échouait invariablement dans une impasse, ou au fond d'un des nombreux ravins que comptait la montagne noire. Ils avaient roulé longtemps, sur des dizaines de kilomètres sans doute, s'étaient enfoncés loin, très loin dans les bois. La route de la maison était perdue et personne n'aurait jamais l'idée de venir fouiller les environs.

Il secoua la tête et s'efforça d'imaginer ses parents remuer ciel et terre pour les retrouver. Mobiliser tous leurs moyens pour les sauver. À moins que… qu'ils ne soient plus en vie. Milo décréta aussitôt qu'ils l'étaient, balayant le moindre doute car l'inverse revenait à piétiner le dernier espoir qu'il lui restait. Il allait résister et faire en sorte qu'ils survivent, lui et sa sœur.

Une inspiration, puis il longea le mur, comptant ses pas jusqu'à ce que la chaîne se tende et l'empêche de continuer. *Un peu plus de deux mètres*, estima-t-il. Il planta son talon dans le sol et obliqua, dessinant une longue courbe dans les gravillons, un quart-de-cercle qui s'acheva au moment où il rencontrait l'autre mur, sur lequel serpentaient des conduites d'eau. De retour sur le matelas, il apprécia la ligne qu'il venait de tracer, la limite de son territoire exploitable. Naturellement, ses capacités de déplacement, contraintes par la chaîne, ne lui permettaient d'accéder à aucun des éléments dispersés dans la pièce. Même en tendant le bras, il lui serait impossible de toucher les débris de chaise, le cadre du vélo, les tréteaux, ou encore de rafler un des outils de l'établi. Sans parler d'atteindre le soupirail. Il s'assit, enlaçant ses genoux. Et entendit les premiers éclats de voix filtrer à travers l'épaisseur du plafond. Celle de leur ravisseur, reconnaissable entre mille, sorte de bourdonnement lointain, mais aussi une autre…

Milo leva les yeux, prêta l'oreille : l'homme s'adressait à une femme. Deux paires de jambes martelaient désormais le sol au-dessus de leur tête. Ils s'engueulaient. Impossible de décrypter, mais les intonations explosives confirmaient la dispute. Les arguments fusaient d'un côté, de l'autre, se télescopaient et leurs échos lui parvenaient de façon hachurée.

— ... jamais demandé de faire ça !

— Arrête ! ... folie...

— ... crois vraiment que... Et si...

— Regarde-toi !

Il lui semblait que l'homme, par excès de zèle, avait pris une décision que la femme réfutait en bloc. Le premier aboyait sur la seconde qui ripostait un cran au-dessus, et ainsi de suite. Ils s'éloignaient, se rapprochaient, s'écharpaient. Ils parlaient du *petit*, de la *petite*.

Une porte claqua. Fin des hostilités. Un étrange silence prit ses quartiers, ce qui ne rassura en rien le garçon : maintenant, tout pouvait arriver, surtout le pire. Des pas migrèrent d'une pièce à l'autre et se déportèrent vers la cage d'escalier menant à la cave.

L'homme apparut au bas des marches. Hésitant comme si, après réflexion, il valait encore mieux remonter et abandonner les enfants à leur sort. Mais il s'avança et s'appuya contre un mur. Il portait toujours la panoplie complète d'infiltration, à la différence que sa cagoule était retroussée sous son nez, permettant à une cigarette de pendre au coin de ses lèvres, l'obligeant à mâchonner en parlant.

— Tu dors pas.

— Je… Je peux pas.

— Et elle ? fit l'homme d'un signe du menton vers la fillette. Elle dort, elle ?

Milo opina.

— Bien, reprit l'homme. Au moins, elle nous emmerde pas. Et puis j'aime pas voir un enfant pleurer. Ça fait remonter trop de mauvais souvenirs.

Il souleva un briquet et la cigarette se mit à scintiller et produire un panache de fumée.

— Milo. Emma.

Le garçon tressaillit. Il ne lui avait donné ni son prénom, ni celui de sa sœur. Un effet de surprise que l'homme appréciait hautement. Il tira encore sur sa cigarette ; la fumée lui faisait plisser un œil.

— T'es un bon grand frère, Milo. Tu le sais, ça ? C'est rare, de nos jours. Les gens pensent plus à leur pomme qu'aux autres. L'individualisme, tu connais ?

Milo ne répondit rien.

— Non, tu connais pas, t'es qu'un gosse. T'apprendras avec l'âge. La société te bouffera, toi aussi, en grandissant, comme elle bouffe chacun de nous.

Son regard dériva vers un point flou, quelque part dans le dos du garçon, et ce dernier présuma que c'est à l'intérieur de lui-même que l'homme regardait.

— Elle m'a bien baisé, moi, la société. Sur toute la ligne. Si t'es là aujourd'hui, c'est la société qu'il faut blâmer. Le système est pourri jusqu'à la moelle, retiens ça. Plus tôt t'en prendras conscience, mieux tu seras capable d'y faire face, crois-moi. (Il sourit.) Je parie que tu piges que dalle.

Se décollant du mur, il alla se poster en tailleur au

centre de la pièce, tout près de la ligne de démarcation tracée au sol.

— Tu nous as entendus nous engueuler.

Aucune modulation interrogative, ce qui amena le garçon à penser qu'il n'avait nul besoin de répondre.

— Tu nous as entendus, j'le savais. On s'engueule comme des chiens chaque jour depuis si longtemps que c'est devenu une habitude. Tu sais pourquoi ?

Là encore, Milo attendit qu'il poursuive.

— Parce que cette dame, là-haut, elle est cinglée. Elle a perdu la boule. Elle erre dans son petit monde. Tout ça parce que la société préfère te laisser te noyer plutôt que d'investir dans une bouée à ta taille. Ouais, elle est folle. Et c'est quand elle redevient lucide que les choses se gâtent. Ça dure pas longtemps, mais elle prend conscience de sa santé mentale et alors ça dégénère. Elle me reproche d'entretenir son état, comme si… Merde, comme si c'était ma faute. C'est dans ces moments-là qu'on s'engueule, quand elle va bien.

Le bout de la cigarette rougeoya comme il tirait dessus.

— Du coup, je préfère quand elle débloque. Quand elle repart dans son petit monde. Là, au moins, elle me fout la paix. Tu me trouves injuste ?

Les branches cognaient et griffaient contre la vitre du soupirail, semblables à des démons cherchant à entrer.

— Tu réponds pas, t'as perdu ta langue ?

— N… non.

— Alors, tu me trouves injuste ?

— Non.

L'homme lâcha un rire acerbe. Il s'insuffla une dernière taffe et balança le mégot plus loin. Il rabaissa sa cagoule, se releva et s'épousseta.

— Tu devrais essayer de dormir. Moi, je vais pioncer un peu. Je repasserai dans quelques heures…

— Vous voulez quoi ?

L'homme tiqua.

— Ce que je veux ?

— Oui, pour… (Milo déglutit, regrettant de s'être aventuré sur un terrain glissant.) Pour nous laisser partir, ma sœur et moi, vous voulez quoi ?

— Beaucoup moins que ce que tu crois.

— Ça veut dire que vous allez nous laisser partir, c'est ça ?

L'homme resta stoïque, bras ballants.

Et s'éjecta subitement vers le garçon. Il l'empoigna par le col pour le soulever. Milo en eut le souffle coupé. Il entendit les coutures de son pyjama craquer. En équilibre sur la pointe des pieds, sa gorge compressée par un poing qu'il agrippait de ses deux mains pour le faire lâcher en vain. La force de leur ravisseur était effrayante.

— Tu joues au plus malin avec moi ?

Milo ne put que gargouiller et l'homme, comme possédé, renforça son étreinte, hissant le garçon encore plus haut au-dessus du matelas. Il lui comprimait la trachée, le privant d'oxygène.

— Quoi, t'as plus envie de répondre ?

Milo se débattait, balançant ses jambes dans le vide. Son visage était tordu d'effroi, ses yeux révulsés, sa bouche béante tel un poisson hors de l'eau. Maintenu fermement dans cette position pendant ce qui lui parut un siècle.

L'homme continuait de parler mais sa voix s'éteignait

doucement et bientôt, c'est le décor entier qui commença à s'estomper, remplacé par un voile violacé. Et puis, au bout d'un moment, il ajouta autre chose et lâcha Milo qui atterrit rudement sur le matelas, toussant et crachotant. Le garçon se frictionnait la gorge, aspirant goulûment l'air autour de lui. Sa vision lui revint et il comprit, aux tambours infernaux de son cœur, qu'il était en vie.

L'homme se pencha sur lui :

— T'apprendras qu'ici, c'est moi qui décide.

Il tourna les talons et disparut dans l'escalier.

Milo attendit quelques minutes, tétanisé, puis il se roula dans le plaid avec sa sœur qui ne s'était pas réveillée, parfaitement inconsciente de ce qui venait de se passer.

Cette dame, là-haut, est cinglée.

Ces paroles résonnaient en lui, teintées d'une menace qu'il ne devrait jamais ignorer. Il essaya d'en comprendre le sens mais ses pensées s'effilochaient et son corps, harassé, s'alourdissait.

Il finit par s'endormir.

6

— *C'est des choses qui arrivent*, relut Pauline à voix haute.

Comme si, en la prononçant, cette phrase inscrite en rouge carmin sur le miroir de la salle de bains allait dévoiler ses secrets. Comme si, en la répétant telle une invocation, le brouillard dans lequel elle nageait allait subitement se dissiper… Au contraire, il ne fit qu'épaissir.

Éric était incapable d'articuler. Assommé, le teint livide. Pauline prit conscience de l'état de choc de son mari et la peur, alors, se mua en une profonde et terrifiante appréhension. Ce n'était plus seulement la situation qui l'effrayait, mais lui.

— Chéri.

Elle voulut l'agripper, le secouer, le faire réagir mais ses liens, toujours, lui maintenaient les mains dans le dos.

— Éric !

Il se tourna lentement, l'air hagard, on l'aurait cru à peine remis d'une crise cardiaque.

— On doit se… se libérer, bafouilla-t-il avant que ses yeux ne se mettent à vagabonder.

— Qu'est-ce que ça veut dire ?

— Quoi ?

— Cette inscription, qu'est-ce que ça veut dire ?

— Aucune idée.

Mais son regard fuyait.

En quinze années de mariage, Pauline avait appris à détecter toutes les nuances de la palette du mensonge, du plus clair au plus obscur. Celui-ci était criard.

— Tu mens.

— Je ne… (il voulut la contourner, elle s'interposa)… mens pas.

— Bien sûr que si !

Il la bouscula, força le passage et trottina vers la chambre où elle le suivit, le rejoignit au moment où il s'accroupissait, se déhanchant pour ramasser l'un des débris de verre qui jonchaient le sol.

— On va couper nos liens.

Vautré par terre, il s'échina à trancher sa corde. Pauline le regardait, bouche bée, effectuer les premiers mouvements avec cette impression déchirante de ne plus reconnaître cet homme dont elle était tombée amoureuse sur les bancs de l'université. Sans pouvoir se départir, non plus, de cette idée que le pire l'attendait encore. Il grognait, en nage, pestait chaque fois qu'il s'écorchait et, petit à petit et malgré l'énergie folle qu'il déployait, il ne fit qu'entamer la corde.

Le bout de verre lui échappa.

— Merde !

Levant les yeux sur Pauline :

— Aide-moi, bon sang !

Elle trottina vers lui, se laissa rouler au sol, recueillit un tesson, puis se positionna dos à dos avec son époux. Mais, sans voir ce qu'elle faisait, elle le blessa à trois reprises et finit par se relever.

— Je n'y arriverai jamais.

— Bien sûr que si.

— C'est trop dur…

— Recommence !

Elle sursauta. Il pinça les lèvres, conscient d'avoir crié.

— Pardon, dit-il en se levant aussi. Pardon, je… J'ai l'impression de devenir dingue. Écoute, on va essayer différemment.

Et comme il partait dans la salle de bains, elle lui emboîta le pas. Là, guidée par le reflet de la glace, elle reprit l'opération où elle l'avait laissée, sans autre résultat que de se regarder graduellement désespérer ; de le voir, lui, s'irriter davantage. Elle avait mal à force d'acharnement. Impatiente, ses gestes devenaient maladroits.

— Je n'y arrive pas, c'est impossible.

— On n'a pas le choix.

— Alors vas-y, essaie, toi, dit-elle en lui remettant le débris de verre.

Éric se chargea de continuer, un rictus bestial imprimé sur le visage, ses yeux déments rivés au miroir dans lequel Pauline l'observait. Elle ne l'avait jamais vu dans cet état. Quelque chose venait de changer, devina-t-elle en frissonnant, loin de savoir que sa vie avait basculé pour toujours.

— On devrait plutôt essayer d'attraper nos téléphones.

Il ne répondit rien.

— Éric.

— Non.

— Il faut qu'on prévienne la police.

— Ce serait une erreur.

— Mais enfin…

La corde céda dans un claquement net et retomba mollement par terre. Pauline sentit le sang circuler à nouveau dans ses veines. Elle était libre, plus rien ne la retenait. Elle se frictionna les mains et s'attaqua au nœud qui entravait Éric, se surprenant à hésiter au moment de le défaire, comme si… Comme si c'était un animal imprévisible qu'elle s'apprêtait à relâcher.

Trop tard pour regretter, sa corde céda.

— Merci, dit-il, avant de se précipiter dans la chambre, d'enfiler un pantalon puis un t-shirt.

Pauline s'approcha.

— On doit faire vite.

Elle tendit la main vers son portable qui était resté sur la commode. Mais fut incapable de l'attraper. Éric lui avait saisi le bras.

— À quoi tu joues ?

— Je t'empêche de faire une connerie.

— Lâche-moi.

— Pas avant que tu me promettes de ne pas appeler la police.

— Tu es tombé sur la tête !

— Je suis… Je t'expliquerai.

Cette fois, aucun doute : elle était en présence d'un étranger.

— Qui es-tu ? susurra-t-elle.

— Arrête, voyons.

— Non, je suis sérieuse. Qu'est-ce qui te prend ? Je ne comprends rien, explique-moi.

— Plus tard.

— Tout de suite !

— Tu deviens hystérique.

— Va te faire foutre.

Elle se retira d'un geste brusque et lui donna une gifle. Il ne cilla pas, ne protesta pas. Il l'attira simplement contre lui.

— Tu dois me faire confiance.

Elle le repoussa.

— Pas tant que tu agiras comme un con.

Elle s'empara de son téléphone.

— Je ne laisserai pas nos enfants entre les mains d'une sale ordure une seconde de plus. Je vais tout mettre en œuvre pour les retrouver, tu m'entends ?

— Je sais. C'est ce que je souhaite aussi, plus que tout au monde.

— Ce n'est pas l'impression que tu donnes.

— Je veux les récupérer, crois-moi. Mais pas de cette façon.

Elle le dévisageait, sidérée, se demandant si ce n'était pas ce genre de rêve où se débattre, même de toutes ses forces, ne permettait que de s'embourber davantage.

— Éric…

Il tendit la main, paume ouverte vers le ciel.

— Ton téléphone.

— Tu es sérieux ?

— Donne-le-moi. S'il te plaît.

— Pas question.

— D'accord. Très bien. Appelle qui tu veux. Mais prépare-toi à en assumer les conséquences.

Il fit un pas en avant. Elle en fit un en arrière.

Cette phrase, sur le miroir… C'est à sa lecture que le comportement d'Éric avait changé. Quelque chose, au fond de lui, venait de rompre, expulsant une tension trop longtemps contenue. Un secret trop longtemps enfoui.

— Ce message… qu'est-ce qu'il signifie ?

— Je te l'ai dit, je n'en sais rien.

— Ce message t'a perturbé. Je le vois bien.

— Tout autant que toi, non ?

— Oui, mais pas au point de refuser d'alerter les autorités !

Il fit un autre pas et enroula ses doigts autour du téléphone qu'elle retenait, sans pour autant chercher à le lui enlever.

— Tu mettrais nos enfants en danger, dit-il.

— Ils le sont déjà !

— On a une chance de les sauver. Préviens la police et tu signes leur arrêt de mort.

— Comment peux-tu l'affirmer ?

— En raisonnant logiquement. L'homme qui a enlevé nos enfants était jeune, émotif et clairement dépassé par les événements. Il paniquait. Je n'ose imaginer ce qu'il leur ferait s'il se savait traqué par la police. Je refuse de courir le risque.

— Qu'est-ce que tu proposes ?

Il lui arracha le téléphone des mains et le fourra dans sa poche avec le sien. Après quoi, il fonça dans le couloir et dans les escaliers.

— Attends !

Elle le rattrapa en bas, lui agrippa l'épaule, lui imprima une rotation forcée pour l'avoir bien en face.

— Tu connais cet homme, avança-t-elle en aiguillonnant sa poitrine du bout de l'index.

— Qu'est-ce que tu vas chercher ?

— Tu le connais. C'est pour ça que tu refuses de mêler la police à cette affaire. Tu… Tu le protèges.

Il lança au plafond un regard halluciné, se prit le front à deux mains, comme frappé d'une migraine foudroyante.

— Mon Dieu, Pauline, tu débloques.

— Tu avoueras que j'ai des raisons.

— Fais-moi confiance. Je t'en prie.

Il se détourna, s'élança dans le vestibule, se chaussa à la hâte et attrapa la clé de la voiture.

Il avait la main sur la poignée de porte quand Pauline déboula derrière lui.

— Où vas-tu ?

— Chercher des réponses.

Elle glissa ses pieds dans ses sandales.

— Je viens avec toi.

— Ce n'est pas une bonne idée.

— Soit je t'accompagne, soit je me rends à la gendarmerie. À toi de voir.

Il la regarda longuement. Sa lèvre inférieure frémissait imperceptiblement. Tenaillé par une vérité innommable qu'il s'employait à étouffer, à ravaler, si bien qu'elle semblait écumer par tous ses pores, il n'avait plus seulement l'apparence d'un étranger, il se comportait comme tel.

Il ouvrit et plongea dans la tempête, talonné par Pauline jusqu'à leur voiture stationnée plus loin, un Dokker gris métallisé dont il fit rugir le moteur d'un tour de clé.

Pauline boucla sa ceinture et se cramponna comme il démarrait sur les chapeaux de roues.

*

En proie au sentiment de confusion qui brouille cet intervalle entre le rêve et la réalité, Milo oublia où il se trouvait. Il crut se réveiller chez lui, dans sa chambre, son lit. Tâtonnant à la recherche de l'interrupteur, il finit par se souvenir. Ni chambre, ni lit. Il ouvrit les yeux et le désespoir le matraqua. Les larmes menaçaient, qu'il réussit à contenir. Il regarda autour de lui, redécouvrant l'épave qui leur servait de cachot, s'attardant sur les détails qui lui avaient échappé au premier abord, trop obnubilé par sa survie immédiate. Comme ces auréoles d'humidité qui fleurissaient allègrement au plafond, ces trainées d'amiante qui grignotaient le plâtre, ou ces monticules de poussière disséminés par terre, cernés d'innombrables chapelets de crottes de rat. Milo s'aperçut aussi qu'un sac de ciment éventré agonisait près de l'établi et que la carcasse de la bicyclette qu'il avait vue la veille ne servait que de point d'ancrage aux toiles d'araignées, lesquelles scintillaient à présent comme des colliers de perles dans la lumière vaporeuse.

Le vent n'avait pas faibli, mugissant sans relâche, ébouriffant la forêt que le garçon voyait plus nettement. Les branches continuaient de dodeliner mais retrouvaient, à la faveur du jour, un profil plus amène, presque cordial.

La matinée était déjà bien entamée et la courbe dont il s'était appliqué à balafrer le sol était effacée par endroits. Ça signifiait que quelqu'un l'avait piétinée par inadvertance. On leur avait rendu visite pendant qu'ils dormaient. Leur ravisseur les avait-il observés dans leur sommeil ? Leur avait-il fait des *choses* alors qu'ils étaient inconscients ? Le souvenir des derniers événements rappliqua en un torrent glacial et tumultueux. L'intrus dans la maison. Sa mère qui le réveille en pleine nuit, qui lui explique qu'il doit partir, qu'il doit aller chercher de l'aide. Et puis l'homme en noir. Le trajet aveugle jusqu'à ce lieu. Les prémices du cauchemar.

Sa sœur s'éveilla sans brusquerie, par échelons. Elle se tournait d'un côté, de l'autre, caressait sa peluche, suçait son pouce dans un réflexe tenace. Elle devait se croire chez elle, elle aussi, et ne tarderait pas à s'écraser dans la réalité. Une chute que Milo n'était pas sûr de pouvoir amortir. Il lui remonta le plaid sous le menton et se leva, s'étira, avant d'aller raccommoder, du bout du pied, sa ligne de vie dans les gravillons. La frontière de leur espace vital. Il se devait de l'entretenir avec le même soin qu'il aurait apporté à une muraille contre l'assaillant, une façon allégorique de se rassurer.

L'urine sur son pyjama avait séché et ce constat raviva l'envie d'aller au petit coin. Anxieux à l'idée de se souiller à nouveau, il chercha un sceau à proximité, un pot ou n'importe quel autre accessoire que leur ravisseur aurait eu la délicatesse de leur disposer, mais il ne trouva rien. Il commençait sérieusement à envisager la possibilité de se soulager contre le mur lorsqu'il entendit quelqu'un descendre l'escalier. Il remonta sur le matelas.

L'homme était déjà de retour.

— Bien dormi ?

Milo acquiesça, bien qu'il doutât que ce fût la réaction attendue. Après la démonstration de force dont il avait fait les frais la veille, aussi vive qu'excessive, il ne savait plus ce qu'il devait répondre, ni s'il devait *vraiment* répondre. Sa gorge le brûlait et il peinait parfois à déglutir.

— Pas moi, poursuivit l'homme qui conservait soigneusement ses mains dans son dos. Moi, j'ai mal dormi. C'est ce vent, tu sais, à chaque fois c'est pareil, il me tape sur le système. (Il reniflait de façon convulsive.) Allez, réveille-la.

— Pou... Pourquoi ?

L'homme fit émerger ses mains de derrière son dos. Le garçon crut qu'il allait le frapper, mais découvrit ce qu'il cachait depuis le début : un appareil photo numérique.

— Parce qu'on a du boulot.

7

Pauline s'était laissée embarquer dans une course effrénée vers le centre du village, pour l'heure assoupi, jusqu'en bordure de la place des Promenades où Éric avait coupé le contact. L'état de fébrilité qui hantait son mari l'avait dissuadée de l'interroger, et son lot de questions s'était aggloméré dans sa gorge en un kyste anxiogène. Elle devait s'en libérer avant d'en être infectée. Elle lui attrapa le coude.

— Que fait-on ici ?

— J'ai des choses à régler, laissa-t-il échapper avant de se rencogner comme s'il en avait déjà trop dit.

— Des choses… Quoi ?

Éric conservait un regard fixe. Une lutte impitoyable se jouait en lui. Un combat intérieur dont les dommages éclataient à l'extérieur, émergeant sur son visage avec des tics nerveux, des vaisseaux dans le blanc des yeux, une respiration qui, depuis le message sur le miroir, n'avait fait que s'accélérer. Il s'enfonçait. Et elle le regardait couler.

— Qu'est-ce que tu me caches ?

— Rien du tout.

Il s'était tourné légèrement pour l'épier du coin de l'œil. Une attitude enfantine qu'elle ne connaissait que trop pour l'avoir observée chez ses rejetons, chaque fois qu'ils avaient une chose à se reprocher.

— Qu'est-ce qu'on fait là ?

— Toi, rien. C'est à moi de m'en charger.

— Mais te charger de quoi, bon sang ?!

Son cri bourdonna dans le silence qui suivit. Ils restèrent immobiles jusqu'à ce que le plafonnier s'éteigne automatiquement et qu'Éric, brusquement, tente de lui fausser compagnie. Elle l'empoigna des deux mains à l'encolure du t-shirt, le plaqua contre son siège. Elle l'aurait molesté, pressé pour en extraire des réponses.

— Te charger de quoi ? martela-t-elle.

— J'ai quelqu'un à voir.

— Qui ?

— Je crois qu'il sait où ils ont été emmenés.

Pauline sentit son souffle la quitter. Saisie d'un vertige passager, elle s'enfonça dans son siège, à peine consciente des balbutiements de la vie, dehors. Du bistrot, en face, qui relevait son rideau de fer. De la pharmacie dont l'enseigne s'illuminait. Les commerces s'éveillaient un à un, donnant la première impulsion au cœur d'un village que Pauline n'avait jamais songé à quitter. Enfant déjà, elle en avait exploré les artères, arpenté les rues, remonté les venelles. Elle y avait ri, aimé, pleuré. Elle n'avait jamais douté que chaque habitant, à sa façon, marquait d'une empreinte indélébile les façades qui l'entouraient. Que les éclats du passé miroitaient dans les nervures des pierres, et qu'en tendant l'oreille, elle percevait la clameur de ceux qui, sept cents ans auparavant, les avaient érigées. Tous ceux qui, armés de leur seule volonté, avaient laissé dans la montagne les ruines de leur castrum pour en faire renaître les murs plus bas, dans la vallée. Elle se prêtait à l'imaginer, cette population unie, rassembler le courage nécessaire pour aller glaner auprès du roi de France la permission de se rebâtir un chez-soi, près d'un siècle après l'avoir vu écrasé par la croisade des Albigeois.

Observaient-ils aujourd'hui d'un œil amusé, peut-être critique, la vie s'écouler dans le berceau de leur création, témoins silencieux des méfaits de leurs descendants ? Si tel était le cas, Pauline ne tenait pas à les décevoir. De leur courage d'antan, elle tirerait sa propre détermination.

— Nos enfants…, dit-elle.

— Oui.

— Cette personne sait où ils sont…

— Je crois, oui. Mais j'ai besoin de m'en assurer. Je dois lui parler avant qu'il ne soit trop tard.

— Qui est-il ? Qui est cet homme ?

Éric fit claquer sa langue.

— Tu n'as pas besoin de le savoir.

— Ce sont aussi *mes* enfants, tu as oublié ?

Il se pencha enfin vers elle.

— Fais-moi confiance.

— Tu en demandes trop.

— Si tu m'aimais…

— Oh non, pas ça, Éric.

— Pardon.

— C'est injuste. Horrible. Ce que tu me fais, c'est…

Tu me places dans une position impossible. (Elle enfonça son poing dans sa paume.) Chaque seconde perdue réduit nos chances de les retrouver. On aurait dû prévenir la police, on aurait dû…

— Laisse-moi aller voir cet homme.

Pauline déglutit. Son souffle était revenu mais il était brûlant, acide.

— C'est lui qui a pris nos enfants ?

— Non, répondit Éric spontanément. Mais je suis quasiment sûr qu'il connaît celui qui les a emmenés.

— Et tu ne veux rien me dire à son sujet.

— Il n'y a rien à savoir.

Pauline réprima son envie de lui flanquer une autre gifle, de le rouer de coups jusqu'à ce qu'il crache la vérité.

Il dut deviner ses intentions car il se recula.

— Je te demande juste…

— De te faire confiance, oui, j'ai compris.

Elle secouait la tête. La colère avait laissé place à une déception proche du dégoût.

— Tu vas le blesser ?

— Je veux discuter avec lui, rien de plus.

— Pourquoi refuser que je vienne avec toi, dans ce cas ?

Éric soupirait entre chaque question, comme s'il cherchait dans son esprit la meilleure tournure avant de répondre. La façon la plus crédible d'esquiver.

— Il est préférable que tu ne sois pas mêlée à tout ça.

— Préférable pour qui ?

Il ne répondit rien, se contentant de la jauger… Puis, d'un geste brusque, il ouvrit la portière.

— Éric, non !

Il était déjà dehors et s'éloignait à grandes enjambées vers l'autre bout de la place.

Pauline défit sa ceinture, sortit à son tour et s'élança dans la même direction, ses cheveux saccagés par le vent, oubliant qu'elle ne portait qu'une nuisette.

Elle le vit tourner à l'angle et disparaître derrière l'église. Elle pressa le pas, bifurqua là où sa silhouette s'était diluée, une pente abrupte qu'elle descendit jusqu'en bas où, essoufflée, elle dut s'arrêter. Déconcertée. Elle avait perdu sa trace. Elle arpenta minutieusement la rue déserte à la dernière lueur des réverbères, espérant tomber sur lui ou un indice de sa présence, mais rien n'indiquait qu'il était seulement passé par là. Les maisons semblaient dormir encore. Pas question de frapper à toutes les portes. Elle rebroussa chemin. Remonta dans le Dokker, songea à prendre le volant pour aller à la gendarmerie, mais refusa de se défiler. Pas comme ça, pas déjà. Elle n'en avait pas fini avec lui. Elle ne se sentait plus en sécurité. Ni ici ni ailleurs. Elle avait besoin de se couper du monde, de sa réalité. De faire le point. Elle pressa le bouton de fermeture centralisée. Que lui cachait-il ? Quelle espèce de secret entretenait-il et depuis combien de temps ? S'était-il enlisé dans des histoires si infectes qu'elles empestaient sa famille ? À quel point était-il complice ?

Elle se plia en deux, enfouit son visage dans ses mains et expulsa un cri de fureur. Un vieil homme lui jeta un regard inquiet à travers la vitre. Pauline le connaissait, il avait été cordonnier à une époque où sa vie suivait encore ses rails. Elle lui adressa un petit geste de la main, s'essaya à sourire, consciente qu'elle ne faisait que grimacer. Il la salua en retour et continua son chemin.

Elle repensa à l'époque de leur rencontre. Aux moyens qu'il avait su déployer pour la conquérir. Son sens de l'humour, son esprit sémillant, libre, irrésistible. Indéniablement, elle était tombée dans sa toile, dans la fougue des débuts, la fièvre de leur passion. Les années avaient suivi, rythmées par leurs moments de joie et de peine, par les hauts et les bas, les épreuves qu'ils avaient traversées. Ensemble. Elle le connaissait, se répétait-elle. Elle le connaissait et le savait incapable du moindre écart, de la plus petite tromperie. Pas lui, pas Éric, le père de ses enfants. Quelle que fût l'affaire dans laquelle il trempait, Pauline voulait se convaincre de son innocence, se persuader qu'il s'était fait entraîner contre son gré dans de sordides conspirations. Elle le souhaitait plus que tout au monde, sans y parvenir. Quelque chose – du même acabit que le pressentiment qui la consumait depuis la veille – ne cessait de lui murmurer que son mari n'avait rien d'un saint, au contraire. L'homme qui lui avait juré fidélité refoulait une part d'ombre qui éclatait maintenant au grand jour.

Elle se mit à inspecter l'habitacle. Elle passa la main sur le tableau de bord, fouilla les compartiments, le vide-poche, sans savoir ce qu'elle cherchait. Ne trouva qu'un bloc-notes, une pile de factures, un agenda, une lampe torche, des emballages de fast-food. Rien d'inhabituel. Évidemment. Sur quoi espérait-elle tomber ? Une arme à feu ?

Elle sortit et fit le tour du véhicule. Elle releva le hayon du coffre, passant en revue le matériel qu'il renfermait : palmes, masques, sangles et mousquetons s'entassaient pêle-mêle. Il y avait un gilet de plongée sous trois bouteilles d'oxygène. Et puis une sacoche, au fond, à l'apparence tout à fait banale. Si banale qu'elle attira son attention.

Un coup d'œil par-dessus son épaule : personne. Elle se pencha dans le coffre, ramena la sacoche vers elle et en détailla le contenu. Des stylos, des crayons et autres fusains bataillaient au côté d'une demi-douzaine de carnets à dessin. Éric immortalisait chacune de ses sessions de plongée, croquant la faune sitôt remonté à la surface. Un talent certain, sans être ahurissant, qui n'avait pas manqué de la séduire. Elle compulsa hâtivement ses productions, n'y décelant rien de plus qu'un intérêt artistique.

Elle remisa le tout dans la sacoche. Elle allait la renvoyer au fond du coffre quand elle nota la présence d'une poche intérieure, juste assez grande pour contenir une boîte d'allumettes. Ou n'importe quoi d'autre capable d'embraser son imagination. Elle fit sauter le bouton-pression, y glissa les doigts. Au contact du métal, elle sut ce qu'elle venait de dénicher avant même de la soulever devant ses yeux. Une clé. Une languette de cuir y était accrochée en guise de porteclé, avec deux mots gravés dessus :

Le Couchant.

Pauline crut défaillir. Elle savait exactement ce qu'ouvrait cette clé. Sans la voiture pour la retenir, elle se serait effondrée. Elle abandonna la sacoche mais garda la clé au creux de sa main. Elle referma le coffre et regagna son siège, les jambes cotonneuses, une sensation de nausée revenant sans cesse. Cette clé… *Le Couchant…* C'était impossible…

Éric apparut à la vitre. L'air égaré, consterné alors qu'il remontait à bord, les gestes hasardeux d'un homme qui peine à redescendre au niveau du commun des mortels, qui vient de flirter avec la mort ou d'en avoir un avant-goût brutal. L'ombre de lui-même. Du sang lui zébrait le visage. Un hématome avait éclos sur sa pommette et des plaies étaient apparues sur ses phalanges.

— Que s'est-il passé ?

Éric resta figé, comme absent. Et Pauline crut qu'il ne réagirait pas, qu'il se complairait à jamais dans cet état catatonique quand soudain il fondit en larmes. Ses épaules tressautèrent, il s'accrocha au volant, ne le lâcha qu'une seconde pour se passer une main tremblante dans les cheveux, puis pour s'essuyer la bouche.

— J'ai fait une connerie.

— Quoi ?

— Je... Je ne voulais pas en arriver là, je te le jure, c'est... C'est lui qui s'est emporté. La situation est devenue incontrôlable, ça a dégénéré. Je devais me défendre, tu comprends, je...

— Qu'est-ce que tu lui as fait ?

— Je ne voulais pas...

— Éric !

Il cligna des yeux comme s'il émergeait. Le regard qu'il lui adressa ensuite fut pitoyable. Il parut redécouvrir les lieux et prit peur. Il fit tourner le moteur, enclencha la première et écrasa la pédale d'accélérateur.

Ils roulaient à tombeau ouvert en direction de la maison quand il fut évident pour Pauline que le sang qui mouchetait le visage de son mari n'était pas le sien.

8

L'homme ne dégaina pas tout de suite son appareil photo, prenant soin de faire des repérages, de planter le décor idéal, d'instiller l'ambiance adéquate.

— C'est ça, souffla-t-il à la fillette qui pleurait depuis qu'elle avait ouvert les yeux. Vas-y, ouais, continue de chialer.

Le ton était plat, monocorde. D'une apparence d'autant plus calme que sa nature était explosive. Imprévisible. Véritable serpent à fleur de peau qui, à tout moment, pouvait frapper. Milo en avait fait la douloureuse expérience et redoutait un débordement de chaque instant. Il prit sa sœur dans ses bras.

— *Cht*, *cht*, calme-toi…

— Non, au contraire, continue ! aboya leur ravisseur en attrapant la fillette par les cheveux, commençant à la secouer, lui soutirant une série de cris stridents. Continue !

Milo s'interposa ; il le paya aussitôt. Le revers de main, fulgurant, claqua sur sa joue et le cloua sur place. Il sentit les larmes affluer, il les réprima. Et trucida l'homme d'un regard létal.

— Un commentaire, avorton ?

— Laissez-la tranquille.

— Oh, et tu vas faire quoi ?

Le garçon baissa les yeux. La haine pure qu'il avait d'abord ressassée à l'encontre de cet homme s'était subdivisée en un véritable réseau de sensibilités superposées : avilissement, indignation, fureur, angoisse, résignation. Un brassage démentiel et totalement inédit qu'il ne savait pas comment gérer. Pleurer était inutile et protester se retournait invariablement contre lui. Ne restait qu'à courber l'échine. Encaisser et espérer que les tourments soient brefs.

L'homme finit par s'écarter d'Emma.

— Ce sera parfait, dit-il en braquant l'appareil photo, immortalisant leur calvaire, faisant crépiter le flash, variant les prises de vues. C'est ça, voilà, c'est bien.

Emma se réfugia sous son plaid ; il le lui arracha sans sommation et le jeta de côté.

— Reste tranquille ou je te pète les dents, dit-il à Milo qui avait fait mine de le récupérer.

Après chaque prise, l'homme évaluait la qualité de l'image et ponctuait d'un grognement critique. Il recollait l'œil au viseur, arrangeait à ses sujets des nouvelles poses, des postures plus suggestives, des mines plus accablées. Pas assez convaincants dans l'expression de la terreur ? Il brandissait le poing, menaçait de les torturer. Il était équipé pour ça, affirmait-il. Il pourrait même les tuer. D'ailleurs, il devrait s'y résoudre si leur prestation le décevait. Encore plus de peur, exigeait-il, davantage de larmes. « Relève la tête, morveux, ou je tabasse ta sœur. »

L'homme se recula, examina sa dernière production et hocha la tête. « Ça fera l'affaire. »

Il ramassa le plaid, le secoua et le rendit à Emma qui s'en couvrit. Il contempla les enfants un long moment, songeur. Puis il remonta l'escalier.

Milo se coucha contre sa sœur. Si elle ne pleurait plus, elle poussait de petits gémissements incontrôlables. Dans ses yeux, une terreur immuable s'était établie, que son frère espérait voir un jour s'évaporer, bien qu'il redoutât qu'elle y soit logée à jamais.

— Tu as été courageuse, essaya-t-il.

— J'ai fait que pleurer.

— Ah. J'ai pas remarqué.

— J'ai rêvé que j'étais à la maison, tu sais.

— C'était peut-être pas un rêve. Peut-être que t'es bien à la maison et que tu rêves de cet endroit.

Emma fronça les sourcils.

— N'importe quoi. Je sais que tout ça, c'est vrai. (Un cliquetis métallique se fit entendre lorsqu'elle effleura l'anneau lui enserrant la cheville, comme pour appuyer ses dires.) Pourquoi il nous a attachés comme ça, d'abord ?

— Pour qu'on s'échappe pas.

— Et pourquoi il a pris des photos de nous ?

— Je… J'en sais trop rien.

Ce n'était pas vrai. Milo avait bien une idée de l'usage que leur ravisseur allait faire de ces photos : affoler son père et sa mère. Leur suggérer un sentiment d'urgence, une peur concrète pour la vie de leurs enfants en contrepartie de laquelle il exigerait une somme d'argent conséquente.

— Tu crois qu'ils nous cherchent ? demanda-t-elle, triturant les oreilles de Bourriquet.

— Qui ça ?

— Papa et maman.

— Bien sûr.

— Même si j'ai pas été sage ?

— De quoi tu parles ?

— J'étais fâchée, hier soir, à cause des ballons. Je pensais que tu me les avais pris. J'ai demandé à maman qu'elle te gronde. Mais je crois qu'elle l'a pas fait.

— Elle l'a pas fait, non.

— Tant mieux.

Milo allait ajouter autre chose à propos des ballons mais s'abstint. Quelqu'un arrivait. Son cœur enclencha la vitesse supérieure. Il avisa sa ligne de vie dans le sol, la frontière de son territoire que l'homme franchit pour venir déposer, devant le matelas, une assiette garnie d'œufs au plat et de pain grillé.

— Vous devez avoir la dalle.

Puis il leva un doigt :

— Ah, j'ai failli oublier…

Il pivota et repartit vers l'escalier. Emma s'avançait déjà vers la nourriture. Milo la retint. Si la sensation de faim s'était brusquement creusée à la seule vue de l'assiette, une alerte s'était aussi déclenchée dans son esprit : prudence.

— Attends, dit-il.

— Quoi ?

— Ça pourrait être un piège.

Emma arrondit les yeux.

— Tu crois… ?

Milo haussa les épaules. Il n'écartait aucune possibilité. Son esprit lui soufflait de se tenir sur ses gardes quand son organisme réclamait. Il déglutissait d'envie, salivait en s'imaginant croquer dans ce pain, mordre dans cet œuf, savourer le mélange des saveurs. Son estomac se lamentait, un vrai supplice… L'homme reparut avec deux gobelets en carton qu'il disposa près de l'assiette.

— Jus d'orange, précisa-t-il comme il voyait la fillette lorgner dedans.

Il ajouta deux fourchettes en plastique et se replia humblement derrière la ligne, les mains sur les hanches, bombant le torse. Il se sentait magnanime. S'attendant à d'amples remerciements de la part de ses prisonniers, il se crispa devant leur ingratitude flagrante.

— Cachez votre joie.

Les enfants observaient de loin, méfiants.

— Vous attendez quoi pour manger ?

Emma esquissa un autre mouvement, le bras tendu vers l'assiette. Son frère la ramena expressément en arrière.

— Non.

L'homme renâcla.

— Vous croyez que j'ai empoisonné la bouffe ?

Les enfants ne prirent pas le risque de répondre ni celui de croiser son regard.

— Vous faites chier. (Il enjamba la ligne.) J'vous ai préparé le repas et vous, vous… (Il perdait son souffle, exaspéré.) Vous y touchez même pas. Vous trouvez ça normal ? Hein, vous trouvez ça normal ?

Là encore, aucune réaction. Il se pencha sur eux et hurla :

— Mangez !

— J'ai pas faim, répliqua Milo.

— Alors, allez vous faire foutre !

L'homme recueillit une pleine poignée de nourriture et la balança contre le mur où elle se répandit en une mixture dégoulinante. Il envoya valser les gobelets de jus d'orange d'un coup de pied. Il attrapa le garçon par les épaules et l'obligea à se relever. Il le dépassait de deux têtes.

— J'aime pas du tout cette attitude. S'il y a bien une chose que je supporte pas, c'est le manque de respect. Est-ce que tu me respectes ?

Milo garda le silence, tremblant, les yeux rivés au sol.

— Réponds, putain. Tu me respectes, oui ou non ?

— Ou… oui.

— J'crois pas, non.

Il le poussa à la renverse, le faisant tomber sur le matelas.

— Lève-toi.

Milo trahit une hésitation, une seule.

L'homme brandit son poing.

— Lève-toi !

Le garçon obéit et se remit sur ses jambes, piétinant inconsciemment l'assiette, la brisant en une mosaïque de petits morceaux.

— Regarde ce que t'as fait.

— … P… Pardon.

— Tu te crois tout permis ?

— Non.

— Tu me trouves méchant ?

— Je… non.

— Tu vas vite changer d’avis.

D’un geste, il le refit tomber sur les fesses.

— Allez. Debout.

Le garçon n’hésita pas cette fois et se releva, immédiatement renvoyé par terre. Il se mordit la langue en atterrissant, mais ne laissa rien paraître.

— Debout !

Milo comprit le petit jeu pervers auquel leur ravisseur se livrait, mais il n’avait pas le choix. Il devait se soumettre. Courber l’échine, encaisser. Espérer. Il allait se redresser quand la semelle de l’homme lui écrasa le torse.

— J’ai dit debout !

— Je peux pas…

— Parce que t’es qu’une merde. Tu comprends, ça, t’es une merde. Dis-le.

— Je… Je suis…

La pression s’accentua dans le creux de sa cage thoracique, décuplant la douleur.

— Dis-le !

— … Une merde.

— Bien. Heureux que tu le reconnaisses.

Il retira son pied et Milo, suffocant, se traîna vers sa sœur, pensant la torture terminée. Mais l’homme n’avait pas fini de s’amuser. Il s’empara de la peluche d’Emma et l’agita comme un chiffon. La fillette ne prit qu’une seconde pour réaliser, puis s’égosiller en tendant les bras, ne s’arrêtant que pour reprendre son souffle et repartir de plus belle. Sa face écarlate ruisselait.

— Quelle mocheté, cet âne. Tu l’aimes bien ?

— Oui !

— Sûre et certaine ?

— Rendez-le-moi.

L'homme menaça d'estropier l'animal, de l'éviscérer, ce qui n'aurait pris qu'un instant vu son état général : de multiples coutures avaient sauté au niveau des articulations, une oreille pendait mollement et une brèche à hauteur du croupion, là où naguère s'était trouvée la queue, n'avait cessé de s'évaser avec le temps, formant ce que Milo s'était malicieusement employé à qualifier de trou du cul.

— … S'il vous plaît…

L'homme fit mine de réfléchir, puis il relâcha sa prise qui s'écrasa au sol en soulevant un nuage de poussière. Milo lui décocha un regard mauvais, ce qui le fit doucement rigoler.

— T'as toujours pas compris : vous seriez déjà morts si j'avais voulu vous buter.

Il considéra ensuite les débris de l'assiette et se dirigea vers l'établi. Milo en profita pour étendre le bras, recueillir Bourriquet et le rendre à sa sœur qui le gratifia d'un câlin interminable. Inutile de réfléchir intensément pour savoir que les propos de leur ravisseur sonnaient juste. Il avait eu maintes occasions de les tuer sans jamais s'y résoudre. Si les séries policières avaient au moins enseigné une chose au garçon, c'était qu'un otage mort perdait toute sa valeur. Mais rien ne l'empêchait de continuer à les torturer.

L'homme revint avec un balai, une pelle et nettoya le sol tout en marmonnant. Il avait horreur du gâchis, il se demandait quelle sorte d'éducation avaient reçue ces gosses. Il s'éloigna et remonta l'escalier. Une poignée de secondes avant que des voix, là-haut, n'éclatent et crépitent, prenant la tournure d'un orage d'été. L'homme semblait vouloir se justifier quand la femme le rabrouait. Et si le tout ne ressemblait qu'à un roulement de tonnerre, Milo identifia deux ou trois insultes fusant dans un sens et dans l'autre. Les mêmes sujets revenaient : le gamin, la gamine. Et un message, aussi, remontant à la surface et avec de plus en plus de clarté : leur présence commençait à déranger. Le jour viendrait où les ravisseurs n'auraient plus besoin d'eux, où ils chercheraient à s'en débarrasser.

Milo tourna le dos à sa sœur. Il ne laisserait pas ce jour arriver. Il frapperait le premier. Il ouvrit la main, examinant l'éclat d'assiette qu'il avait subtilisé, aussi gros qu'une phalange et recourbé comme une griffe. Des motifs floraux en ornaient un côté, luisant à la lueur du petit matin.

Alors, minutieusement, il entreprit d'en affûter les arêtes sur sa chaîne.

9

Dès leur retour à la maison, Éric se précipita à l'étage et dans la salle de bains. Il se débarbouilla, penché sur la vasque, s'appliquant à supprimer toute trace de sang. Il s'empara ensuite d'une serviette et entreprit d'éliminer l'inscription sur le miroir en frottant énergiquement. Effacer les coulures, les dernières traînées, puis jeter la serviette dans la baignoire.

— Ça n'a plus aucune importance, se justifia-t-il auprès de Pauline qui le toisait depuis l'encadrement de la porte.

— Ce message constituait une piste pour la police…

— Il n'y aura pas de police.

— Rends-moi mon portable.

Il sortit l'appareil de sa poche, l'ouvrit telle une huître et en ôta la batterie qui rejoignit la serviette au fond de la baignoire. Il lui jeta le téléphone dessus. En voulant l'attraper, elle laissa échapper la clé qui retomba entre eux sur le tapis de bain.

Un instant de flottement.

Elle se pencha pour la ramasser et s'enfuit à reculons

dans la chambre où il la suivit, lui marchant presque dessus jusqu'à la commode contre laquelle il finit par la coincer.

— Qu'est-ce que c'est ?

— Tu le sais bien.

Il l'écrasa contre le meuble, lui serra le bras, appliquant une pression constante et douloureuse.

— Pourquoi tu as cette clé ?

— Je te retourne la question.

Il la lâcha, finit par s'écarter, indigné, avec l'air du petit garçon qu'il avait été jadis et qui avait oublié de grandir. À l'instar de tous les hommes, sans doute : un éternel gamin rattrapé par ses erreurs.

— De quel droit oses-tu fouiller dans mes affaires ?

— Épargne-moi tes sermons.

Il tendit le bras, elle esquiva son geste.

— Tu fais chier, Pauline. Qu'est-ce que tu cherches ?

— La vérité. Puisque tu refuses de me la donner…

Il cultivait l'air attristé.

— Je t'ai dit de me croire…

— Et je t'ai répondu que c'était impossible. Pas après tout ce qu'on vient de traverser. Ce mot sur le miroir. Ton refus d'alerter les autorités. Cet homme chez qui tu es allé, et que tu as manifestement agressé.

— Je ne l'ai pas…

— Cette clé, enfin.

— Cette clé n'a rien à voir avec…

Il se tut.

— Avec quoi, Éric ?

Il se passa les mains dans les cheveux et entama des allées et venues dans la chambre. Démuni, lui qui avait toujours été maître de ses émotions et qui, même aux obsèques de ses parents, s'était borné à un flegme inébranlable.

— OK, dit-il. Je sais que ça fait beaucoup à avaler d'un coup…

— Tu crois ?

— Tout ça est insensé, je comprends ta réaction…

— Oh, merci, me voilà rassurée.

Brusquement, il se rapprocha et lui prit les mains.

— C'est moi, ton mari. Je suis toujours le même. La même personne que j'étais hier et tous les autres jours.

— Plus à mes yeux, non.

Elle se détourna, il la dégoûtait.

Il s'éloigna et reprit les cent pas.

— Ça doit te paraître incompréhensible, c'est bien naturel, mais écoute-moi, s'il te plaît.

— Je ne fais que ça.

— Je pense être en mesure de localiser nos enfants par mes propres moyens. Mais pour y arriver, j'ai besoin de temps.

— Non.

Pauline ôta sa nuisette. Elle ouvrit les tiroirs de la commode l'un après l'autre et dénicha un short et un chemisier.

— Tes propres moyens, dit-elle en se boutonnant. Comme avec cet homme, tout à l'heure ?

— Il aurait pu me conduire à nos enfants. J'en suis pratiquement sûr.

— *Pratiquement.*

— S'il m'avait fourni les indications que je demandais au lieu de se comporter comme un imbécile…

— Mais ça n'explique pas cette clé, le coupa Pauline en la brandissant. Il y a longtemps que tu ne devrais plus l'avoir. Je ne suis pas idiote, je n'ai pas oublié ce qu'elle ouvre : un projet que nous avons abandonné. Cette décision, nous l'avons prise ensemble. Enfin, c'est ce que je croyais. Maintenant, je ne sais plus quoi penser.

Il éluda ses propos d'un geste de la main.

— Cette clé ne fait pas partie de l'équation. Ce n'est qu'un détail. Nous ne devons pas oublier notre objectif : retrouver nos enfants. Et pour cela, j'ai besoin de réfléchir. S'il te plaît. Laisse-moi du temps.

— Nous n'en avons plus.

Elle glissa la clé dans la poche arrière de son short et, d'un pas chassé, s'envola vers le couloir, pressant le pas comme il se lançait à sa poursuite.

— Où tu vas ?

— Au poste.

— Ne fais pas ça.

Il lui agrippa le poignet avec une force redoutable et l'obligea à lui faire face.

— Lâche-moi !

— Si tu te calmes.

— Comment veux-tu que je me calme ?

Il raffermit encore l'étau autour de ses os.

— Sois raisonnable ou j'emploierai des mesures plus drastiques.

— Tu plaisantes, j'espère ?

— Pas du tout. Tu vas être une gentille fille et m'obéir.

Elle aurait pu le bousculer, le gifler ou encore lui enfoncer les doigts dans les yeux.

Elle préféra lui cracher dessus. Plus humiliant. Un

glaviot aussi gros que sa haine et qui éclata sur son visage.

— C'est pas vrai !

Il la libéra pour s'essuyer. Perdit l'équilibre au moment où elle le repoussait pour s'échapper.

— Pauline !

Elle avait plongé dans l'escalier, poursuivie par ses invectives et une pensée aussi inattendue que fugitive : on était samedi. Un jour qui d'ordinaire était synonyme de détente en famille. De joie, de rires. De fragments de bonheur qu'elle avait toujours redouté de rassembler.

Elle dérapa sur le carrelage du salon et freina avant de percuter le guéridon qui supportait le téléphone fixe. Elle entendait Éric lui crier de ne pas faire de bêtise, de ne pas tout gâcher. Elle délogea le combiné de son support alors qu'il dévalait les marches, et commença à pianoter sur les touches au moment où il déboulait dans le salon. Elle ne perçut qu'une tonalité avant qu'il ne se jette sur elle et la percute, envoyant le téléphone voltiger dans les airs et s'écraser, projetant ses composants électroniques en une gerbe de plastique et de métaux.

Il la ceintura et l'amena tout contre lui.

Leurs visages à quelques centimètres l'un de l'autre.

— Tu vas te tenir tranquille, à la fin !

Elle voulut le mordre, il esquiva.

— Mais calme-toi, bon sang…

Ce dernier mot culmina en un hululement suraigu comme il recevait son genou dans l'entrejambe. Il s'effondra, les mains réunies autour de ses parties, les yeux révulsés.

— Salope.

Pauline partit dans la cuisine où elle dénicha un couteau derrière le comptoir. Son corps s'était étrangement alourdi, comme lesté d'une carapace de plomb. En revenant au salon, Éric s'était relevé. Il chancelait, une main entre les cuisses. Il écarquilla les yeux en voyant l'arme qu'elle brandissait.

— Tu ne comptes tout de même pas…

— Je le ferai si tu m'y obliges.

Elle serrait les dents. Elle avait repris l'ascendant et en éprouvait une vigueur déchaînée.

— Je vais quitter cette maison, dit-elle, et tu ne tenteras rien pour m'en empêcher.

— Ne fais pas ça.

— Promets-moi que tu n'essaieras pas de me retenir.

— Chérie…

— Je t'interdis de m'appeler comme ça. Tu as perdu ce droit. Définitivement.

Éric parut abdiquer. Les bras ballants, il s'abîma dans la contemplation du bout de ses pompes. Un temps interminable avant de relever la tête, repentant.

— Je suis désolé.

— Je me fous de tes excuses.

Il approcha doucement.

— Tu as raison, je… J'ai dépassé les bornes, je ne sais pas ce qui m'a pris. J'ai voulu régler cette histoire moi-même, sans tenir compte de ton avis. Je suis impardonnable.

Pauline agita sa lame.

— Reste où tu es.

— On va se rendre à la police, tous les deux.

— Ne me prends pas pour une conne.

— C'est toi qui as raison, j'aurais dû t'écouter dès le début. Allons-y tout de suite.

Sincère. Mais rester sur ses gardes. Se méfier, toujours.

— D'accord, dit-elle en le surveillant, pendant qu'il se rendait dans le vestibule, qu'il décrochait la clé du Dokker et ouvrait la porte, accueillant les courants d'air. C'est moi qui conduis, ajouta-t-elle.

Il sourit.

— Bien sûr. Comme tu voudras.

Il lui tendit la clé. D'abord elle ne bougea pas. Puis se décida, consciente qu'elle n'avait pas le choix. S'approchant avec la même prudence que devant un essaim de guêpes. À la différence que là, c'était elle qui avait le dard.

D'un geste vif, elle lui prit la clé.

D'un geste tout aussi vif, il lui saisit le bras armé et y appliqua une violente torsion.

Pauline hoqueta sous l'effet de la surprise et lâcha le couteau qui alla tinter sur le carrelage. Éric était fort, elle le savait. C'était même une qualité qu'elle avait toujours appréciée, y trouvant un réconfort certain, un sentiment de sécurité qui se retournait aujourd'hui contre elle.

Du mouvement dans la rue : un adolescent déambulait sur le trottoir de l'autre côté de la chaussée, casquette à l'envers, écouteurs enfoncés dans les oreilles. Confusément, Pauline sut qu'il y avait une chance à saisir. Elle déploya des appels à l'aide désespérés, aussitôt assourdis par la main d'Éric contre sa bouche. Elle lui mordit les doigts, il grogna et la tira en arrière, puis referma la porte d'un coup de pied. Il récupéra le couteau et pressa le fil acéré de la lame sous son menton, la réduisant au silence.

— Je suis désolé, dit-il, pantelant, en rempochant la clé du Dokker. Tu ne me laisses pas le choix. Je t'avais prévenue : pas de flics. Mais il a fallu que tu fasses ta tête de mule, que tu insistes, comme d'habitude. Voilà à quoi j'en suis réduit par ta faute.

Il la traîna dans le salon et jusqu'au bas des marches.

— Je vais enlever ma main. Tu dois me promettre d'être gentille.

Elle fit oui de la tête.

— Tu ne vas pas essayer de t'échapper, hein ?

Elle fit non. Il soupira.

— OK.

Et il ôta délicatement ses doigts de sa bouche.

— Ne me désobéis plus, sinon je devrai sévir.

— Tu aimes ça, on dirait.

— Pardon ?

— Ça t'excite, c'est clair.

— Oh, tais-toi.

Ils remontèrent à l'étage.

— C'est quoi, la suite ? demanda-t-elle. M'attacher avec les cordelettes, me remettre le foulard dans la bouche et me déshabiller ? Et puis quoi ensuite, me violer ?

Il la mena dans le couloir.

— Arrête.

— J'essaie de comprendre. C'est un fantasme, c'est ça ? Depuis combien de temps ça trotte dans ta tête ? Tu aurais pu m'en parler, tu sais, ça nous aurait évité d'endurer toutes ces parties de sexe soporifiques.

Il la poussa sèchement. Elle trébucha sur le seuil de leur chambre et se releva, forcée, ensuite, de s'asseoir au bord du lit. Une infime partie de sa conscience refusait d'admettre que tout cela était en train de se passer pour de vrai. L'autre, plus encombrante, lui garantissait l'horreur de la situation et poussait le réalisme jusqu'à broder les gros titres du lendemain : *Ses enfants kidnappés, une femme est poignardée par son mari.*

Il s'effondra au pied du mur, juste en face d'elle.

— Je t'aime.

Cette déclaration la prit au dépourvu. Elle faillit éclater de rire mais préféra garder le silence. Ne lui accorder qu'un regard méprisant.

— Crois-le ou non, je t'aime, reprit-il. Et je suis sûr que c'est réciproque. Les événements de ces dernières heures ne peuvent avoir rayé toutes ces années de vie commune. C'est impossible.

— Sauf si ces années étaient basées sur un mensonge.

— Non, chérie, je...

— Ne m'appelle pas comme ça ! s'écria-t-elle en se penchant en avant, projetant sa voix comme une hallebarde. Ne m'appelle plus jamais comme ça.

Il haussa les épaules.

— Tu finiras bien par me pardonner.

— L'espoir fait vivre.

— Tu verras, tout s'arrangera quand j'aurai retrouvé nos enfants. Nous pourrons reprendre nos vies exactement là où nous les avons laissées.

— Plus rien ne sera comme avant.

— Tu te trompes.

Pauline l'observait. Rabougri sous la fenêtre, jouant du couteau dans les rainures du plancher, il lui faisait pitié. Elle l'avait vu beau et aventureux ; elle le découvrait lâche et repoussant.

Comment avait-elle pu partager la vie de cet homme pendant plus de vingt ans ? Non, ce n'était pas lui, pas le même homme. Le sien était mort cette nuit. Un étranger l'avait remplacé. Un être malfaisant, désaxé, imprévisible. Dangereux, capable de tout.

Pauline serra les dents. L'instinct de survie était une flamme : on pouvait l'étouffer, mais il suffisait d'un rien pour l'attiser.

Dans le creux de ses mains regroupées entre ses cuisses serrées, le bout de verre qu'elle avait ramassé commençait à la démanger.

10

Milo recomposa avec son talon la ligne que leur ravisseur avait fortuitement brouillée, puis il regagna le matelas et glissa la main en dessous. Il récupéra l'éclat d'assiette et reprit son activité d'affûtage. Le frottant entre deux doigts contre le fer de son anneau, il l'inclinait de manière à en affiler les arêtes. Ne s'autorisait que de rares pauses, sans jamais oublier de surveiller l'escalier.

— C'est quoi ? s'étonna Emma.

— Rien, c'est juste… pour passer le temps.

Et accessoirement trancher la gorge de ce type à la seconde où il mettra le pied de l'autre côté de la ligne. Une perspective épouvantable que Milo se garda bien de formuler et qu'il se sentait de moins en moins capable de concrétiser à mesure qu'il y pensait. Ce serait du suicide, plus qu'un acte concret d'autodéfense… Mais toujours mieux que de se laisser faire. Alors, il continua à peaufiner sa pièce de faïence comme on ourdit une vendetta.

Un bruit de moteur. Milo se leva et aperçut, par le

soupirail, les roues et le bas de caisse d'une voiture en mouvement, s'éloignant en direction de la forêt. À son bord leur ravisseur qui s'absenta moins de trente minutes avant de reparaître et d'amorcer, sitôt rentré, ce qui était devenu leur rituel à l'étage. Le coup d'envoi d'une sempiternelle conversation houleuse. L'homme rendait des comptes à la femme qui, de son côté, actionnait les bons leviers pour l'agacer. Submergé par une colère noire, il finissait toujours par l'insulter. Quelque chose se brisait (un vase, un verre) et leur querelle s'interrompait. S'ensuivait un silence martelé des bruits de pas qui se rapprochaient et échouaient dans l'escalier, jusqu'en bas.

Milo avait remisé le fragment d'assiette avant que l'homme ne revienne les voir, un petit paquet dans chaque main. Des sandwichs. Sous cellophane étiquetée, de facture clairement industrielle. Il s'arrêta avant la ligne et les jeta sur le matelas. Il leur expédia aussi une bouteille d'eau minérale.

— Au moins c'est comestible, dit-il avec lassitude. Dégueulasse, mais comestible.

Milo donna le premier sandwich à Emma, se réserva le second et attrapa la bouteille dont le contenu, soudain, réveilla son envie la plus pressante.

— J'ai besoin d'aller aux w.-c.

L'homme eut un sourire en coin.

— T'as qu'à te pisser dessus. C'est ta spécialité, non ?

Milo rougit, honteux, sentant peser sur lui le regard narquois de leur ravisseur.

— Je… J'en ai très envie. Ma sœur aussi.

— C'est mon problème ?

— Euh… Eh ben…

— J'déconne.

L'homme franchit la ligne et Milo, soudain, s'imagina rafler son arme de fortune sous le matelas et en plonger la pointe dans sa gorge. Lui déchirer la chair et tout ce qui palpitait derrière, vaisseaux, trachée, carotides. Un haut-le-cœur le surprit, il blêmit.

— Un problème ? s'enquit l'homme qui venait de faire émerger une clé dans sa paume.

Milo secoua vivement la tête et le regarda s'agenouiller, déverrouiller le barillet et libérer l'anneau de sa cheville. Lui présenter, ensuite, un foulard qu'il passa autour de sa tête pour l'aveugler.

— Pas de connerie.

L'homme empoigna le garçon par le bras, l'entraîna en haut des marches et bifurqua vers la gauche. L'odeur de délabrement, à ce niveau, était intolérable. Une puanteur à peine croyable dont la charogne d'un rat, quelque part, devait être responsable. Ou un tas d'ordures. Dans une pièce voisine, un jeu télévisé diffusait les voix des candidats mêlées aux réactions du public. Pour Milo, le son aurait aussi bien pu parvenir d'un autre univers. Le sien s'était restreint aux quatre murs de la cave. Il trébucha et se réceptionna au sol tant bien que mal, le foulard l'empêchant de se situer dans l'espace. Il se tordit le poignet et gémit de douleur.

— Relève-toi, ducon.

Le garçon s'exécuta mais, trop lent au goût de l'homme, sentit les mains de ce dernier le hisser manu militari et le pousser vers l'avant.

— Grouille-toi, putain.

Milo continuait d'avancer un pas après l'autre, prudemment, craignant de trébucher encore, quand un croassement s'éleva qu'il mit quelques secondes à associer à une voix :

— Alors c'est lui ?

Rêche, altérée par les affres du temps. Ralentie par l'imprécision d'un cerveau embrumé. Des mots qui semblaient flotter sans même avoir été prononcés, charriés par l'haleine fétide d'un corps méphitique. Le garçon comprit qu'il n'y avait ni rat crevé ni de tas d'ordures dans cette maison.

L'homme répliqua sèchement :

— Je t'avais dit de rester tranquille.

— C'est le petit ?

— Qui veux-tu que ce soit ?

— Il est maigre, observa la femme en tendant la main vers Milo.

L'homme l'écarta brutalement.

— Le touche pas ! T'avais promis de rester devant ta télé, tu te souviens ?

— La télé, ha, reprit la femme d'une voix morne. Tu sais qu'elle s'endort toujours devant.

— Je sais.

— Tu sais aussi qu'elle suce encore son pouce. Je le lui ai pourtant défendu. Je l'ai avertie que rien de bon ne pourrait en ressortir. Ah, ça, je le lui ai répété.

— Fous-moi la paix.

Et plus la femme insistait, plus Milo désirait qu'elle s'en aille. Ce qu'elle exhalait ne se réduisait pas qu'à des relents répugnants, il y avait autre chose sous la surface, comme les émanations de sa folie.

— Tu vas lui en toucher deux mots, hein, tu vas lui dire.

— Peut-être, j'sais pas.

— Tu dois lui dire. Elle t'écoute, toi, elle t'écoute toujours.

— Enfin, merde…

— Tu vas lui parler, oui ?

— Ouais…

— Vraiment ?

— J'irai la voir. Après.

La femme s'accrochait.

— Après quoi ?

— Je dois amener le gosse aux chiottes. Puis sa sœur. Ensuite, j'irai la voir.

— Promis ?

— Ouais.

Un peu plus loin, il fit pénétrer le garçon dans les cabinets, lui ôta le foulard et ferma la porte.

— Préviens-moi quand t'as fini. N'y passe pas des plombes.

Milo se retrouva seul. Il contempla la cuvette avec dégoût : le fond était tapissé d'un savant mélange de calcaire, de crasse et de merde séchée, fossilisée. Des projections ocre s'épanouissaient sur l'abattant relevé. Il décida qu'il pourrait se passer de la grosse commission aujourd'hui. Qu'il s'en passerait aussi longtemps que son métabolisme le lui permettrait. Il urina en laissant son regard vagabonder. Surplombant la chasse d'eau, une étagère bancale soutenait une pile de magazines de sport mécanique ainsi qu'un pot de yaourt vide contenant les vestiges nivéens d'une bougie. Sur le poster épinglé au-dessus, une hôtesse blond platine se penchait sur la carrosserie d'un bolide rutilant. Plus haut se trouvait une lucarne. Milo termina d'uriner et remonta son pantalon. Il ne tira pas la chasse immédiatement. Il resta un instant bouche bée, intrigué par la fenêtre en hauteur, circulaire et dotée d'une targette pour l'ouvrir. *L'ouvrir.* Milo jeta un regard vers la porte derrière lui, puis il se décida à grimper sur la cuvette. Il se retrouva debout, en équilibre sur les bords. La lucarne lui arrivait au niveau du buste. Il testa la targette qui coulissa sans heurt, ce qui lui procura un frisson d'excitation. Il voulut avaler sa salive mais sa bouche était sèche. Alors, doucement, il fit pivoter la vitre vers l'intérieur. Le vent s'engouffra en éparpillant ses cheveux.

La voix dans son dos :

— Qu'est-ce que tu fous ?

Milo referma et réengagea la targette. Il redescendit à la hâte et tira la chasse d'eau. Il annonça qu'il avait fini. L'homme ordonna qu'il ferme les yeux, ce qu'il fit. Le foulard, ensuite, l'aveugla, il fut reconduit en cellule puis écroué.

Libérée et entraînée vers l'escalier, Emma monta à son tour. Elle n'avait pas laissé une seule miette de son sandwich, constata le garçon qui, en revanche, se contenta de picorer le sien sans appétit. Sa découverte, là-haut, l'avait profondément déconcerté : à cet instant, seule cette lucarne existait.

11

Éric n'avait pas absorbé un gramme d'alcool en huit ans. Une résolution honorable que Pauline avait d'abord admirée, puis imitée, soutenant son époux sur l'étroit chemin semé d'embûches qu'était celui de la sobriété.

Alors, lorsqu'elle le vit ressurgir de la salle de bains muni d'une flasque en acier inoxydable, elle sentit le sol opérer un nouveau glissement de terrain.

— D'où tu sors ça ? s'entendit-elle prononcer sur un ton à cheval entre la colère et la déception.

Éric retrouva sa place sous la fenêtre et dévissa le bouchon de sa fiole avec l'air d'avoir oublié comment s'y prendre.

— Du conduit d'aération.

— Alors, toutes ces années, tu faisais semblant.

— Détrompe-toi.

— Et moi qui te croyais inflexible…

— C'est le cas. Cette bouteille, je l'ai planquée là le jour où nous avons pris la décision d'arrêter.

— *Ta* décision, rectifia-t-elle. C'était *ta* décision et je n'ai fait que me plier à ton caprice. Comme toujours…

— Qu'est-ce que tu racontes ?

— J'ai marché dans tes traces, Éric, je m'en rends compte maintenant. J'ai privilégié tes besoins au détriment des miens.

— Une épouse parfaite, en somme.

— Une parfaite idiote, oui. Comment ai-je pu être aussi bête, comment ai-je pu te faire confiance ?

Il agita la fiole, laquelle émit un floc-floc significatif.

— Je n'y ai pas touché, à ce truc. Ça m'était même sorti de la tête jusqu'à aujourd'hui, je t'en donne ma parole.

— Ta parole ne vaut plus rien.

— Je le réservais à une urgence, et on peut dire que c'en est une, là…

Il amena le goulot sous son nez pour s'offrir un shoot qui le transporta instantanément vers des souvenirs vifs et extatiques.

— Si tu savais comme ça m'a manqué…

Il s'envoya une première lampée, une seconde, ponctuant d'une grimace satisfaite et d'une quinte de toux qu'il abrogea par une troisième.

— Rhaa, ouais. Aussi dégueulasse qu'avant.

— Avant quoi ? le défia Pauline. Qu'est-ce qui a changé, pour que tu décides subitement d'arrêter de boire ? Je ne t'ai jamais posé la question, d'ailleurs. Je trouvais ta démarche suffisamment noble pour ne pas remettre en doute tes intentions, ne pas t'embêter avec ça, mais aujourd'hui, c'est différent… Tout est différent.

Éric s'essuya la bouche.

— Je ne me souviens plus.

— Oh, vraiment ?

— C'était il y a si longtemps…

— Huit ans, martela Pauline. Que s'est-il passé, ce jour-là ?

— Ce jour-là, commença-t-il en baissant les yeux sur le couteau comme s'il découvrait sa présence, ce jour-là, je n'étais pas moi-même.

— Comment ça ?

Et d'un geste aussi sec que spontané, il planta la lame dans le plancher. Pauline en aurait laissé échapper l'éclat de verre si elle ne s'y était cramponnée comme au dernier espoir de revoir un jour ses enfants.

Il referma la fiole de whisky et la posa à côté de lui. Sa voix s'était imperceptiblement alourdie, son élocution dégradée :

— On est dans le même bateau, tous les deux.

— Non. Tu ne m'entraîneras pas avec toi dans ces eaux troubles, quelles qu'elles soient. Tu ne me rendras pas complice de tes agissements.

— Tout de suite les grands mots.

— Tu vas mal, assena-t-elle.

— Là, tu ne m'apprends rien.

— Tu as besoin d'aide.

— Certes. (Il étira un sourire mauvais.) Ton aide, *chérie* ? Tu vas faire tout ce qui est en ton pouvoir pour me sortir de ce merdier ?

— Pourquoi pas, mentit-elle. À condition que je sache dans quoi je mets les pieds. Que tu m'exposes les tenants et les aboutissants, que tu me confies tout, absolument tout, sans zone d'ombre.

— Alors tu ne peux rien pour moi.

Pauline augmenta la pression sur son débris de verre,

s'entaillant la paume. Elle jeta une œillade discrète en direction du couloir et sut qu'elle agirait dans la minute. Quoi qu'elle décide, elle agirait.

Croisant à nouveau le regard d'Éric, elle y découvrit de la peur. Il reprit la flasque avec des gestes imprécis, fit sauter le bouchon et en éclusa une quantité remarquable.

— J'ai passé le point de non-retour, articula-t-il péniblement. Je… je ne peux plus reculer, plus maintenant. Je dois… les retrouver moi-même, sinon… je suis foutu. Foutu.

— Comment comptes-tu t'y prendre ?

— Je… J'ai…

— Tu n'en sais rien.

Il garda le silence. À terre, passablement ivre, avec le couloir à quatre longueurs de jambes, analysa Pauline. Bon. Elle devrait aller vite, atteindre l'escalier, fendre la maison jusqu'à la sortie, ne pas traîner. Ne pas commettre à nouveau l'erreur de se ruer sur le téléphone, mais viser la porte. Foncer droit sur le Dokker qui attendait dehors. Se jeter dedans, déguerpir en vitesse… Mais il y avait un hic : c'est lui qui avait la clé du Dokker.

— J'ai besoin de temps, l'entendit-elle proférer d'une oreille distraite, alors qu'elle songeait à l'autre véhicule, leur seconde voiture, une Peugeot 106 fatiguée qui dormait dans le garage…

C'était jouable.

Réfléchis, réfléchis.

Sortir de la chambre. Couloir, escalier, salon. Repêcher les clés de la 106 dans la corbeille fourre-tout du vestibule, puis accéder au garage. La porte à enroulement était fermée, ce qui allait sérieusement compromettre sa fuite car il faudrait l'ouvrir et attendre l'espace suffisant pour passer dessous sans scalper le toit de la voiture. Autant dire que ses chances étaient minimes.

Minimes, mais pas nulles.

Et puis la minute était écoulée.

— Tu n'as pas changé, lança-t-elle en se levant.

Il la dévisagea, attendant qu'elle délivre le fond de sa pensée. Ce qu'elle fit sans trahir ses intentions, contrairement à ses pieds qui, déjà, pointaient vers le couloir.

— Toujours le même enfoiré, à prioriser tes intérêts avant ceux des autres. Avant ceux de tes propres enfants, et c'est ça qui me dégoûte le plus.

— Pauline... Chérie...

— Va te faire foutre.

Elle se propulsa hors de la chambre en ne regrettant qu'une chose : ne pas être témoin de l'expression de complète stupéfaction d'Éric.

Plusieurs secondes lui furent nécessaires pour percuter, puis réagir. D'abord, il entendit un flot confus de gargouillis réprobateurs et s'étonna que ça puisse venir de lui. Ensuite, il arracha le couteau du sol et ne parvint à une posture de bipède branlante qu'au prix d'un effort surhumain, payant au centuple la rupture de nombreuses années de sobriété. Il partit dans le couloir, heurta le mur à droite, rebondit à gauche et entama, circonspect, un escalier qu'il n'aurait jamais cru si raide. Il manqua une marche, dévala les suivantes, se rétablit en bas et acheva son trajet sinusoïdal dans le vestibule où il fut contraint de freiner pour ne pas percuter Pauline. Sur le point de lui mettre le grappin dessus, il comprit que quelque chose clochait. Quelque chose qui s'ajoutait encore au torrent de boue nauséabond qui avait commencé à déferler sur leur vie cette nuit.

Pauline était plantée sur le paillasson, le visage blême.

— Quelqu'un l'a glissé sous notre porte…

Ce qu'elle tenait ressemblait à un carré de papier aussi gros qu'une carte de crédit. En s'en emparant, Éric eut une drôle de sensation. Celle de sentir la compréhension de manière physique, viscérale, remonter une à une les strates filandreuses de sa conscience.

— Oh, mon Dieu.

C'était une photo de leurs enfants, imprimée sur du papier. Emma. Milo. Terrifiés. Et au dos, une phrase : *Les larmes du vent d'autan.*

*

Emma était revenue de son excursion à l'étage avec une nouvelle mine, un teint plus frais. Le cumul du casse-croûte et du passage aux toilettes avait ravivé un certain allant que Milo s'apprêtait à gâcher.

Il attendit que leur ravisseur s'envole pour s'y résoudre :

— T'as rien remarqué, là-haut ?

— Ben non, j'y voyais rien, alors…

— Non, bien sûr, moi non plus. Mais une fois dans les cabinets, là, t'as rien remarqué ?

— C'était dégoûtant, trancha-t-elle en serrant sa peluche.

Milo sourit. Puis il pointa un doigt vers le plafond.

— Les w.-c. se trouvent quelque part au-dessus. Dans ce coin-là, je suppose.

— Oui, je crois.

— À l'intérieur, y'a une fenêtre qui donne sur la cour, puis sur les bois. Je suis monté sur la cuvette, j'ai réussi à l'atteindre. (Il ajusta un silence pour ménager ses effets.) Elle s'ouvre, cette fenêtre. Il n'ajouta rien, espérant que sa sœur enclenche d'elle-même les connecteurs appropriés, qu'elle en déduise le reste. Ce qui ne tarda pas : sa mine changea du tout au tout, les yeux arrondis, la bouche en cœur.

— Non…

— Je vais tenter le coup.

— Non !

Ses larmes ressurgirent comme si elles étaient restées en embuscade tout du long.

— Non, je veux pas.

— On n'a pas le choix.

Elle renifla.

— Tu veux passer par cette fenêtre…

— C'est ça.

— Et partir dans la forêt…

— Oui.

— Sans moi.

— Je reviendrai te chercher.

La fillette se cachait derrière Bourriquet. Combien de larmes cet âne au pelage élimé et bouffé d'écorchures avait-il absorbées ?

— Tu peux pas, pleurnicha-t-elle. Il verra que t'es parti. Il se mettra en colère, il va… Il va me…

— Il sera trop occupé à me courir après.

— Il va t'attraper.

— La forêt est immense, il me retrouvera pas.

— Et moi, alors ?

— Toi, tu attendras ici.

Ses protestations lui crevèrent le cœur.

— Non, non…

— Emma…

— Me laisse pas seule.

— Je te laisse pas sans rien.

Il exhiba alors le fragment d'assiette.

— Si jamais… Au cas où… Prends-le.

— J'en veux pas.

Il le lui fourra dans la main.

— Tu sauras te défendre avec ça.

Mais si son cœur voulait approuver une telle affirmation, son esprit n'en croyait rien. En fait, à cet instant, Milo n'avait pas encore décidé auquel des deux se vouer.

12

Parce qu'elle n'avait plus la force de marcher, Éric la transporta au salon. Bien que saoul, il ne parut fournir qu'un effort sommaire pour la soulever, l'acheminer sans la renverser et la déposer sur le canapé où elle continua de pleurer jusqu'à ce que ses yeux soient aussi secs que des galets. Prenant ensuite position côté vestibule pour dissuader la moindre tentative de fuite, il étudia la photographie avec une attention toute relative.

— Vise un peu ce que j'ai dégoté sous la porte, marmonna-t-il d'une voix pâteuse. C'était… c'était juste là, à l'entrée…

— Non, c'est moi qui l'ai trouvée. Tu me l'as arrachée des mains. Ça y est, déjà, le whisky te grignote la cervelle. Ce bon vieil Éric est de retour, celui qui perd la mémoire à la première goutte d'alcool !

Il lui adressa un regard sulfurique, mais incapable de la contredire, il s'intéressa de nouveau à la photo.

— Au moins, ils sont ensemble. Au moins, ils sont en vie, tous les deux.

— Comme si ça t'importait…

— Bien sûr, je suis leur père !

— Et je m'arrangerai pour qu'ils l'oublient, le jour où on te jettera en prison, rétorqua-t-elle avec une âpreté qui la surprit elle-même. Parce que ça ne finira que de cette façon, tu le sais. Tu ne t'en tireras pas comme ça, tu devras payer les conséquences de tes actes.

— Ils vivent encore, répéta-t-il, faisant passer le poids de son corps sur l'autre jambe.

— Nous n'en savons rien.

— Cette photo en est la preuve.

— Elle a pu être prise voilà des heures. Peut-être même pendant la nuit.

— Non…

Il chancela, perdit pied un court instant, obligé de s'asseoir sur la table basse avant de reprendre :

— C'était en plein jour. La lumière est naturelle. Cette scène est récente, elle date de ce matin.

— Si tu le dis.

— Ils sont vivants, j'en suis sûr. Et il tient à ce qu'on le sache.

— *Il* ?

— Ouais le… Le type qui a fait ça.

— Il est revenu, remarqua-t-elle avec effroi. Il est revenu ici, chez nous, en personne, dans le seul but de nous transmettre cette photo.

— Lui, ou un complice.

Pauline accusa le coup. Elle n'avait pas envisagé cette éventualité, l'hypothèse d'un groupe. Une bande organisée, un réseau ? L'homme en noir n'était peut-être qu'un pion, le talon d'une bête autrement plus grosse, rabatteur à la solde d'une organisation aux ramifications tentaculaires… Elle s'interdit d'aller plus loin, empêcha ses pensées de dériver sur un chemin au bout duquel l'attendrait tout ce qu'elle pourrait imaginer de pire.

— C'est affreux…

— Ils sont vivants. Dans le cas contraire, il n'aurait eu aucun intérêt à nous remettre ce cliché. Il veut nous effrayer.

— C'est réussi.

— Il guette notre réaction.

— Pourquoi ne pas demander une rançon ?

Éric fit un geste du couteau. La lame étincela furtivement.

— L'argent ne l'intéresse pas, répondit-il avec un tel degré de conviction qu'il le regretta aussitôt, pinçant les lèvres. Enfin, je… suppose. C'est ce qu'il a dit, non ?

C'était vrai, se rappela Pauline, c'était bien ce que l'homme en noir avait affirmé. Mais pouvait-on raisonnablement prêter le moindre crédit aux paroles d'un criminel ? De plus, il avait eu le temps de cogiter, de changer d'avis et d'élaborer une stratégie d'extorsion, agissant par étapes. D'abord, le kidnapping. Ensuite, instiller la peur par le biais de cette photographie. Enfin, envoyer une demande de rançon. Tout était possible. Tout. Elle en avait eu la preuve cette nuit. Puis elle se rappela le genre d'homme qu'était véritablement son époux et les étroites connexions qu'il semblait entretenir avec le ravisseur. Elle pointa le doigt sur lui.

— Tu sais exactement ce qu'il manigance. Que désire-t-il, si ce n'est pas l'argent ?

— Aucune idée.

— Tu mens.

Il voulut se redresser, mais son corps surchargé le retira en arrière et ses fesses recollèrent à la table basse. Il dodelina un moment, ploya dangereusement en avant, avant de se stabiliser.

Pauline saisit l'occasion pour se lever.

Le surplomber.

— Et cette phrase, derrière ?

— Je n'en sais rien.

— *Les larmes du vent d'autan.* Qu'est-ce que ça signifie ?

Il se pencha encore sur l'inscription au dos, peinant à décrypter les mots qui n'avaient pas plus de sens pour lui que des hiéroglyphes dansants. Il émit un rot bruyant accompagné d'un sévère reflux gastrique qui le fit se contorsionner d'inconfort. La photographie lui tomba des mains. Pauline la ramassa et s'empressa de la camoufler dans la poche arrière de son short. Cette photo constituait une pièce à conviction cruciale, estima-t-elle, ayant regretté de l'avoir confiée à Éric dès l'instant où il s'était mis à la tripoter sans s'embarrasser des précautions d'usage. Un miracle si leurs empreintes n'en souillaient pas toute la surface exploitable. Un miracle si l'on en retirait quoi que ce soit d'utile.

Il agita le couteau.

— Rends-moi la photo.

— Pas question. La police en aura besoin.

— Oublie la police !

— Cette photo, c'est notre seule chance. Ne la fous pas en l'air.

Il fit une autre tentative pour se lever, qui se solda par un nouvel échec cuisant. Mais cette fois il retomba dans les bras de Pauline. Elle capta son odeur de transpiration mêlée à celle de l'après-rasage qu'il avait utilisé la veille. Et dans cet extrait olfactif arraché du passé, de cette période où tout semblait encore normal, une bouffée de nostalgie aussi puissante qu'inexplicable l'envahit. Elle fut à deux doigts de retenir contre elle cet homme qu'elle avait tant aimé. De le garder pour ressentir le contact perdu de son corps contre le sien, d'éprouver sa force si rassurante.

Elle promena ses mains sur son torse… et le repoussa brusquement.

Il bascula et s'étala sur le carrelage. Grognant, grondant, incapable de se relever, il gesticulait, obstruant le passage. La lame du couteau fendait l'air autour de lui en sifflant, frôlant la cuisse de Pauline qui recula. Elle fit volte-face, se dirigea vers la porte de service en PVC donnant sur le garage et n'osa reprendre son souffle qu'au moment où elle se trouva de l'autre côté. Elle activa la commande d'ouverture du portail, lequel daigna se relever avec une lenteur abominable, faisant pénétrer la lumière du jour. Elle se rua sur la 106 en songeant trop tard – *espèce d'idiote* – à la clé de contact dans la corbeille fourre-tout du vestibule.

Elle ne pouvait plus rebrousser chemin. Elle entendit Éric vociférer des insanités ébréchées. Il s'était remis sur pied. Il approchait. Il n'allait pas tarder à faire irruption…

Pauline se tourna alors vers la rue.

*

Milo quitta le matelas et se dirigea vers le mur où étaient fixées les canalisations. Il forma une boucle avec sa chaîne qu'il abattit de toutes ses forces sur le réseau cuivré. Une fois, deux fois, trois... produisant un tapage qui se répercuta dans toute la demeure et attira les foudres de leur ravisseur.

Il déboula dans la cave, fonça sur le garçon, le saisit à la gorge et le projeta à terre.

— Espèce de petit enfoiré, hurla-t-il avant de lui assener un coup de pied dans le ventre, puis un autre sur les avant-bras dont il se protégeait. Petit salaud, tu voulais alarmer les environs, c'est ça ?

— Non !

— Alors quoi, c'est juste pour me casser les couilles ?

Il se pencha et brandit un poing nerveux, frémissant. Prêt à cogner. Emma s'était retranchée sous le plaid et sanglotait.

— C'est ça, tu veux m'emmerder ?!

— Non, pardon, je... J'ai envie de faire pipi.

L'homme parut se calmer. Il se redressa et prit une inspiration.

— Encore ? Tu y es déjà allé, tout à l'heure.

— Oui, pardon, je... J'ai besoin, c'est tout.

— Et tu crois qu'il te suffit de siffler pour que je rapplique ?

— Non, mais... je savais pas comment faire.

L'homme soupira.

— Laisse tomber, dit-il. Rappelle-moi juste de jamais

avoir de gosses. Quelle plaie, putain.

Il rassembla les emballages de sandwichs, la bouteille vide et jeta le tout dans un sac-poubelle près de l'établi. Il revint près du garçon.

— Tiens-toi tranquille, dit-il en libérant sa cheville, puis en bandant ses yeux. Tu connais la procédure : ne pas enlever sans autorisation.

Il guida le garçon à l'étage, reproduisant, dans le dédale de couloirs, le même itinéraire que la première fois, à gauche, tout droit, gauche encore, le poste de télé comme éternel ruban sonore. Dans une pièce attenante, la femme affalée dans un fauteuil les regarda passer, ses doigts crochus arrimés aux accoudoirs.

— Où l'emmènes-tu cette fois ? demanda-t-elle d'une voix qui injecta à Milo des frissons irrépressibles. Ne peux-tu pas le laisser en bas ?

— Pour qu'il pisse partout ? Pas question.

— Un vilain garnement, voilà ce qu'il est, un bien vilain garnement.

— C'est ça.

Une fois seul dans les cabinets, la porte fermée, Milo reçut l'autorisation de quitter son bandeau. Il leva la tête vers la lucarne, submergé par un tsunami d'adrénaline. Une excitation tout juste contenue, mâtinée d'anxiété et qu'il expérimentait pour la première fois. Il grimpa sur la cuvette et tira le loquet de la fenêtre dont le pêne coulissa à nouveau sans accroc. Puis la vitre pivota vers l'intérieur et souffla une bouffée d'air frais. Milo ressentit un vertige passager. Il posa le pied sur l'étagère, laquelle protesta par un craquement inquiétant. Il abandonna cette idée, se hissa sur le réservoir des toilettes et passa la tête par l'ouverture.

Lorgnant de part et d'autre, il comprit que la bâtisse, entièrement composée de pierre, devait naguère avoir été une ferme. Un appentis branlant l'avoisinait, abritant les ossements métalliques d'engins agricoles oubliés. S'y terrait une charrue, versoirs tendus au ciel, émaciée et rongée par la rouille ; les rotules sacrifiées de quelque système de distribution mécanique ; un énorme pneu de tracteur débordant d'une remorque. Un clapier effondré à côté se résumait à un tas de bois, de briques et de fils de fer. La voiture de leur ravisseur stationnait un peu plus loin, en bordure d'une vaste cour cabossée dévorée de chiendent, à l'extrémité de laquelle s'élevait un hangar. *Une étable*, devina Milo, apercevant à l'intérieur une série de compartiments désaffectés. L'ensemble était asphyxié par la forêt.

L'homme cogna la porte à deux reprises :

— T'as fini ?

— ... Bientôt !

Milo n'avait plus une seconde à perdre. Il plongea son bras droit au-dehors et se tortilla pour engager le reste de son corps. Ce qui se révéla plus compliqué que prévu. Il fit émerger l'autre bras, mais son buste refusa d'aller plus loin. Il se dandina, poussa, mais impossible de s'extraire. Il ne passait pas. Pire : il était coincé.

— T'as dix secondes !

Le garçon sentit la panique l'envahir. Bloqué. Tête et bras dehors, le reste du corps dedans.

— J'te préviens, je vais ouvrir !

D'une impulsion, il réussit à se dégager. Il referma la lucarne précipitamment et sauta à terre. Il actionnait la chasse d'eau au moment où l'homme passait la tête.

— Qu'est-ce que tu foutais ?

— Rien.

L'homme l'étudia attentivement. Ses yeux, sous sa cagoule, s'étaient rétrécis, scrutateurs. Inquisiteurs. Impitoyables.

— Me la fais pas à l'envers, morveux.

— Non.

— Allez.

Bandeau sur les yeux, reconduit en bas, remis aux fers. Et ce n'est que lorsqu'il fut seul avec sa sœur qu'il relâcha la tension dans un long soupir. Frustré, il enfonça un poing rageur dans le matelas.

Emma pointa sa frimousse par-dessus le plaid.

— T'es pas parti.

— Non.

— Pourquoi ?

— J'ai pas pu.

— Pourquoi ?

— La fenêtre… Elle est trop étroite…

La fillette ne cacha pas son soulagement. Elle haussa les épaules et retourna sous le plaid. Milo enrageait. Il récupéra son bout d'assiette et s'acharna sur ses entraves.

Quand soudain :

— Emma.

— Mmh ?

— J'ai une autre idée, mais…

— Mais quoi ?

— Tu vas la détester.

*

Éric ne trouva aucune trace de sa femme dans le garage, pas davantage dans la Peugeot. Il s'éjecta dans la rue en courbant l'échine, main en visière pour se protéger du soleil, trottinant et se trainant sur quelques mètres, avant de s'arrêter, étourdi. La même sensation d'asphyxie mêlée de panique qui l'étreignait parfois en session d'apnée solitaire quand, recherchant l'ivresse des fonds marins il jouait avec sa propre vie. Il se redressa et s'insuffla une longue inspiration. Il se rappela la présence du couteau dans sa main et prit conscience de ce à quoi il devait ressembler. S'il croisait un voisin maintenant… Mais la rue était déserte, heureusement. Pas un chat aux alentours, à croire que tous les résidents du lotissement s'étaient entendus pour partir ensemble en croisière organisée. Seuls témoins peut-être, ces papillons virevoltant dans les bordures, gravitant autour de la verveine de madame Dural, de la lavande ternie de monsieur Raffel, ou de l'olivier chétif de la famille Nguyen. Du romarin persistait sur les massifs, attendant février d'être mis à l'honneur de la fête qui, depuis plus de sept siècles, inondait le village d'un esprit médiéval. Des réjouissances dourgnoles qu'Éric avait toujours appréciées, autant pour leur ambiance chevaleresque que pour le bol de *frésinat* qu'on y servait. Aujourd'hui, la seule vue de cette plante à l'évocation festive ne le renvoyait pas seulement à l'ampleur funeste de sa situation, mais lui rappelait, de par sa sobre beauté, tout ce qu'il serait capable de sacrifier pour retrouver la simplicité de sa propre vie.

Il rebroussa chemin vers le garage et balança le couteau parmi les outils. Il sentit sa tête lui tourner, le sol s'incliner d'un côté, de l'autre. Il regrettait amèrement d'avoir rompu toutes ces années d'abstinence. De subir à nouveau ces sempiternelles pertes de mémoire. Des connexions improbables se tissaient dans les méandres de son cerveau, qu'il était incapable de résoudre. Ses propres actions lui semblaient appartenir à d'autres, et l'inverse était tout aussi vrai. De l'époque où il buvait lui revenaient d'absurdes souvenirs : ceux d'avoir félicité sa femme pour la qualité du repas alors que c'est *lui* qui l'avait préparé ; ou persuadé d'avoir conduit la voiture au cours d'un trajet qu'*elle* avait effectué... Perdre le fil des événements était aussi déroutant qu'effrayant.

Il épongea la sueur sur son front du revers de la main. *Pauline, bon Dieu, mais qu'est-ce qui t'a pris ? Tu ne pouvais pas simplement me faire confiance...*

Il envisagea de partir à sa recherche mais se ravisa. Il n'était clairement pas en état de prendre le volant, du moins pas de suite, même plus capable de se tenir droit. *Et merde.* Il obliqua vers la 106, nauséeux, et s'adossa à la carrosserie. Les amortisseurs gémirent tout près du visage de Pauline embusquée dessous. Il se pencha en avant, les mains sur les genoux, réprimant l'envie de vomir. Se redressant, il extirpa son téléphone de sa poche et se prêta à l'exercice au combien éprouvant de la sélection d'un contact dans le répertoire. *Merde, merde, merde...*

Pauline compta quatre secondes avant qu'on décroche. Quatre secondes avant d'assister, impuissante, à l'effondrement irréversible des fondations du monde tel qu'elle l'avait connu.

— C'est moi, susurra-t-il. Je sais, oui, je ne devrais pas t'appeler à cette heure-ci, mais… Non. Je te dis que non. Attends, laisse-moi parler. Oui, d'accord, j'ai bu, mais rien qu'un verre… Ce n'est pas le moment, écoute… Il est arrivé quelque chose.

Il se tut un instant pour réfléchir, ou peut-être simplement pour contenir ses larmes.

— C'est lui. Oui, j'en suis sûr. Parce qu'il a laissé un message. Sur le miroir de ma salle de bains. Je t'expliquerai. Il a… Écoute-moi. Les enfants. C'est les enfants. Il est venu nous les prendre.

Allongée sous la voiture, Pauline sentit son sang se glacer. Courbaturée, elle doutait de pouvoir encore rester immobile très longtemps. Des fourmis lui couraient le long des jambes.

— J'étais persuadé qu'il ne ferait rien, reprit-il. Qu'il finirait par m'oublier. C'est ce que tu pensais, toi aussi. Tu m'avais dit qu'il ne serait pas une menace…

Son interlocuteur sembla contre-attaquer. Et malgré toute l'attention mobilisée par Pauline, elle ne captait rien d'autre qu'un crachotement à peine humain.

— Non, elle ne sait rien. Elle est partie. Partie, oui. Elle m'a filé entre les doigts, voilà ! Comment… comment j'étais censé faire pour la retenir, hein ? Oui, à la gendarmerie, évidemment… Elle va donner l'alerte. Tu sais exactement comment ça va finir. Oh que si, toi aussi. Absolument. Si je plonge, tu plonges. Tu as autant de responsabilités que moi dans cette affaire, tu… Arrête… Attends, laisse-moi finir.

Il se décolla du flanc de la voiture et entreprit quelques pas.

— Retrouvons-nous. Chez toi. Maintenant, oui. Parce que je suis perdu et que tu dois m'aider. Tu veux que je te rafraîchisse la mémoire, que je te rappelle ce qui s'est passé ? Bien. Alors, retrouvons-nous.

Il se traîna en direction du salon.

— J'arrive.

Et il raccrocha.

13

Emma était catégorique : l'idée absurde de son frère, hors de question qu'elle s'y plie.

— J'y arriverai jamais…

— Bien sûr que si. Tu dois grimper sur la cuvette des w.-c. et passer par la fenêtre.

— Je peux pas. Je vais tomber.

— Tu feras très attention, tu vas y arriver.

— Non, non, non…

Sans cesser de psalmodier, *non, non, non*, elle se retira sous le plaid en compagnie de Bourriquet. Son frère sentit monter une impatience mêlée de désespoir qui lui donnait envie de hurler. De tout casser. Il prit sur lui pour se contenir.

— Emma, je t'en prie.

— Pourquoi tu le fais pas, toi ?

— Je te l'ai dit, l'ouverture est trop étroite. Toi seule…

— Et une fois dehors ?

— Tu fonces sans t'arrêter.

— Où ?

— Tout droit.

— Je vais me perdre.

— Pas si tu vas tout droit.

— J'ai peur. La forêt, avec ce vent…

Et regardant au travers des carreaux sales de l'autre côté de la cave, Milo sut exactement ce qu'elle voulait dire. À peine intimidante en temps normal, la montagne, livrée aux intempéries, pouvait se montrer franchement menaçante aux yeux d'une fillette de six ans. Les branches faisaient des bras éperdus dans le tumulte, ceux de créatures cherchant à attraper, à capturer et à diluer dans la sève des arbres. Parfois, le vent proposait une accalmie qu'on aurait voulue éternelle mais qu'il balayait vite d'un souffle impétueux. Un tel talent de dissipation, Milo aurait aimé pouvoir l'exercer sur les craintes de sa sœur. Souffler dessus pour qu'elles s'envolent.

— Tu dois le faire, Emma, on a pas le choix.

— J'ai dit non !

Elle avait crié à pleins poumons. Milo se contracta. Quelqu'un, là-haut, s'agitait. Des bruits de pas martelèrent la surface de l'étage et gagnèrent l'escalier. Il arrivait. Il ne cautionnerait pas un tel raffut. Il prendrait des mesures. Des sanctions envers elle, puis envers lui, ou inversement. Il avait juré qu'il lui briserait les doigts et Milo le savait capable de le faire. Il se préparait à encaisser, mentalement, physiquement, la main sous le matelas et sur le fragment d'assiette. Il s'en servirait, se défendrait, protègerait Emma. Il n'allait pas se laisser faire, il… La silhouette au bas des marches n'était pas celle de l'homme.

Elle est totalement cinglée...

Grande et voûtée, la copie conforme, à peu de chose près, de ce qu'avait pu imaginer Milo à son sujet. Elle nageait dans un pantalon gris de jogging et un pull marron en laine dont le col effiloché menaçait de passer par-dessus son épaule décharnée. Elle évoluait sur des mocassins érodés, avec la lenteur d'un spectre, faisait des enjambées prudentes, reluquait les lieux avec appréhension.

Cinquante ans, estima Milo, avant de lui en ajouter dix lorsqu'elle fut assez proche, non seulement pour qu'il détaille ses traits, mais aussi pour qu'il respire son odeur repoussante. Son visage, contrairement à son complice, était découvert.

Se déplaçant de biais, elle longea le mur en le caressant et s'arrêta pour s'y adosser, à cheval sur la ligne au sol, les mains dans le dos. Au fond de son regard flottait une détresse qui tranchait avec la clarté de son sourire. Un contraste improbable entre ce qui était mort dans les yeux et ce qui persistait sur les lèvres...

— Il ne faut pas crier comme ça, dit-elle avec une voix chargée de sable. Vous allez finir par la réveiller. Et si elle se réveille maintenant, elle sera de mauvaise humeur pour le reste de la journée.

Des branches grêlèrent la vitre du soupirail, là-bas, captant l'attention de la femme qui se détourna, rien qu'une seconde durant laquelle Milo envisagea de lui planter son bout de faïence dans le cou.

Quand son regard lui revint, il n'était plus question de tristesse, mais de pitié.

— Je suis désolée, murmura-t-elle. Je n'étais pas d'accord avec... avec tout ça. Je lui ai dit que je ne voulais pas. Il ne m'a pas écoutée. Il peut être… Oui, voilà : il peut être têtu. Ah, ça, je n'étais pas d'accord. Pas d'accord.

Elle baissa les yeux sur la trace sous ses mocassins, mais sans la voir. Il semblait qu'un pan entier de la réalité échappait à ses sens.

— Je n'étais pas d'accord, répéta-t-elle un ton plus bas.

— Alors, détachez-nous, lança Milo, étonné par sa propre initiative.

Elle releva la tête et, cette fois, il n'y avait ni tristesse ni pitié, seule une farouche détermination.

— Je n'étais pas d'accord, mais j'ai changé d'avis. Je suis heureuse de vous savoir ici, parmi nous. Pour nous. C'est dans l'ordre des choses.

— Vous êtes qui ?

Cette question la surprit.

— Plus personne depuis longtemps. Il m'arrive d'être quelqu'un, parfois, comme maintenant, mais cela ne dure jamais. Me débattre à la surface me coûte bien trop d'énergie. Enfin, c'est ce qu'il dit…

— Où est-il ?

— Oh, il fait la sieste. Tout cela l'a épuisé. Ce n'est pas un mauvais bougre, il ne faut pas lui en vouloir, sa vie n'a pas été rose.

Milo déglutit, s'efforçant de maîtriser sa voix quand il demanda :

— Qu'est-ce qu'il va faire de nous ?

— Des photos, résuma la femme avec un sourire étincelant, rien que des photos.

— Pourquoi ?

— Pour vos parents. Ils doivent savoir.

— Quoi ?

Elle roula des yeux comme si la réponse mijotait au fond d'elle, quelque part dans les méandres délabrés de sa cervelle en friche. Finalement, elle s'intéressa à la bosse que formait Emma sous le plaid.

— Comment va la petite ?

— Pas bien.

— Elle a mangé, au moins ?

— Oui.

— Et bu ?

— Oui.

— Est-ce qu'elle a…

— Tout ce qu'elle veut, c'est rentrer chez elle, répondit Milo de façon abrupte. Et moi aussi. Vous pouvez nous libérer. Vous pouvez prévenir quelqu'un. Vous êtes libre, vous.

— Libre ? s'amusa-t-elle. Oh non, je ne quitte plus cette maison, plus du tout. J'ai trop éprouvé les brûlures de l'enfer, je ne tiens pas à m'y aventurer de nouveau.

— L'enfer ?

— Oui, tout ce qui s'étend au-dehors, répondit-elle en englobant son environnement d'un geste ample.

OK, conclut Milo. *On était loin du compte. Cette femme n'est pas folle. Même pas cinglée, non, un cran au-dessus. Siphonnée ? Détraquée ? Maboule, marteau, tarée de chez tarée…*

— Vous nous aiderez pas, alors.

Elle fit non. Elle avait attaché ses cheveux blancs en chignon, mais une mèche filandreuse se balançait seule devant ses yeux telle une soie d'araignée rompue.

— Non, mais je lui dirai que vous êtes là, ajouta-t-elle.

— Le dire à qui ?

— Oh, elle sera ravie de le savoir ! Elle va vouloir mieux te connaître, mon garçon. Et mieux connaître ta sœur, aussi… (Plusieurs plis se creusèrent sur son front.) Ta sœur… Elle est presque nue, j'ai vu les photos, la pauvre, elle est presque nue, n'est-ce pas ?

— Elle a cette couverture, c'est tout.

La femme parut horrifiée. Un roulement de gorge s'écoula de ses lèvres tordues, sa façon très personnelle de ne pas cautionner la situation.

D'un coup, elle quitta les lieux d'une démarche bancale résultant moins d'un handicap physique que d'une défaillance cérébrale.

— Elle est partie, signala Milo.

— Je veux pas la voir. Elle me fait peur. Encore plus peur que le monsieur. Et puis elle sent mauvais.

— J'crois pas qu'elle soit dangereuse…

— Je veux pas la voir.

— Elle est allée chercher quelque chose.

— M'en fiche.

— Quelque chose pour toi, je crois.

— Ne la laisse pas m'approcher, d'accord ?

— Tais-toi, elle revient.

Elle a apporté une robe, nota Milo, *rouge aux motifs de fleurs de tournesol*. Elle la lui envoya, il l'attrapa, la déplia, l'examina, bouche bée.

— D'où est-ce que ça sort ?

— Ça devrait lui aller. Elles ont le même âge, toutes les deux…

— De qui vous parlez ?

— Oh, ça ne lui pose aucun problème. Elle est de nature généreuse, tu sais, elle accepte volontiers de prêter ses affaires.

Milo sentit un nœud se serrer dans son ventre.

— Il y a un autre enfant, ici…

— Ta sœur devrait l'essayer.

— Un autre ou plusieurs…

La femme se dandinait nerveusement.

— Elle devrait l'essayer tout de suite.

— Combien en avez-vous enlevé ?

— Tu te trompes.

— Combien vous en gardez, là-haut ?

— La ferme.

Une autorité sèche et implacable. Milo en eut le sifflet coupé. Et avant qu'il ne puisse réagir, elle lui enleva la robe des mains pour la jeter sur Emma, la privant de son plaid, déclenchant automatiquement ses cris éperdus.

— Tais-toi. Enfile ça.

Emma repoussa la robe comme s'il s'agissait d'un bout d'étoffe crasseux. Elle aurait voulu reprendre son plaid, mais il avait atterri par terre, trop loin.

La femme monta sur le matelas.

— Mets cette robe.

— Non !

— Allons, ne fais pas l'effrontée !

Avançant encore, elle écrasa la jambe d'Emma qui poussa un cri animal. Milo bondit sur ses pieds, tenant fermement le fragment d'assiette. Il lui suffisait de déployer le bras, de viser cette région du cou où palpitaient les carotides. Il suffisait que… Mais impossible d'assener le coup fatal, le courage lui manquait… il n'y arriva pas.

— Arrêtez, vous lui faites mal !

La femme recula, confuse.

— Pardon, je…

— Fichez-lui la paix !

— Qu'elle mette la robe. Qu'elle la mette.

— Elle en veut pas, de votre robe !

Elle recula encore et piétina le plaid. Le ramassa, le roula en boule.

— Dans ce cas, je confisque.

— Vous êtes…

Mais sous les cris assourdissants de sa sœur dont le visage avait viré au rouge, Milo s'entendit à peine prononcer :

— Vous êtes ignoble.

— Je voudrais tant qu'elle enfile cette robe.

— Pourquoi ?

— Parce qu'elle la lui a donnée. Voilà. C'est un cadeau. On ne refuse pas un cadeau. Qu'elle la mette, qu'elle la mette.

— … D'accord.

La femme élargit les yeux.

— C'est vrai ?

— Oui. À condition que ce soit moi qui l'aide à la mettre. Seulement moi. Vous, vous restez où vous êtes. Vous la touchez pas. Vous la touchez plus jamais.

La femme accepta la proposition et se contenta d'attendre, l'œil attendri, que le garçon console la petite, qu'il l'amadoue, la serre dans ses bras et qu'enfin, il la convainque d'enfiler le vêtement.

— Tu es si belle, dit-elle doucement, la contemplant ainsi vêtue, avant de lui rendre le plaid. Si belle. Vous vous ressemblez tellement, toutes les deux. Tellement. Elle sera heureuse de savoir que tu as mis sa robe…

Elle resta encore un moment silencieuse, le regard vague. Et finit par s'éclipser.

— Je la laisserai pas te faire du mal, dit Milo.

— Je sais. (Un silence.) Elle m'embêtera plus, de toute façon.

— Comment ça ?

Emma sortit la tête du plaid comme un coucou de son horloge, puis les épaules, pour finalement redresser le buste et poser Bourriquet sur ses genoux, devant elle.

— Je vais le faire, dit-elle.

Elle s'essuya une joue, puis l'autre.

Son regard était déterminé.

— Je vais sortir.

14

Pauline attendit sans bouger que le Dokker vrombisse dans l'allée et que le bruit de son moteur finisse par s'amenuiser, puis disparaître, dilué dans le vent. Alors seulement elle rampa pour s'extirper de sous la 106, les muscles en compote.

Chez toi, avait dit Éric au téléphone, avant d'ajouter : *J'arrive.*

Et d'après ce que Pauline avait pu saisir de la conversation, l'homme au bout de la ligne était autant mêlé que lui à ces obscures activités. Qui que ce soit, il avait collaboré d'une façon ou d'une autre et supportait lui aussi sa charge de responsabilité dans les événements à l'origine de ce cauchemar.

À croire que les salauds vont par paires, devisa-t-elle en débouchant dans le salon puis la cuisine, prise d'une soif mordante. Elle éclusa un grand verre d'eau et dénicha les clés de la 106 dans le fourbi de la corbeille du vestibule. Un objet s'en échappa qui tomba à ses pieds : un marque-page plastifié en forme de cravate où des mots bariolés s'enchevêtraient pour souhaiter une *Bonne fête !* au *Meilleur Papa du monde !* signé Milo, quatre ans, moyenne section de maternelle, qui croit encore au père Noël, à la petite souris et à l'intégrité des adultes.

Pauline ne prit pas la peine de le ramasser. Il est même probable qu'elle marchât dessus en repartant vers le garage.

Au volant de la 106, elle croisa son reflet dans le rétroviseur. Une seconde pour se reconnaître, se persuader de la réalité des faits et s'encourager d'un signe de tête.

Vas-y ma grande, tu peux le faire.

La dernière fois qu'elle avait posé ses fesses sur ce siège, c'était au sortir de l'entretien d'embauche dont elle connaissait aujourd'hui l'issue favorable. Son ultime bon souvenir avant de sombrer dans le chaos.

Elle mit le contact, s'engagea dans l'allée et prit la direction de la gendarmerie.

*

Milo s'acharna sur la tuyauterie à grands coups de chaîne en fer jusqu'au moment où leur ravisseur, quasiment après avoir dégringolé les marches d'une traite, surgit dans la cave pour le charger. Véritable bulldozer, il rentra dans le garçon, lui empoigna le col et l'écrasa de toute sa masse contre le mur. Ce dernier hoqueta, réprima un cri, puis il sentit le contact glacé d'une lame contre sa joue, celle d'un couteau de cuisine au tranchant évident.

— Tu commences sérieusement à me les briser. T'as dépassé les bornes, cette fois. Je vais prendre mon pied à te voir couiner.

L'homme fit remonter la lame sous l'œil du garçon et y appliqua une légère pression, générant une perle de sang qui lui dévala la pommette comme une larme.

— T'as pas besoin de cet œil. T'en as deux, alors…

— S'il vous plaît…

— J'entends pas. Tu dis que t'en as pas besoin, c'est ça ?

Il creusa un sillon sanglant sous la paupière.

Le garçon rugit, tenta de le repousser mais la force de l'homme surpassait la sienne et le contraignait à l'immobilité.

— Pitié…

— Quoi ?

— Arrêtez, je vous en prie, je voulais juste…

— Tu voulais quoi ? Me faire descendre, non ? T'as réussi. Maintenant, t'assumes.

Le couteau migra lentement jusqu'à son ventre et la pointe s'inséra dans son nombril.

— J'vais te faire un trou.

— Non !

— J'vais creuser profond là-dedans et cisailler tout ce qui s'y trouve. J'vais retirer tes boyaux et les dérouler sous tes yeux. Alors peut-être que là, t'arrêteras de m'emmerder.

— Je suis désolé.

— J'ai pas entendu.

— Je suis désolé !

L'homme s'octroya une longue et profonde inspiration au terme de laquelle il relâcha le garçon qui s'écroula à ses pieds, haletant.

— Ma sœur… Elle a besoin d'aller aux toilettes.

L'homme rangea le couteau dans sa poche et, se tournant vers Emma, il se pétrifia. Stupéfait par la nouvelle tenue de la fillette. Une réaction spontanée qui conforta le garçon dans l'idée que son associée avait agi contre son gré.

— Bordel de merde.

Il s'approcha à pas mesurés.

— Elle est venue, c'est ça ?

Milo n'eut pas besoin de confirmer ; leur ravisseur avait déjà enjambé la ligne et s'accroupissait pour libérer Emma tout en maugréant.

— C'est l'autre tarée, hein ? Elle est venue pendant que je roupillais. Putain. Elle peut pas se tenir tranquille, faut qu'elle se mêle de tout. Elle cachait son visage, au moins ?

— … Euh, eh ben…

— Elle le cachait pas. Putain, elle le cachait pas. On peut pas lui faire confiance. Elle va tout foutre en l'air.

Emma se laissa entraîner vers les marches. Juste avant d'avoir les yeux bandés, elle accrocha le regard de son frère, dans lequel elle lut : *Vas-y ma grande, tu peux le faire.* Des encouragements psychiques qu'il continua de projeter sous forme d'ondes constantes, même après que sa sœur eut disparu, se les répétant en boucle telle une incantation.

Tu peux le faire… Vas-y, Emma. Tu peux le faire…

Milo suivit à l'ouïe le trajet qu'ils effectuèrent jusqu'aux toilettes. La porte claqua. *Elle y est.*

Passa un long silence durant lequel il s'imagina divers scénarios : Emma se brisant la nuque en tombant de la cuvette ; coincée dans la lucarne ; ou s'écrasant de l'autre côté.

Pendant une éternité d'angoisse à se tordre les doigts, Milo dut admettre que ce plan d'évasion caracolait désormais en tête du palmarès de toutes ses idées à chier. Il regrettait même de l'avoir repérée, cette issue potentielle, davantage d'avoir forcé sa sœur à jouer les acrobates. À prendre des risques insensés. Il l'avait expédiée au casse-gueule et s'en voudrait le restant de ses jours. *Pardonne-moi, Emma.*

C'est alors qu'une petite silhouette se coula derrière la vitre du soupirail et atterrit par terre, se réceptionnant dehors avec l'agilité d'un chat de gouttière. Depuis sa contre-plongée, Milo ne distinguait que des jambes fines et glabres. Des pieds nus, des chevilles et, plaquée d'un côté par le vent et claquant de l'autre tel un drapeau, la flanelle rouge et jaune de sa robe. Il explosa de joie, lâcha un « *Yes !* » victorieux et sauta du matelas. Vite retenu par sa chaîne, il tendit les bras devant lui mais s'abstint de l'appeler, de crier son nom. Elle ne l'aurait pas entendu, de toute façon.

Fonce.

Peut-être la fillette avait-elle capté ce dernier flot mental car ses mollets s'activèrent tels deux pistons dynamiques, battant la cour en direction de la forêt.

Milo la regarda rétrécir en s'éloignant au point de devenir aussi négligeable qu'une tête d'allumette. Ce n'est qu'au moment où elle s'évapora dans la nature qu'il s'autorisa à pleurer, trahi par ses nerfs. Il battit en retraite et échoua sur son îlot matelassé. Il s'allongea et n'espéra plus qu'une chose : que cette journée marque la fin du cauchemar.

Deuxième partie

L'alerte

15

Aucune charge n'ayant été retenue à son encontre, Pauline fut priée de rentrer chez elle moins de deux heures après avoir signalé l'enlèvement de ses enfants. On la recontacterait au plus vite, elle devrait rester joignable à tout moment, attendre la suite des opérations et voir ce que le procureur allait décider. Mais, attendre, Pauline en était incapable. Tourner en rond la rendait folle. Elle repensait aux derniers événements en s'efforçant d'y remettre de l'ordre, de les relier les uns aux autres sans rien faire que les embrouiller davantage. On avait violé son intimité et raflé ses enfants. Pour couronner le tout, son (ex) mari s'était volatilisé. Sa famille était disloquée.

Elle voulait un remontant. Quelque chose de plus efficace que les sirops de fruits qui lui avaient servi de substituts toutes ces années. Quelque chose de vrai. C'était… comme un besoin ardent d'étancher une soif décennale, l'envie de mettre fin à une période d'absurdités ou, à sa manière, de faire un pied de nez aux fausses dispositions d'Éric. Sorte de majeur dressé envers l'homme qui s'était joué d'elle.

Elle sauta dans la Peugeot et fila vers le centre du village. La fête annuelle ne se tiendrait que dans un mois mais déjà, les décorations étaient posées. La fontaine s'était vue enguirlandée tandis que des ampoules multicolores mûrissaient parmi les platanes de la place des Promenades. En levant les yeux, on apercevait la statue de Saint-Stapin érigée sur ses tourelles, surplombant la vallée depuis plus d'un siècle au sommet du Roc de l'Abbade. Un système de projecteurs lumineux permettait, la nuit venue, de l'illuminer pour l'occasion. On attribuait à ce saint un pouvoir protecteur, auquel Pauline n'avait jamais accordé plus de crédits qu'à un folklore local, mais dont elle aurait volontiers abusé aujourd'hui.

En lieu et place du saint esprit, elle dégota une bouteille de vin à l'épicerie – un bordeaux de dernière cuvée qui ferait l'affaire – et rentra au bercail. C'est au deuxième verre qu'elle trouva le courage d'appeler sa mère. Mais, tâtant ses poches à la recherche de son portable, elle se rappela qu'il gisait, démembré, dans la baignoire. Elle grimpa à l'étage et n'eut qu'une envie, redescendre au plus vite. Ce qu'elle fit après avoir reconstitué son téléphone.

Sa propre maison lui était devenue hostile. Chaque pièce résonnait encore des cris de la nuit, chaque recoin fleurait les larmes et la trahison. Pauline revivait les scènes, les éprouvait comme autant de coups de cutter dans la chair. Elle avait toujours tenu ces faits divers pour n'appartenir qu'aux autres. Aujourd'hui directement concernée, elle se sentait dépossédée de sa propre individualité. Elle aurait besoin de temps avant que son esprit fuyant ne se réconcilie avec son corps meurtri et que le choc de la réalité, alors, ne la rattrape et ne la frappe.

Elle parcourut son répertoire téléphonique et laissa son doigt en suspens au-dessus du prénom de sa mère. Odette. Elle hésita. Était-ce une bonne idée ? Elle finit par sélectionner le contact et, tandis que les bips de la tonalité se succédaient, elle emporta son verre de vin dans le salon et s'effondra sur le canapé.

— Allô ?

Le ton frais, disposé. Son père juste derrière, enjoué, taquin. Les résultats probants d'un voyage réussi pour leur noce d'or dans l'un des atolls paradisiaques des Maldives.

Rasbou ? Non, Rasdhoo.

Une destination de rêve de l'autre côté de la planète, dont la seule évocation vous inoculait des visions de plages de sable fin, de mer turquoise et de cocktails aussi variés qu'improbables. Ces visions, Pauline n'avait pas besoin de les imaginer, il lui suffisait de suivre le fil d'actualité du compte Facebook de sa mère ou de ses tweets réguliers. Une idylle que Pauline était sur le point de saboter. Elle faillit même raccrocher…

— Trésor ?

— Maman…

Aussitôt prononcé, ce mot la précipita dans le bain suave de sa prime enfance. Elle remontait le temps et redevenait cette petite fille craintive qu'elle s'était employée à réprimer, à arracher de son cocon maternel, à libérer d'un cordon beaucoup trop solide pour en venir à bout.

— Il est arrivé quelque chose, dit-elle.

Son père poussait de vives exclamations dans le fond et Pauline, consciente des quatre heures de décalage qui la séparaient de ses parents, imagina ces derniers en train de se préparer pour sortir, pour aller danser, s'amuser, se reconquérir.

— Pardon de vous déranger…

— Non, pas du tout, trésor. Mais cet appel doit te coûter une fortune !

— Ce n'est pas un problème. Écoute, maman, je…

— Une seconde, tu veux ? (La voix de sa mère plus distante comme elle se détournait, houspillait son père, le sommant de se taire.) Excuse-moi, depuis que nous avons quitté la métropole, Michel a perdu tout sens des politesses. Tu aurais dû le voir faire un esclandre dans l'avion à cause d'un plateau-repas servi tiède. Même pas froid, tiède ! Quel embarras, je ne savais plus où me mettre.

— Maman…

— Et le voilà qui s'impatiente à cause d'une soirée quiz organisée au bar de l'hôtel. Nous sommes inscrits, que diable, ils ne commenceront pas sans nous ! Mon Dieu, cet homme me rendra chèvre.

— Les enfants ont disparu.

Silence glacial.

Son père, derrière, s'était tu.

— Pardon ?

— Ils ont été… Maman, quelqu'un les a enlevés… (Sa gorge se serra.) Cette nuit. Un homme est entré dans notre maison. Il était armé.

— Seigneur…

— Il a pris Emma et Milo.

Le soudain mutisme de ses parents témoignait du choc qu'ils venaient de subir. Pauline les imaginait retomber mollement sur le lit de leur chambre d'hôtel et contempler, impuissants, leur séjour fondre aussi sûrement que les glaçons d'un cocktail oublié au soleil.

— Je n'ai aucune idée de l'endroit où ils peuvent être. J'ai prévenu les gendarmes. Ils m'ont interrogée. J'attends la suite.

— La suite ? s'étrangla Odette. Mon Dieu, que va-t-il se passer ?

— Je ne sais pas, maman.

— C'est... terrible.

— Je suis désolée de ruiner vos vacances... J'avais besoin de vous appeler.

— Non, bien sûr, oui, tu as bien fait, tu as... Oh, trésor... Je n'arrive pas à y croire. Je voudrais être là. On devrait être là, ton père et moi. Nous allons rentrer dès que possible.

— Vous n'êtes pas obligés...

— Bien sûr que si. Nous n'allons pas rester à nous prélasser, ce serait... Pas question. Nous allons prendre le premier vol pour la France. Ton père est déjà en train de consulter les sites de voyage. Il me fait signe qu'il en a trouvé un.

— Je suis désolée.

— Ne le sois pas. Tu n'y es pour rien. Et Éric non plus. Oh, vous devez être tellement abattus, tous les deux. Au moins tu n'es pas seule. Tu l'as, lui.

Pauline but une gorgée de vin qui lui laissa un arrière-goût amer. Sa main tremblait autour du verre qu'elle reposa précautionneusement.

— Tiens bon, trésor. Tu tiens bon, d'accord ?

— Oui.

— Nous rentrons aussi vite que possible.

Le carillon d'entrée retentit. Pauline alla se placer à la fenêtre et vit deux agents sous le porche. Le premier, un colosse à moustache et à l'uniforme complet ; le second vêtu un simple gilet. Ni l'un ni l'autre du bleu ciel de la gendarmerie.

— Je dois te laisser, maman.

— Tiens-nous au courant. Nous pensons fort à toi. À vous deux. Nous t'aimons.

— Moi aussi.

Pauline raccrocha et ouvrit la porte.

Elle reconnut d'abord le patch de la police judiciaire floqué sur la poitrine de celui au gilet.

Puis elle reconnut son visage.

— Hans ?

*

Le commandant Hans Vinckel lui emboîta le pas jusqu'au salon où ils s'établirent, lui et son immense coéquipier. Pauline prit le fauteuil et leur proposa le canapé, puis un café. Ils acceptèrent volontiers le premier mais déclinèrent le second. Le géant fit remarquer que, le concernant, l'heure ne s'y prêtait guère. Une insinuation à peine voilée comme il louchait sur le verre et la bouteille de vin entamée.

— J'ignorais que tu avais intégré la police, plaça Pauline pour faire diversion.

— Il y a une quinzaine d'années, oui.

— De l'eau a coulé sous les ponts depuis le lycée. Tellement de choses ont changé. Je ne pensais pas te recroiser un jour.

— J'aurais préféré que les circonstances soient différentes. Sincèrement désolé pour tes enfants. Ce que tu traverses est abominable.

— Merci… mais alors… Ce n'est plus à la gendarmerie que j'ai affaire ?

— Non. Décision du procureur. Mon équipe reprend le dossier. Voici le brigadier Maze. Lui aussi est désolé.

Le Maze en question l'était et le fit savoir par un hochement de tête à mi-chemin entre le salut et la compassion, sans toutefois verser ni dans l'un ni dans l'autre. Maze était aussi grand que raide et devait garder les jambes de biais pour ne pas les cogner à la table basse devant lui. Il avait sorti son calepin, son stylo, défini son environnement et attendait la fin des courtoisies pour qu'on s'y mette enfin. Il était venu avec sa musette de questions pour Madame Delande et ne semblait pas en mesure de les contenir encore longtemps. Aussi, quand on lui fit l'éloge de la dame et apprit qu'elle avait brillé en classe de seconde B au lycée de la Borde Basse de Castres, il n'en montra qu'un émerveillement mitigé.

— Je copiais sur elle, finit par admettre le commandant Vinckel avec une touche de malice. Une tronche, toujours à bûcher, tu vois le genre.

Le brigadier voyait bien, en effet, mais il avait eu son contingent de détails sur cette époque révolue et en espérait davantage sur celle qui l'intéressait vraiment :

— La nuit dernière, donc.

Le commandant Vinckel se racla la gorge.

— Oui, alors, Pauline. Nous avons pu récupérer auprès de nos confrères la chronologie des faits et la description physique du ravisseur. Maintenant, il reste des aspects qu'on aimerait bien clarifier avec toi.

— Bien sûr.

— Pour commencer, tu as déclaré qu'il s'agissait d'un homme jeune.

— Exact.

— En dépit de sa cagoule.

— Sa voix, expliqua Pauline. C'est à sa voix que j'ai pu estimer son âge. La vingtaine, pas plus.

Vinckel laissa son subalterne compléter ses notes, puis il embraya :

— Tu as dit qu'il était nerveux.

— C'est ce qu'il dégageait, oui. Peu sûr de lui, en tout cas, ou dépassé par les événements. Comme s'il ne s'était pas préparé.

— Assez quand même pour avoir pensé aux cordelettes, souligna le brigadier Maze. Et aux foulards. Il vous a attachés et bâillonnés, vous et votre époux.

— En effet.

— Mais votre époux s'est tout de même arrangé pour déclencher une altercation.

Pauline ferma les yeux un instant et la violence de la scène l'éclaboussa. Éric à terre, brutalisé, piétiné, le sang giclant de son nez et de sa bouche. Quand elle les rouvrit, le décor vacilla un instant avant de se stabiliser.

— Éric a essayé de maîtriser l'individu. De nous défendre. Mais avec les mains liées dans le dos, il s'est vite retrouvé en position de faiblesse et…

— C'est un homme bien ?

— Pardon ?

— Votre époux, selon vous, c'est un homme bien ?

Pauline s'accorda quelques secondes.

— Il l'était.

Le commandant approuva, compréhensif, les lèvres pincées, soucieux de manifester une empathie qu'il aurait sans doute accompagnée par une main tendre sur l'épaule si Maze n'avait pas été là.

— Où vous êtes-vous connus ?

— À l'université. Il y a vingt-deux ans.

— Et il n'a jamais été homme à vous fausser compagnie.

— Non, bien au contraire. Il m'a toujours été fidèle. Il s'est toujours montré solide et bienveillant, en toute occasion. Un mari dévoué et un père irréprochable… Enfin, jusqu'à ce qu'il dévoile son vrai visage.

— Mais vous avez émis des réserves quant à sa complicité avec l'enlèvement de vos enfants.

— Ce n'est pas ce que j'ai dit. Il était ligoté, tout comme moi, rappela Pauline. Il a été blessé par le ravisseur. Il était contre lui, pas avec lui. Mais il est lié à tout ça. Cette pourriture est liée à tout ça, j'en suis convaincue.

Et Maze, alors songeur, tapota de la mine du stylo un carnet qui, dans ses énormes paluches, ressemblait à un timbre-poste.

— Une idée de l'endroit où il peut être allé ?

— Aucune.

— Comment était-il, ces derniers jours ?

— Parfaitement normal.

— Vous a-t-il paru préoccupé, anxieux ou même absent ?

— Non, rien de tout cela, mais… J'ai déjà tout dit aux gendarmes, j'ai raconté ce qui s'était passé. Mes enfants sont en danger, vous devez faire quelque chose maintenant, vous devez agir.

Hans Vinckel, dont Pauline n'arrivait pas à se souvenir du sobriquet peu reluisant dont les élèves de seconde l'avaient affublé, leva les mains devant lui.

— Bien sûr. On est là pour t'aider. On va tout faire pour les retrouver. Seulement, on a besoin de… comment dirais-je…

— Contextualiser, compléta le brigadier.

— C'est ça. Remettre de l'ordre.

Le Frisé, se remémora soudain Pauline. Voilà, c'était ça. À cause de ses origines allemandes, peut-être, sinon quoi d'autre.

— Rien de matériel n'a été dérobé ?

— Pas que je sache.

— Et tu n'as reçu aucune demande de rançon.

— Non.

Maze griffonna quelques notes, avant de reprendre :

— Vous et votre époux comptez-vous des ennemis potentiels ? Quelqu'un qui aurait des raisons de vous faire du mal ?

— Non, je ne crois pas. Non… personne.

— Vous en êtes sûre ?

Pauline se leva brusquement. Elle ne tenait plus en place. Elle prit son verre, la bouteille et emporta le tout à la cuisine. Elle se sentait épiée, analysée. Déshabillée.

— N'êtes-vous pas censés diffuser au plus vite l'information dans les médias ? lança-t-elle.

— Tu veux parler de l'alerte enlèvement.

— Oui.

Les deux policiers échangèrent un regard contrarié.

— On manque d'éléments, finit par admettre Vinckel.

— Lesquels ?

— La description du véhicule, intervint Maze. Celui ayant servi à enlever vos enfants. Le modèle, la couleur. Sans quoi le procureur ne peut déclencher la procédure.

— C'est une blague ?!

— Je crains que non, madame.

Pauline empoigna la bouteille et se versa une rasade plus que généreuse.

Son cœur battait dans sa gorge.

— Vous allez faire quoi, alors ?

Le brigadier Maze se lissait la moustache tout en réfléchissant. Et voyant son supérieur se lever, il l'imita. Tous deux cantonnés au salon.

— Les autres gars ne vont pas tarder à arriver, avança doucement Vinckel. On va devoir fouiller ta maison, saisir ordinateurs et tablettes. Effectuer des prélèvements. On aura besoin de l'ADN d'Éric et de celui de tes enfants.

— Pourquoi ?

— On va mettre ton téléphone sous écoute.

— Faire notre boulot, en somme, résuma le brigadier.

Pauline s'accrochait à son verre. Elle répéta sa question mais se rendit compte qu'elle connaissait déjà la réponse.

— L'ADN… Pourquoi ?

Elle refusait simplement de l'entendre.

C'est Hans, alias le commandant Vinckel, alias le Frisé, qui la lui soumit avec tout le tact que pouvait imposer la situation.

— Dans ce genre de cas, il n'est pas rare que le père ne soit pas vraiment le père.

16

C'est en frappant du poing contre la porte des toilettes sans obtenir la moindre réponse que l'homme finit par comprendre que quelque chose clochait.

— J'te préviens, j'vais ouvrir.

Ce qu'il fit sans brusquerie, désirant hâter la gamine plus que l'embarrasser. Il ne tenait pas à la surprendre avec la culotte aux chevilles. Mais il ne la trouva pas du tout. Il fouilla les cabinets d'un regard ahuri, comme si elle avait pu s'introduire dans un trou de souris ou s'embusquer derrière la cuvette… Et remarqua la lucarne entrebâillée en hauteur. Il se sentit ridicule. À la stupeur ankylosante succéda l'intense frénésie d'une colère volcanique, celle de s'être fait berner, avant qu'un malaise encore plus grand ne s'empare de lui. Il claqua la porte et, tout en récusant sa propre intelligence, il mit la main sur le fusil. Il s'élança vers la sortie.

— Qu'est-ce qu'il y a ? lança la femme depuis le séjour. Pourquoi tu t'agites comme ça ?

— T'occupe !

Il vérifia la présence de cartouches dans les chambres

de l'arme et se projeta au-dehors. Aucune trace de la gamine. Elle avait pu prendre n'importe quelle direction. Il se planta au centre de la cour et examina les alentours. Le feuillage environnant bruissait et ondulait sous le vent. Sorte de foule tumultueuse qui l'acclamait, l'encourageait ou, au contraire, le conspuait. *Qu'ils aillent au diable*. Il renifla et découvrit des traces en baissant les yeux : de petits pieds avaient foulé le sol et imprimé une piste jusqu'à la forêt. Il ne s'était encore jamais adonné à la chasse humaine. Fallait bien commencer quelque part.

*

Milo avait pris la place de sa sœur sous le plaid et suivait de l'oreille le théâtre qui se jouait à l'étage, se demandant combien de temps allait s'écouler avant que leur ravisseur ne prenne conscience de la disparition d'Emma. Le plus possible, espérait-il… mais il fut vite fixé : il entendit les cris de l'homme épouvanté. Un échange succinct avec la femme, puis le bruit de la porte d'entrée. Il le vit ensuite, par le soupirail, traverser la cour défoncée, s'arrêter au milieu, hésiter sur la direction à prendre et, finalement, s'enfoncer dans la futaie à l'endroit exact où Emma avait disparu deux minutes plus tôt. Il avait emporté son fusil. Milo se saisit de l'éclat d'assiette et reprit son affûtage sans jamais cesser de psalmodier : *Vas-y, tu peux le faire. Fonce et ne t'arrête pas, tu peux le faire. Tu peux le faire, vas-y. Fonce et…*

*

... *ne t'arrête pas*, s'adjurait Emma en creusant son sillon dans les bois, enjambant les racines comme autant de pièges retors, louvoyant entre les feuillus et les conifères, bondissant, dérapant, ralentissant parfois mais ne s'arrêtant jamais. *Fonce sans te retourner.* Elle courait à perdre haleine. Des échardes s'étaient incrustées dans la plante de ses pieds nus. Les ronces la griffaient aux mollets, aux bras et au visage. Les branches se liguaient pour la retenir ou écharper sa robe. Le vent, qui pénétrait à peine l'antre végétal, se défoulait néanmoins sur les strates supérieures de la forêt, si bien que la fillette eut bientôt l'impression d'évoluer sous un ciel ondoyant.

— *Je vais le faire*, avait-elle déclaré sur le matelas crasseux. *Je vais sortir.*

— *Tu en es sûre ?* s'était avisé Milo.

Et elle avait menti en disant que oui, qu'elle l'était, refusant surtout de gommer l'étincelle de fierté dans le regard de son frère.

— *Tu devras mettre toutes les chances de ton côté*, avait-il ajouté. *Ne pas perdre une seule seconde. Dès que tu es seule aux w.-c., tu montes sur la cuvette et tu sors. Tu montes et tu sors. Oui ?*

— *Oui.*

— *C'est pas bien haut, mais fais quand même attention, d'accord ?*

— *D'accord.*

— *Ensuite, tu devras aller vite. Ne prends pas le*

chemin de terre, celui par lequel on est arrivés. Ne le prends pas.

— Pas le chemin de terre.

— C'est là qu'il pensera te trouver. Mais il se trompera, parce que toi tu auras coupé par la forêt.

— La forêt.

— C'est ça. Il mettra un certain temps avant de s'apercevoir que t'es partie. Trois minutes, peut-être même cinq. Ça te laissera l'avantage. T'auras de l'avance sur lui avant qu'il se lance à tes trousses. Ne t'arrête pas. Ne te retourne pas.

— J'ai compris.

— Et puis, Emma...

Il lui avait fait promettre de ne pas penser à lui pendant qu'elle fuirait, de ne garder à l'esprit que la mission dont elle devrait s'acquitter : trouver quelqu'un, raconter son histoire, rameuter la cavalerie. Une promesse qu'elle n'avait eu la force que de murmurer. Ne pas regarder en arrière, ni avec les yeux ni avec le cœur. Écarter Milo et Bourriquet de ses pensées... Plus facile à dire qu'à faire.

Son pied heurta une souche, elle tomba et amortit sa chute avec les mains. Elle se releva, considéra ses égratignures, ravala ses larmes, reprit son souffle et sa course. Milo s'était trompé, penser à lui était primordial : il était le carburant qui la faisait aller de l'avant. Si elle trouvait encore la force de courir dans cet enfer, les pieds meurtris et les poumons brûlants, c'était bien pour lui. Il avait eu tort aussi en lui disant de ne pas se retourner. Parce qu'en jaugeant la distance qu'elle avait parcourue, son regard tomba sur une ombre qui se déplaçait. Non loin derrière, fugitive.

La fillette stoppa net et s'accroupit dans les broussailles. Ce pouvait être un animal, mais… La silhouette verticale et longiligne se dérobait derrière un arbre pour reparaître et disparaître derrière un autre… Non, décidément, rien à voir avec une biche, encore moins un sanglier… Surtout armé d'un fusil. Son cœur se décrocha. Des sanglots commencèrent à l'assaillir, qu'elle refoula en plaquant ses deux mains sur sa bouche. Elle endossait le rôle de la proie, se retrouvait dans la peau du gibier. Mais sans aucune habileté naturelle pour se fondre en milieu sauvage, elle n'avait qu'une chance infime de l'emporter sur le prédateur. Elle n'était pas armée pour ce genre de combat, ne disposait ni des sens affûtés, ni de la vélocité d'un chevreuil ou d'un lapin.

— *Tu es plus petite que lui,* avait fait remarquer Milo en sentant qu'elle doutait. *Tu pourras te faufiler plus facilement. Privilégie les coins difficiles d'accès. Il est grand, il aura du mal à avancer. Encore un avantage pour toi.*

— *Comment je saurai où aller ?*

— *Tu le sauras pas. Tu seras désorientée. Tu sais ce que ça veut dire ?*

Emma savait. Il lui faudrait courir à l'aveugle, voilà ce que ça voulait dire. Une fourmi noire se baladait sur son pied. Elle la chassa et continua d'observer son poursuivant, lequel avait été beaucoup plus prompt à réagir que prévu. Cinq minutes selon les estimations de Milo ; une seule en réalité. Oh, et puis, l'homme *aurait dû* se tromper en la traquant sur le chemin de terre (une autre des prédictions éclairées de Milo), mais voilà qu'il crapahutait cent mètres derrière et réduisait déjà l'écart.

Il ne l'avait pas repérée mais regardait dans sa direction. Elle resta blottie, planquée dans les broussailles. La discrétion, malheureusement, n'avait jamais été son fort. Nul doute qu'elle avait ouvert un boulevard d'indices dans son sillage. D'ailleurs, elle le vit se pencher et se redresser en tenant un morceau d'étoffe. Un lambeau de tissu provenant de sa robe. Il venait de dénicher la preuve indiscutable de son passage et faisait désormais la girouette pour tenter de l'apercevoir dans les fourrés. Emma se tassa encore et attendit, patiemment, qu'il regarde de l'autre côté pour se lever et reprendre sa course.

L'avait-il vue ? Entendue ?

Elle n'osa pas se retourner pour vérifier.

Elle allongea la foulée et s'enfonça encore plus loin dans les bois.

17

D'autres véhicules sérigraphiés s'étaient joints à celle du commandant et de son équipier. Deux Peugeot 307 et un Scénic aux couleurs de la France qui, attroupés dans l'allée, ne tarderaient pas à attirer les badauds. Des rumeurs aussi folles qu'imprévisibles déferleraient bientôt sur le voisinage et s'étendraient à la commune, puis à la région. *Je ne pourrai plus faire un pas dehors sans être jugée*, redouta Pauline qui, à la fenêtre, épiait la rue entre les rideaux. Sa famille deviendrait l'objet privilégié des commérages. On étalerait le peu qu'on savait de sa vie privée et recomposerait le reste de toutes pièces. Les fantasmes dépasseraient la réalité et, si les plus raisonnables se risqueraient à essayer de comprendre, la question demeurerait toujours : comment n'avait-elle rien vu venir, ni de l'homme qu'il était, ni de ce qui lui pendait au nez ? Son couple virerait à la risée, son mariage à une farce, on en ferait des gorges chaudes jusqu'aux frontières de l'Occitanie et ses enfants en pâtiraient pour le restant de leur vie.

Pauline sursauta lorsqu'une main lui enveloppa le coude : le commandant Vinckel désirait s'entretenir un instant avec elle. Cette fois, elle prit le canapé, lui le fauteuil.

— On embarque tout ce dont on a besoin.

Dit comme si ç'avait pu échapper à Pauline, alors qu'il était difficile d'ignorer une razzia de cette ampleur. Dès l'instant où l'escouade avait pris d'assaut sa maison, elle s'était attendue à ce qu'on démantèle son existence au sens propre. Hans l'avait prévenue. Il n'avait pas menti. Les policiers procédaient méthodiquement, une pièce après l'autre, raflant tout ce qui pourrait constituer une piste. Affaires de toilettes, serviettes de bain, flacons de déodorant, le tout emporté dans des sacs scellés en partance pour le commissariat. En leur ouvrant la porte, Pauline avait fait entrer un courant d'air sur le château de cartes de sa vie.

Elle observait d'un œil détaché cependant, presque insensible. Quand on vous arrachait les êtres auxquels vous teniez le plus, les objets ne revêtaient qu'une importance dérisoire.

— C'est pour les empreintes, jugea bon d'ajouter Vinckel. Et pour l'ADN. Ceux de ton époux et de tes enfants. On s'est déjà occupé de toi à la gendarmerie, donc…

— Éric est leur père. Il n'y a aucun doute là-dessus. Tu perds ton temps. Et puis, ce genre d'insinuation…

Les sourcils du commandant remontèrent doucement.

— Je n'insinue rien. C'est la procédure quand le père disparaît avec les enfants.

— Mais il ne les a pas pris. Ce n'est pas lui.

— J'ai bien compris, Pauline. Seulement, on ne s'évapore pas dans la nature si l'on n'a rien à se reprocher, tu en conviendras.

Pauline ne convint de rien qu'elle ne clamait depuis le début.

Elle se pencha vers Hans :

— Arrête-le, ce fumier.

Terminologie qui laissa Vinckel perplexe : dans ce cas précis, le mot désignait autant le mari que le ravisseur.

— On fera tout ce qui est en notre pouvoir, commença-t-il, avant de se reprendre : Pardon, la formule est éculée, mais vraie.

— Mes enfants, Hans. J'ai besoin que tu les retrouves. Je refuse de vivre sans eux.

— Je sais. J'en ai quatre. Je ne peux qu'imaginer ce que tu ressens.

— Emma est si petite… Elle ne doit pas comprendre ce qui lui arrive… Nous nous sommes disputées. Je l'ai grondée et privée de câlin, tu te rends compte ?

— Pauline…

— C'était la dernière fois que je la voyais. La dernière. Et je n'ai pas été fichue de la prendre dans mes bras. Quelle sorte de mère je suis ?

Le commandant migra du fauteuil au canapé avant qu'elle ait tout à fait fondu en larmes.

— Du genre qui joue son rôle à fond. Ce n'est pas ta faute. Tu ne pouvais pas prévoir ce qui allait arriver.

— J'aurais dû la serrer contre moi. J'aurais dû la cajoler, la bercer… Il est trop tard, maintenant…

— Non.

— Je ne la reverrai plus… Ni elle ni Milo…

— Il faut garder espoir, scanda Vinckel en lui pressant le bras une seconde avant de se retirer, repérant du coin de l'œil la silhouette massive de son coéquipier en approche.

Maze avait un sac scellé dans la main et la mine de celui qui n'avait rien remarqué. Dans le sac, les cordes à linge que Pauline identifia avant qu'on ne lui pose la question. Oui, elle les reconnaissait. Et non, les cordes ne lui appartenaient pas.

— Il les avait avec lui, dit-elle. Il s'en est servi pour nous ligoter, Éric et moi.

Vinckel se releva. Rendu aux côtés de son subalterne, la différence de taille était flagrante.

— Les nœuds ?

— Rudimentaires, dit Maze. Travail bâclé. Ni fait ni à faire. Notre gars n'a rien d'un spécialiste. Une chance pour vous, madame, parce que dans le cas contraire, vous seriez encore en train de vous débattre là-haut.

Le terme de « chance » pouvait être rediscuté, se dit Vinckel en mijotant une suggestion :

— Et si c'était intentionnel.

— Des liens fragiles pour…

— Leur permettre de se détacher. De prendre connaissance du message sur le miroir.

On aurait pu penser qu'en courbant l'échine, le brigadier Maze soupesait l'hypothèse. Mais cette posture lui était devenue une habitude vitale. À chaque passage de porte, instinctivement, il rentrait la tête dans les épaules. À croire qu'il était grand depuis qu'il était tout petit.

— Peu probable, dit-il. Pourquoi fermer les rideaux de douche, dans ce cas ? Non, notre gars a fait de son mieux mais ce n'était pas suffisant. Idem pour le message sur le miroir, justement : « *C'est des choses qui arrivent* ».

— La syntaxe.

— Tout juste. Ou plutôt non : là encore, un travail à moitié fait. L'auteur se fout de conjuguer le verbe de la principale, mais respecte celui de la subordonnée. Il introduit la phrase par une majuscule mais oublie de la clore par un point. Vous confirmez, madame ?

Pauline acquiesça, Maze reprit en formant un « V » avec les doigts :

— Deux possibilités : il était soit pressé, soit peu porté sur la grammaire.

— Je penche pour la seconde.

— Tu ne le vois pas pressé ?

— Il a pris le temps de peinturlurer la glace au rouge à lèvres.

Maze opina sans conviction. Il réfléchissait encore en quittant la pièce, emportant le sachet de cordelettes dans la voiture.

— Qu'est-ce que ça veut dire ? interrogea Pauline.

— Qu'on a une indication un peu plus précise du niveau social du ravisseur, répondit Vinckel en regagnant le canapé. Ce message est aussi important pour lui que pour nous, mais il commet des fautes. Donc : jeune, peu instruit et mal préparé.

Le regard du policier se fit soudain plus perçant.

— *C'est des choses qui arrivent.* Ces mots ont du sens, Pauline. Si tu as la moindre idée de ce qu'ils cachent, dis-le-moi.

— Je n'en sais rien, je t'assure.

— Ton mari, lui, savait. C'est ce qui a provoqué son brusque changement d'attitude. Comme si le message lui était destiné.

Pauline revit Éric prostré sur le tapis de bain, blême, les yeux vissés à l'inscription. Figé comme par une décharge électrique, un choc dont les dégâts internes allaient causer d'éternels dommages collatéraux. Pour elle, pour ses enfants et leur avenir. Si toutefois il leur en restait un… Sa transfiguration ensuite. Une chose enfouie grignotait Éric depuis des lustres, il avait suffi de presser un bouton pour la libérer, la relâcher dans la nature et regarder ses ravages. Si monstrueuse, si considérable qu'Éric lui-même n'avait pas été capable de la maîtriser.

— Il était terrifié, dit-elle.

— À l'idée de perdre les enfants ?

— Non…

Baissant les yeux, elle s'aperçut qu'elle se tordait les doigts. Elle posa ses mains à plat sur ses genoux.

— D'être rattrapé par le passé.

*

Milo entendit les pas dans l'escalier, il se redressa sur le matelas. La chasse avait été brève, devinait-il, les jeux étaient faits. Cela n'avait pas mis longtemps. Moins d'une heure. L'homme en noir avait capturé sa sœur et la rapatriait dans leur cage. Retour à la case départ. La suite était facile à imaginer : renforcement des entraves, ajout de verrous, de cadenas, de chaînes. L'homme enfoncerait le pieu dans le sol d'un coup de masse supplémentaire. Peut-être les ligoterait-il. Leur interdirait-il l'accès aux toilettes, purement et simplement, tant pis pour eux, ils n'auraient qu'à faire leurs besoins dans un coin. Plus rien à boire ni à manger. Il allait les regarder périr, mais pas seulement : il prendrait des photos. Il les punirait sévèrement, réprimanderait ce délit par des sévices inqualifiables. Ce qu'il leur avait décrit en détail le matin même, il le mettrait à exécution. Il leur briserait les phalanges et, du bout roussi de sa cigarette, leur brûlerait la peau. Ce qu'il ferait de son couteau, aussi, Milo en avait volontairement oublié l'exposé, mais il était question de leurs oreilles, de leur nez et de leurs lèvres. *Tout ce dont ils n'avaient pas réellement besoin.*

C'est la femme qui apparut au bas des marches, son pull flottant comme un parachute dégonflé. Elle évoluait avec cette prudence obstinée mais involontaire qui l'apparentait au domaine animal. Elle s'adossa au mur, entretenant avec le garçon la même distance de sécurité qu'elle avait établie dès le début. L'air chagriné.

— Ta sœur s'est enfuie.

— Ç'aurait été moi, si j'avais pu.

— Mais ç'est elle. Et toi, tu es ici.

Milo n'apprécia guère le ton employé pour formuler cette évidence. Le sous-entendu était clair : le garçon était à sa merci.

— Elle n'aurait pas dû s'enfuir, reprit la femme. C'est vilain. Elle l'a mis dans une colère que tu ne peux même pas imaginer. Il est furieux.

— Normal. Il s'est fait avoir.

— Il va la rattraper.

— Non. Ma sœur est plus rusée que ce que vous croyez. La forêt est immense, il la trouvera jamais.

— Bien sûr que si, dit la femme de façon incontestable. Et il va la tuer. Elle lui a donné une bonne raison de le faire.

Milo sentit brusquement ses organes tomber en chute libre.

— Vous… Vous n'en savez rien, ânonna-t-il. Vous vous trompez. Ma sœur est rapide. Elle se laissera pas reprendre si facilement, elle…

— Il va ramener son corps. Nous creuserons un trou dans la cour et le jetterons dedans. Tu n'as pas à t'inquiéter pour ça, nous ferons bien les choses, dans les règles. Elle pourra garder sa robe, bien sûr.

— C'est pas sa robe.

La femme tiqua. Le coin de sa bouche remonta d'un coup sec, comme à chaque fois qu'on la contrariait.

— C'est la sienne, désormais, décida-t-elle. Qu'elle la garde, c'est un cadeau. Un cadeau de sa part.

— De la part de qui ?

La femme remuait nerveusement. Son regard roulait dans la pièce à la recherche d'une prise pour se raccrocher.

— De sa part. C'est de sa part.

— Une autre fille, ici, présuma Milo. Une autre prisonnière…

— Elle n'est pas prisonnière.

— Vous l'avez attachée, elle aussi ?

— Non…

— Depuis quand vous la retenez ?

La femme s'éjecta du mur et fit mine de s'approcher,

mais son corps était peu enclin à lui obéir et elle dériva vers le centre de la pièce. Elle pressa deux doigts sur sa tempe :

— Elle est libre. Comme ce vent, dehors, qui fait de petits trous d'asticot et creuse d'innombrables galeries dans nos têtes. Creuse, fouit et ne s'arrêtera jamais, oh non, jamais. (Sa voix avait trébuché sur ce dernier mot.) Cette robe est un cadeau. Elle la lui a donnée. Elle est généreuse. Tu la rencontreras bientôt, et alors tu verras. Tu verras comme elle est généreuse.

— Vous êtes folle.

Elle porta la main à son cœur.

— Ce n'est pas gentil…

— Mais c'est vrai.

— Tu devrais faire attention à ce que tu dis.

— Vous êtes tarée.

— Retire cela immédiatement…

Milo s'avança.

— Quand mon père vous retrouvera, vous regretterez de nous avoir kidnappés.

— Je ne crois pas, non.

— Il va vous casser la gueule !

Elle plissa les yeux, un sourire goguenard affleurant ses lèvres.

— Ça m'étonnerait fort.

— Vous le connaissez pas, mon père.

— Au contraire, dit-elle. Je sais exactement de quoi il est capable.

18

Emma avait profité d'un instant d'inattention chez son poursuivant pour se remettre à courir. Elle courait maintenant depuis près d'un kilomètre, retenant sa robe au-dessus des genoux. Elle n'était jamais allée si loin, si vite, n'avait jamais franchi de telles limites de résistance. Elle tombait et se relevait, haletant mais debout. Elle suivit une tranchée sillonnant la hêtraie-sapinière avec l'espoir de déboucher en lieu sûr. Sorte de long fossé aux flancs adoucis, cette voie héritée du Moyen-âge l'aurait certes orientée vers une bourgade au temps de sa création ; aujourd'hui ce vallon la précipita tout droit vers une impasse végétale. Les hêtres et les sapins, ici, semblaient mener une coalition sournoise et pernicieuse, se rapprochant les uns des autres, s'agglomérant pour ne former qu'une entité à part entière. Une créature dotée d'une volonté propre : celle de la retenir par tous les moyens. Les racines la faisaient trébucher, les branches la saisissaient, les ronces la crochetaient. De multiples lacérations lui zébraient les jambes, les bras, le visage. Un point douloureux se logea dans ses côtes.

Elle essaya de l'oublier mais bientôt, elle dut ralentir et faire halte au pied d'un hêtre, le cœur tambourinant. Elle s'interdit de s'asseoir, craignant de ne pouvoir se relever. *Ne t'arrête pas.* C'était la voix de Milo, encore, en arrière-plan. Elle aurait aimé l'avoir en face pour lui faire avaler son idée à la noix et qu'il s'étouffe avec. C'est lui qui l'avait précipitée dans une telle galère. Et où était-il, quand elle avait tant besoin de lui ?

Emma avait l'impression de suffoquer. L'air s'était chargé d'une humidité étouffante. Sa mère lui avait un jour appris que les hêtres *transpiraient*, libérant une formidable quantité de particules d'eau, générant un microclimat au sein-même de la forêt. La gorge brûlante, elle ferma les yeux et compta quelques secondes, le temps de faire passer l'irritation. Lorsqu'elle les rouvrit elle distingua, à travers les branches, la forme avachie d'un muret de pierre. Presque totalement écroulé, découvrit-elle en rejoignant l'édifice, avant de décider d'en longer la courbe. Vestige des transhumances qui occupaient une époque révolue, le muret finissait par disparaitre, comme absorbé par une terre charbonneuse.

Le sol, noir, s'inclinait puis remontait, formant une cuvette au fond de laquelle coulait un ruisseau. Emma y descendit précautionneusement, posa un genou sur la grève et contempla son reflet à la surface : échevelée, écarlate, en sueur, écorchée et souillée de terre. Mais vivante.

Elle prit de l'eau dans ses mains en coupe et but une gorgée, la laissa ruisseler sur son menton et son cou. Levant les yeux, elle s'avisa du déclin progressif de la lumière. Le jour plongeait ses doigts par les cimes pour venir gratter le sol, capturer dans ses phalanges obliques des nébuleuses de particules en suspension et révéler des animaux détalant au ras du sol : rats, écureuils, lézards. Il semblait qu'un monde s'effaçait au crépuscule, cédant la place à un autre, plus furtif et agité. Une grive bondissait d'une branche à l'autre en pépiant. Soudain elle décolla, battant des ailes frénétiquement, poursuivie par un autour des palombes qui venait de surgir pour la prendre en chasse. Les deux oiseaux s'évanouirent aussitôt dans les branches hautes et le ciel abricot.

L'après-midi touchait à sa fin, le soir s'invitait. La nuit finirait par s'imposer, les ténèbres envahiraient la forêt et ses ombres, inoffensives en journée, prendraient l'apparence des fantômes qui la hantaient. Emma ne tenait pas à traîner dans le coin quand ça arriverait. Elle enjamba le ruisseau et gravit la côte. Parvenue en haut, elle se retourna pour sonder l'étendue forestière qu'elle laissait derrière elle. C'est là qu'elle vit une ombre, plus loin, qui se déplaçait. Disparaissant momentanément dans les arbres, reparaissant l'instant suivant, plus proche. Plus humaine. Moins de cent mètres en aval. C'était lui, le fin limier, le chien de sang qui semblait pouvoir la flairer à des kilomètres.

Emma tourna les talons et déguerpit, avalée par le sous-bois. Elle bifurqua à droite, effectua un crochet à gauche. Elle espérait brouiller les pistes, prendre son poursuivant à contre-pied, inconsciente du risque de tourner en rond ou pire, de revenir sur ses pas. Gagner la civilisation semblait incertain, tomber sur un promeneur ou un cueilleur de champignons, davantage encore. À croire qu'elle était seule au monde… Mais un craquement dans son dos lui rappela le contraire. Elle se retourna, capta du mouvement hachuré dans la futaie : l'homme sur ses talons, empêtré, encombré de son arme, l'œil rivé sur les traces qu'elle avait semées. D'abord paralysée, Emma se fit violence pour s'enfuir. Elle trottinait car elle n'avait plus la force de courir. Les arbres, des pins *Douglas* à l'écorce crevassé et aux effluves de citronnelle, se dissocièrent, s'écartèrent les uns des autres et s'éparpillèrent pour lui ouvrir l'accès à une clairière livrée au vent. Elle émergea avec l'impression de remonter à la surface d'une mer tempétueuse. De naviguer sur les flots agités de hautes herbes jusqu'à la forme cabossée d'une masure. Elle ne pouvait le croire : une habitation, ici, au milieu de nulle part. Un espoir ténu ressurgit en elle, tandis qu'elle montait la volée de marches jusqu'au perron. Elle effleura la porte en bois massif, en caressa les aspérités pour s'assurer de son existence. *Une ferme*, soumit-elle à son jugement, consciente que ce n'était pas le terme consacré. Pas une ferme, non, mais quelque chose d'approchant. La structure en « L » comptait dans sa branche la plus longue ce qui avait dû être une bergerie. L'état général de la bâtisse – murs décrépis envahis de lierre, toit avachi, volets branlants, carreaux brisés – aurait pu aiguiller la fillette sur l'abandon manifeste des lieux. Pourtant elle se mit à tambouriner en hurlant, provoquant l'envol précipité d'une nuée de pigeons.

— Au secours ! (Un cri balayé par le vent.) Aidez-moi !

Elle frappa de ses petits poings, appela à s'en casser la voix. N'obtenant rien, elle entreprit d'en faire le tour. Se protégeant les yeux de la poussière, elle évolua sur une terre rugueuse et craquelée, sorte de peau de serpent enveloppant le bâtiment. Des coquilles d'escargots vides crissaient sous ses talons et les rares moustiques bravant le vent s'attaquaient à ses chevilles. Elle vit les ruines d'un puits investi par les ronces et, plus loin, celles d'un *pesquier*, antique bassin aujourd'hui tari, cerclé de pierres et où demeuraient des touffes éparses d'herbes sèches. Emma contourna l'angle de la bâtisse et aperçut, sur une crête, un saule pleureur mort et dépouillé courbant le tronc avec une majesté découragée. Elle finit par découvrir une trouée dans le mur de l'aile sud, au niveau du sol. Elle s'accroupit en retroussant sa robe et rampa à l'intérieur.

Dedans, la lumière filtrant des fissures et du plafond lui permettait de distinguer le peu du mobilier : une grande table flanquée de trois chaises, un vaisselier dans un coin. Les lieux sentaient la moisissure et la fiente d'oiseau et de chauve-souris. Une odeur de liège en fond, aussi, qui serra le cœur de la fillette d'une nostalgie inexplicable.

Elle se releva et s'emmêla dans des toiles d'araignée – un incident qui aurait pris des proportions de crise internationale en temps normal et qui, aujourd'hui, ne l'importuna que vaguement. Debout au confluent des courants d'air, elle s'essaya une dernière fois aux appels à l'aide mais dut se résoudre à l'irrévocable réalité : en excluant insectes et volatiles, l'endroit était définitivement inhabité. Des graffitis en tous genres festonnaient les murs : la police en prenait pour son grade, les mères aussi, Emma ignorait pourquoi. Elle alla inspecter la pièce attenante, laquelle se révéla être une cuisine vide aux murs habillés de placards. Vides aussi, découvrit-elle en les ouvrant un à un.

Accablée par un chagrin plus grand encore que ce qu'elle avait pu expérimenter auparavant, elle retourna dans la pièce principale et se glissa sous la table. Assise, les jambes repliées contre elle, le menton sur les genoux, elle expédia ses pleurs se mêler à ceux du vent.

19

Compliqué.

Ce mot, proféré avec force rictus par le capitaine de gendarmerie qui lui avait remis le dossier, résonnait comme une fausse note dans la tête de Vinckel et continuait de tinter en fond sonore. Au commissariat on l'évitait, ce mot, de peur qu'il circule dans les couloirs et de lèvres en lèvres, parce qu'en moins de temps qu'il n'en fallait pour le prononcer, on se retrouvait avec l'ambiance plombée et l'équipe démotivée avant d'avoir commencé. On avait même fini par le bannir du vocabulaire, lui préférant ses cousins plus nuancés du type *confus*, *délicat*, voire *intrigant*. Mais *compliqué*, jamais, bien qu'on n'en pense pas moins. Et plus Vinckel s'employait à vouloir décortiquer le dossier *Delande*, plus il lui semblait *compliqué* de ne pas l'utiliser, ce mot. L'affaire présentait des similitudes avec beaucoup d'autres sans pourtant ressembler à aucune. Il l'avait saisie comme on hérite d'une pile de linge usagé : avec des pincettes, en fronçant le nez, circonspect à l'idée de tous les accrocs à repriser, toutes les brèches à raccommoder.

Il aurait fait un piètre couturier…

Il offrit à Pauline un verre d'eau avant de rejoindre Maze, lequel tenait à débriefer. Dresser un premier bilan c'était, pour le brigadier, le moyen le plus sûr de savoir où ils allaient. Se réaligner sur l'objectif commun sans oublier les directives, donc remettre les choses à plat.

— Succinct, pria Vinckel.

— Difficile de faire autrement, vu le peu d'éléments. Aucune trace d'effraction, le ravisseur n'a pas eu besoin de fracturer la porte. Les relevés des zones de contact n'apporteront rien.

— Il portait des gants.

— Gants, cagoule, combi complète, déplora Maze en tortillant de la moustache, ce qui n'augurait rien de bon. Il s'est battu à l'étage avec le mari sans même penser à saigner, ni baver, ni cracher.

— Sans penser à nous, donc.

— Rien du tout.

— D'une indélicatesse affligeante.

— D'une chance insolente, plutôt.

Les policiers échangèrent un regard lourd de sens. L'enquête ne faisait que balbutier qu'on apercevait déjà l'impasse. Et quand la vie de deux enfants était en jeu, c'est dans le mur qu'on fonçait.

— Le voisinage ? s'enquit Vinckel.

— Les gens sont absents, en vacances ou n'ont rien entendu. Je te le dis, notre gars est entré et ressorti comme une ombre.

— Pas étonnant, vu le créneau horaire des événements. Les gens dorment, et puis le vent…

… Emportait tout. Chassait les nuages, arrachait les

tuiles, déracinait les arbres… À la brigade, on lui prêtait le pouvoir de charrier les indices dans un sens ou dans l'autre : le bon comme le mauvais. Et si quelqu'un avait le nez pour décrypter ses caprices, c'était bien Maze. Dans cette affaire, ils ne l'auraient pas en poupe, avait-il pressenti, ce qui expliquait l'obstination du brigadier à privilégier toutes les pistes, même les plus minces, comme de recourir au LAPI[1] pour capter le véhicule d'Éric. Et d'ajouter que des cas autrement plus vaseux avaient été résolus sur des éléments moins certains. C'était vrai, dut reconnaître Vinckel. L'an passé, c'était sur un petit contrôle routier qu'ils avaient coincé un gros braqueur. Le destin, après tout, n'était qu'un coup de pied au cul du hasard.

— D'un côté on a un individu sans visage, de l'autre un père de famille en fuite. C'est sur ce dernier que nous devons concentrer nos forces. Éric détient les réponses, il nous mènera aux gosses.

— Il a coupé son portable, le bornage impossible. La gendarmerie est formelle.

— Localise le dernier endroit où il est passé avant d'éteindre son téléphone. Je veux connaître sa direction de fuite. Lance un avis de recherche. Récupère le relevé de ses communications sur les quatre dernières semaines. Appels, mail et SMS.

Mais Maze, au lieu de disposer, parut s'attacher à un détail :

---

1. Lecture Automatisée des Plaques d'Immatriculation. Système permettant de lire les plaques d'immatriculation filmées par des caméras de surveillance.

— Hans, si je puis me permettre…

— Oui, oui, Pauline Delande est une connaissance de longue date mais je te rassure, nos relations resteront strictement professionnelles. Je sais faire la part des choses.

— Naturellement. Ce n'est pas ça. C'est cette histoire. Elle est bancale.

— On a vu pire.

— Le père n'est pas net, d'accord, mais il était tout de même ligoté, lui aussi. Je sais pas… Quelque chose nous échappe.

— C'est lui qui nous échappe. On doit le retrouver et lui faire cracher le morceau. Alors l'histoire que tu trouves bancale nous paraîtra beaucoup plus… Enfin moins…

Maze leva l'index :

— Compliquée ?

*

Maze n'avait pas tort : Éric était le défaut de composition qui faisait pencher le tableau. Une anomalie capable de semer le doute sur la déposition de Pauline et remettre en question sa crédibilité. Une histoire bancale… Mais si Hans Vinckel voulait en connaître les tenants et anticiper les aboutissants, il devait la dérouler en tirant sur le fil du passé.

Il revint auprès de Pauline et constata que son verre n'était plus qu'à moitié plein. Ce qu'il ignorait, c'est qu'elle n'en avait pas touché une goutte. Elle s'était contentée de le faire tournoyer de plus en plus vite en contemplant le vortex s'emballer, se déchaîner et finalement déborder. Elle avait trouvé dans ce mouvement cyclonique une ressemblance frappante avec sa propre vie : une impulsion avait suffi pour qu'elle dérape et lui échappe et que les composants inhérents à sa stabilité se mettent à diverger, puis valdinguer. Un chaos innommable en avait pris possession.

Elle avait reposé le verre sur la table basse et attendu que le tourbillon ralentisse, puis revienne à un calme plat. Mais trop tard : la moitié du contenu avait giclé par terre.

— Pourquoi Toulouse ?

— Éric avait choisi la biologie, répondit Pauline. C'est à Toulouse qu'il est venu étudier.

— Université Paul Sabatier. Le lieu de votre rencontre.

— En effet.

— Comment était-il, à cette époque ?

— Fougueux, intrépide. Il n'a jamais changé. C'est aussi ce qui m'attirait chez lui.

— En plus de son physique ?

— Il m'a plu dès l'instant où je l'ai vu, c'est vrai.

Tout aussi vrai que ce qui avait commencé par un jeu de regards troublant s'était poursuivi par des sourires désarmants, un rapprochement inévitable. Pauline suivait un cursus diamétralement opposé à celui d'Éric, mais qui lui permettait de le croiser, parfois, au sein du campus, au détour des amphis. Elle tenait un club d'initiation aux échecs. Il l'avait abordée pour s'y inscrire et s'était vite montré plus intéressé par elle que par le coup du berger. Dès lors, ils ne s'étaient jamais quittés.

— À part les fois où il est parti en mer, observa le commandant.

— C'est sa raison de vivre, la mer. Il plonge comme on respire.

— Alors, ses études en biologie…

— Un moyen de rassurer ses parents, rien de plus. Ça ne l'intéressait pas. Il n'a jamais eu la fibre universitaire. L'appel des fonds marins a toujours été plus fort que tout. Il a fait de la mer son habitat naturel.

De la Méditerranée son royaume. Ils s'y rendaient chaque week-end, avec Pauline. La petite Peugeot chargée de tout le matériel, ils partaient camper près de Perpignan. Deux jours irréels, hors du temps, se rappela-t-elle avec une nostalgie mordante. La liberté, alors, avait un goût d'éternité. Sitôt déniché leur bout de crique, il courait se jeter à l'eau pendant qu'elle délimitait sa zone sur la grève et ouvrait ses livres. Ses cahiers d'étude, ses notes sur la gestion des entreprises. Sous le soleil du large et les cris enthousiasmés d'Éric qui remontait de temps en temps pour replonger plus loin. Plus longtemps. Elle l'appelait son lamantin.

— Ton lamantin ?

— C'est idiot, je sais.

— Pas autant que le surnom qu'Isabelle, ma femme, m'a trouvé…

— Il en a fait son métier, dit-elle.

— Moniteur ?

— Il préfère le terme d'instructeur. Plusieurs agences touristiques l'emploient pour qu'il emmène les clients vers des coins connus de lui seul. Qu'il les fasse rêver, une heure ou deux…

— Tu l'accompagnes encore ?

— Pas depuis la naissance de Milo. La vie de famille en a décidé autrement. Et puis c'est une passion qui n'appartient qu'à lui.

— Voilà une belle histoire d'amour, commenta Vinckel.

— Trop belle pour être vraie, rétorqua Pauline en lorgnant la bouteille de vin mais se rabattant sur un verre d'eau. J'ai perdu vingt ans de mon existence, dit-elle en le reposant sans y avoir touché. Je réalise aujourd'hui que cette rencontre était ce qui pouvait m'arriver de pire.

Vinckel tâcha d'arrondir :

— Sans cette rencontre… tes enfants n'existeraient pas.

— Et que me reste-t-il, aujourd'hui ? Je n'ai plus rien, plus personne.

Je suis là, moi, formula Hans seulement dans sa tête, s'interdisant de verser dans une compassion trop épaisse. Il avait toujours été porté sur l'empathie, c'était plus fort que lui, ça le dépassait. Un altruisme audacieux qui, dans son métier, devenait la seule qualité lui faisant défaut. Comme si le cœur était incompatible avec l'arme de fonction.

Autour d'eux, les policiers terminaient leur perquisition, se retirant au compte-goutte après avoir réuni tout ce qui méritait leur attention. Des pans entiers de la vie de Pauline s'en allaient pour être acheminés vers l'hôtel de police de Castres, puis épluchés.

— Et la photo ? demanda-t-elle soudain, revoyant l'horreur figée sur le visage de ses enfants. C'est une piste sérieuse, non ?

— Seule son analyse nous le dira.

— Combien de temps ?

— Quoi donc ?

— Avant que vous vous décidiez à agir pour de bon ?

Vinckel resta imperturbable.

— Nous avons déjà commencé, que tu le croies ou non. Foncer tête baissée n'a jamais profité à personne, sauf au suspect. Nous ne devons brûler aucune étape. Chaque minute employée maintenant à l'étude des pièces est un jour de gagné sur l'avenir. La photo est un élément du processus, idem pour le message inscrit au dos. Utiles, sans doute. Déterminants ? Impossible à dire pour l'instant.

— Au moins, c'est clair.

Elle releva la tête au plafond dans une attitude d'abandon qui décida le commandant à abréger.

Il se leva.

— Une dernière chose, Pauline. Celui qui a déposé cette photo veut vous délivrer un message, à toi et à ton mari. Ce message est incomplet. Il va revenir pour l'achever.

— Tu veux dire que d'autres photos du même genre suivront ?

— Ce n'est pas impossible. Tu dois t'y préparer. Le ravisseur va jouer avec tes nerfs et ça ne fait que commencer. Mais on ne va pas se laisser impressionner. J'ai placé un de mes hommes en planque devant chez toi.

Pauline ne put résister au besoin d'aller inspecter l'allée par la fenêtre.

— Il ne te dérangera pas, lança Vinckel. Tu ne le remarqueras pas, tu finiras même par l'oublier. Mais si notre mystérieux livreur de photo décide de refaire surface, quelqu'un sera là pour le cueillir.

— Je dois faire quoi, en attendant ?

— Rester disponible. M'informer de tes déplacements. Tu me signales tout ce qui te reviendrait à l'esprit. Un détail, n'importe quoi.

— J'ai déjà tout dit. Plusieurs fois.

— Tout sauf ce qui remonte après coup. Essaie de dormir. Tu verras qu'un souvenir, parfois, n'émerge que dans un esprit reposé.

— Je ne peux pas dormir. Pas avec ce que je traverse. Si je ferme les yeux, c'est Éric que je vois, couvert du sang d'un autre. Le sang de cet homme qu'il s'est empressé de…

Elle ne put terminer, une main sur la bouche.

— Et dont tu n'as pas l'identité.

— Non.

— Ni l'adresse.

— J'ai… J'ai essayé, j'ai suivi Éric, mais j'ai perdu sa trace. J'étais en nuisette au milieu du village, alors je suis retournée dans la voiture. Je suis désolée.

Il lui sourit.

— Repose-toi.

Et il lui tourna le dos.

Il s'apprêtait à rejoindre son équipe quand elle poussa un juron. Il se retourna, la trouva mortifiée, les yeux ronds, une clé dans la main qu'elle lui remit en se confondant en excuses.

— … Vraiment désolée, je suis… Mon Dieu, je l'avais oubliée jusqu'à présent, je… Avec tout ce chamboulement…

Le policier lut l'inscription sur la languette de cuir :

— *Le Couchant*. Qu'est-ce que c'est ?

— Le nom d'un chalet en bord de mer. Celui que nous avons acheté, Éric et moi, voilà une quinzaine d'années. C'était devenu notre résidence de vacances, un pied-à-terre pour nous ressourcer. J'ai trouvé la clé dans le coffre du Dokker. Il la cachait parmi ses affaires, avec son matériel de plongée.

Vinckel fronça les sourcils.

— Qu'est-ce qui te fait dire qu'il la *cachait* ?

— Sa réaction quand il m'a vu avec. Et puis, il ne devrait plus l'avoir, cette clé.

— J'ai bien peur de ne pas te suivre.

Pauline s'avança, saisie d'une impression de détachement avec la réalité, une sorte de réflexe de sécurité qu'elle avait enclenché malgré elle.

— Ce chalet ne nous appartient plus depuis longtemps.

20

— Ton père est un criminel.

Lâché comme une bombe sous le nez du garçon, une déflagration suivie de son onde de choc dévastatrice.

— Vous mentez ! clama Milo. Mon père vous a rien fait, vous le connaissez même pas !

— Tu as raison.

La femme s'était dégoté une chaise de camping qu'elle avait ramenée au centre de la cave pour s'écraser dessus, ses mains calleuses comme des araignées gisant sur ses cuisses. Des araignées rachitiques.

— C'est vrai, admit-elle, je ne le connais pas, il ne m'a rien fait. Il ne s'en est pas pris à moi.

Et, pointant le doigt au plafond :

— Il s'en est pris à elle.

Milo vit d'abord les stigmates sur le bras fripé de cette femme, les marques d'une automutilation chronique, puis, suivant des yeux la direction indiquée, il comprit de qui elle voulait parler.

— L'autre enfant, murmura-t-il. La fille que vous retenez là-haut. Celle à qui vous avez pris la robe pour la donner à ma sœur.

— Je ne lui ai rien pris, se défendit la femme. Cette robe, c'est elle qui a décidé de la lui prêter. Oui, la prêter de bon cœur. Si gentille, si douce, elle ne méritait pas le traitement infligé par ton père.

— Mon père a rien à voir avec tout ça !

La femme abaissa son bras ; l'araignée regagna sa place près de l'autre sur ses cuisses.

Puis, avec un sourire de hideuse compassion :

— Quel âge as-tu ?

— Dix ans.

— L'âge tendre. On ignore encore tout du monde adulte. Le peu que l'on pense connaître est altéré par un souffle d'innocence omniprésent. Ce que tu crois savoir de tes parents est faux.

— N'importe quoi.

— Ils ne sont pas ceux qu'ils prétendent.

— Ils m'aiment.

— J'en doute.

Milo bouillonnait. Sauter sur cette vieille bique pour l'étriper était terriblement tentant, mais elle se tenait encore trop loin pour l'atteindre. Hors de portée tant qu'elle restait de l'autre côté de la ligne.

— Mon père va venir me chercher.

— Il t'a déjà oublié. C'est ce qu'il sait faire de mieux : oublier.

— Vous dites ça pour me rendre triste.

Le sourire de la femme s'évanouit comme des braises dans la cendre.

— Je suis désolée, ce n'était pas mon intention. Rien de tout ça n'était prévu, rien. Ni votre présence ici, ni le crime perpétré par ton père.

— Mon père a rien fait !

— Rien que tu ne puisses imaginer.

— Vous êtes un monstre.

— Le monstre n'est pas celui que l'on croit.

— Vous êtes folle. C'est même lui qui l'a dit.

— Qui donc ?

— Le… Le monsieur qui habite ici avec vous. Il a dit que vous étiez folle. Et il a raison.

Elle baissa les yeux, troublée.

— Ce monsieur est mon fils… Un brave petit. Gentil comme tout. Mais il est perdu. Il ne faut pas lui en vouloir, tellement de poids s'est accumulé sur ses épaules ces dernières années… Mais il résiste et il veille sur moi autant que sur elle.

— Sur… la fille, là-haut ?

— Oui. Il s'en occupe avec tant d'amour, tant d'affection… C'est elle qui le fait tenir debout. C'est pour elle qu'il a engagé ce combat.

— Comment elle s'appelle ? demanda Milo.

À cette question, la femme raviva l'une des deux araignées lui servant de mains pour la faire grimper sur l'autre et remonter le long de son poignet. Elle entreprit de se griffer le bras, produisant un bruit similaire à celui du papier qu'on déchire.

Deux syllabes vibrantes :

— Sarah.

Milo reformula :

— *Sarah.*

Depuis combien de temps Sarah était-elle retenue là-haut ?

Est-ce que quelqu'un se souciait d'elle, ou était seulement à sa recherche ?

Il nota que le tic nerveux était revenu chez la femme, celui qui lui tirait le coin des lèvres de façon spasmodique, le résultat visible du pincement d'un nerf prénommé Sarah. Le point névralgique sur lequel le garçon décida d'appuyer :

— Je crois qu'elle n'existe pas.

Foudroyé du regard.

— Pardon ?

— Sarah n'est pas réelle.

— Comment oses-tu ?...

— Vous êtes dingue. Pourquoi est-ce que je vous croirais ?

La femme quitta sa chaise pour crailler :

— Vilain garnement ! Tu sais que Sarah existe, tu le sais. Elle a prêté sa robe à ta sœur, oui, voilà, elle la lui a prêtée. Oh, si gentille, si généreuse, elle existe bel et bien.

— Ça prouve rien, lança Milo. Cette robe peut provenir de n'importe où, appartenir à n'importe qui. Si ça se trouve, vous l'avez achetée pour l'occasion. Pour me faire croire à la présence d'un autre enfant. Ça a marché, au début. Mais maintenant, je sais que c'est faux. Vous mentez.

La femme s'avança de sa démarche flirtant avec la reptation.

— Je ne mens pas…

— Si.

— Vilain. Tu ne sais rien, tu ne sais pas de quoi tu parles, tu…

— Alors montrez-la-moi.

Là, elle se figea.

— Te montrer…

— Sarah. Je veux la voir.

— Impossible.

— Évidemment.

— Non, tu ne comprends pas. Je n'ai pas le droit de te libérer. Je ne devrais même pas te parler, il me l'a défendu. Oh, oui, il me l'a strictement défendu.

— C'est ça, maugréa Milo en se détournant. Vous fatiguez pas, j'ai compris. Si vous pouvez pas me la montrer, c'est parce qu'elle n'existe pas.

— Elle… D'accord… D'accord, très bien.

La femme partit dans l'escalier, revint au bout d'une minute, munie d'un tournevis et de la clé de ses chaînes.

— Ne fais rien de stupide, dit-elle en lui ôtant ses fers. Si tu essaies de t'enfuir, je devrais l'utiliser, ajouta-t-elle en pressant la pointe du tournevis contre sa nuque. Tu ne pourrais qu'essayer, de toute façon, oui, voilà, seulement essayer de t'enfuir, car il n'existe aucune issue.

Milo médita sur ces paroles pendant qu'il montait les marches, mais n'en prit pleinement conscience qu'une fois arrivé en haut et conduit de pièce en pièce : des barreaux aveuglaient les fenêtres et de multiples systèmes de verrous sécurisaient la porte d'entrée. La femme avait raison, il n'aurait pu qu'essayer de fuir. Tout ce qu'il lui restait, en définitive, se résumait à repérer les lieux. S'en dessiner une carte mentale. Retenir les détails, surtout les plus notables : un manteau de petite taille suspendu à une patère, un tricycle échoué près de la cheminée, une troisième chaise à la table. Des dessins d'enfant accrochés aux murs.

Sarah.

Leur déambulation s'acheva au fond d'un couloir, devant une porte.

— Silence, murmura la femme.

Elle actionna la poignée, poussa le battant qui pivota dans la pénombre.

Milo découvrit une chambre avant de discerner la silhouette d'une commode, celle d'un cheval à bascule, d'un coffre à jouets et puis, contre le mur de droite, d'un lit à baldaquin dans lequel quelqu'un dormait.

*

Emma ne put contrer plus longtemps l'assaut de ses craintes. Esseulée dans la masure grignotée d'obscurité, recroquevillée sous la table de ferme, elle repoussait les idées noires mais son corps et son esprit, éprouvés et malmenés, craquèrent sous la pression. S'en déversa un torrent de pensées qui trouvait sa source dans les histoires colportées par les âges et que sa grand-mère, sa mère puis son grand frère, s'étaient appliqués à perpétuer. Des légendes que Milo avait reprises, amplifiées et enlaidies à sa sauce, murmurées au creux des soirées les plus sombres. Elles étaient peuplées de fantômes nocturnes, les Lémures, qui sillonnaient la montagne en quête d'âmes à tourmenter. Ou encore de lycanthropes affamés résultant de la transformation d'hommes durant la pleine lune.

Emma entendit des couinements sur sa gauche. Un rongeur galopait sur le plancher, ce qui lui rappela une autre croyance selon laquelle on pouvait débarrasser un lieu de ses souris en y enfermant un crapaud dans une cruche. Emma ne croyait guère plus à cette histoire qu'à celle qui prétendait que les cris du pivert annonçaient la pluie. Suivant la souris des yeux, elle la vit s'enfoncer dans un trou au pied du vaisselier. Une sorte de trappe, s'aperçut-elle, à travers laquelle elle aurait pu tomber et se fendre le crâne. Un sous-sol. Et s'il y avait bien un endroit où Emma refusait d'échouer, c'était à nouveau une cave.

Elle décida de ne pas quitter sa cachette. Elle resterait dans cette maison, sous cette table, toute la nuit et ne s'en irait qu'au lever du jour. Elle suivrait un sentier à travers bois et finirait par tomber sur des gens. Ils appelleraient la police. Milo serait sauf. Tout rentrerait dans l'ordre, les vacances pourraient reprendre leur cours.

Un autre grincement. De l'autre côté, cette fois.

Une série de souffles entrecoupés de grognements : l'homme se contorsionnait péniblement pour passer la trouée dans le mur. Il s'introduisit à quatre pattes. Une fois à l'intérieur il se releva, s'étira, faisant craquer ses articulations, tenant le fusil au-dessus de sa tête.

Instantanément, Emma se pétrifia, les mains plaquées sur sa bouche. Immobile, elle coupa sa respiration. L'avait-il vue ? N'était-il que de passage, fouillant les lieux à sa recherche ? Avec un peu de chance, c'était le cas. Avec encore plus de chance, et si elle se tenait tranquille, il s'en irait.

Il dit :

— J'étais sûr de t'avoir entendue gueuler. Tu m'auras bien fait courir. Allez. Sors de là.

Il s'abaissa à sa hauteur, étendit le bras et la tira de sous la table pour la ceinturer fermement, se servant du fusil comme d'une entrave.

— T'aurais pu choisir un endroit moins dégueulasse, remarqua-t-il en chassant du pied un préservatif usagé. C'est terminé, on rentre. Tu manques à ton frangin, tu sais. Tu m'as manqué, à moi aussi.

Elle planta ses dents dans son bras, lui arrachant un cri strident.

— Ah, garce !

Elle réussit à se libérer et se jeta vers la trouée dans le mur. Un seul pas, avant qu'il ne lui empoigne les cheveux et la ramène brutalement contre lui.

— Pas bien, ça, pas bien !

Emma remuait, pesait de tout son poids mais il serrait fort, trop fort, à l'étouffer.

Ils reculèrent. Le sol se déroba sous leurs pieds. *La trappe*, pensa la fillette, horrifiée, avant d'être emportée dans le vide.

Un coup de feu éclata dans leur chute.

21

Le téléphone de Pauline se manifesta une, deux fois, et c'est à la troisième qu'elle ouvrit les yeux, recrachée par un sommeil vaseux.

Par terre, au pied du lit d'Emma.

Sa tête tournait, ses membres étaient engourdis… pas de doute : les effets du mélange vin-somnifères. Elle consulta son radio-réveil, stupéfaite : 15 heures. Tout lui revint en mémoire. Son embarras pour avoir oublié de mentionner à la police l'existence de son ancienne résidence sur la côte. Le soulagement au départ de l'escouade, le silence qui était retombé dans la maison. Enfin, la sensation d'accablement quand, se retirant avec la clé du chalet, Hans avait fait preuve d'un étrange mutisme. Aucun commentaire de sa part, ce qui avait creusé un malaise dans le ventre de Pauline, un fossé d'appréhensions.

Elle devrait s'attendre à tout, désormais. Endosser, peut-être, le statut de suspecte numéro un. Elle s'imagina évoluer en équilibre sur un fil suspendu au-dessus d'un précipice. Chaque détail qu'elle oublierait de porter à l'attention du commandant la ferait tanguer dangereusement. Finalement, son audition libre n'avait de libre que le nom.

Elle attrapa le téléphone sur la table de chevet avec l'intuition qu'Éric cherchait à la joindre. Elle lirait *Mon Lamantin* sur l'écran avant de décrocher et d'écouter ce qu'il avait à lui dire. Pris d'un brusque revirement de conscience, il allait tout lui déballer. Tout expliquer, tout révéler. De son comportement insensé jusqu'au lieu où étaient les enfants, en passant par la raison pour laquelle il avait gardé la clé du chalet planquée au fond du coffre de la voiture.

Un coup de tête, ce chalet. Pauline l'avait qualifié de *miteux* tandis qu'Éric y avait vu un projet suintant de potentiel. C'est sur ces douces illusions qu'ils s'étaient engagés à le retaper. Des années de galère et une volonté de fer n'avaient pas suffi pour les tirer d'un gouffre financier insondable. Ils avaient dû s'en séparer. Éric avait géré la transaction, raison pour laquelle Pauline ne se souvenait que vaguement d'avoir assisté aux entretiens chez le notaire, et encore moins distinctement d'avoir consulté l'acte de vente.

Mais ils l'avaient vendu, elle en était certaine.

D'accord, alors que faisait cette foutue clé en sa possession ?

Ce n'était pas Éric qui l'appelait. Sa mère. Pauline était-elle en état de lui répondre ? Pas sûr. Tenir une conversation cohérente ? Négatif. Le devait-elle ? Affirmatif. Car elle connaissait la bête et la persistance qu'elle pouvait déployer pour la joindre selon son bon vouloir. Quel élément nouveau allait lui apprendre

Pauline, sinon qu'elle avait dilué sa frustration dans une séance de rangement hystérique et de ménage intensif. Un nettoyage du sol au plafond et de fond en comble avec une énergie qui, si elle lui avait permis d'affaiblir la rage qu'elle ressentait, n'avait été d'aucun secours quant à son désespoir. Un moyen psychologique, surtout, d'annihiler ce qui s'était passé entre ces murs. Elle y avait employé toute la soirée et une partie de la nuit pour en ressortir éreintée, vidée. Mais pas suffisamment pour trouver le sommeil. Elle s'était rabattue sur les albums de photos qui dormaient au grenier. Les scènes du passé lui avaient fait l'effet d'une incision à vif. Éric et elle, jeunes et déterminés. La plage. Leur première voiture : la Peugeot couleur prune. Lui en tenue de plongée, elle juchée sur un cheval de manège, un éclat de rire figé qu'elle entendait encore résonner. Leur mariage, la naissance de Milo. Celle d'Emma. Un quotidien lumineux, prometteur. Tout tracé. Avec, sous le vernis de chaque instant, le mensonge qu'elle devinait aujourd'hui. Et, au fil des pages, un air toujours plus absent chez l'homme qu'elle avait côtoyé. Un regard toujours plus vague, plus fuyant… Comme si, à la lumière des derniers événements, elle redécouvrait ces clichés sans filtre. Elle avait éclusé la bouteille de vin, déniché des comprimés dans l'armoire à pharmacie de la salle de bains et sombré au petit matin. Pas étonnant, alors, que sa propre voix lui semble appartenir à une étrangère :

— Allô…

— Chérie, oh ma puce, comment… (Elle allait demander comment ça allait mais se ravisa, consciente de la nature évidente de la réponse.) Est-ce que tu tiens le coup ?

— Bien obligée.

— Est-ce que les enfants…

— Toujours pas. La police est venue m'interroger et fouiller la maison.

— Seigneur…

— Hans Vinckel a la charge de l'enquête. Tu te souviens de lui ?

Au silence adopté par sa mère, Pauline comprit qu'elle consultait sa liste mentale des contacts qu'elle aurait dû potentiellement connaître, avant de cocher le bon :

— Hans, bien sûr, répondit-elle. Ton petit copain du collège.

— Du lycée.

— Il a intégré la gendarmerie et tu ne me l'avais pas dit ?

— C'est du ressort de la police, maintenant. Et pardonne-moi si je ne tiens pas un rapport détaillé de tous les gens que j'ai pu croiser.

— Enfin, ma chérie, tu ne l'as pas seulement *croisé*, celui-là.

Pauline éloigna le combiné pour soupirer. Sa relation avec Hans remontait à presque trente ans, n'avait duré que trois jours, mais sa mère semblait y attacher une importance rare.

En sortant de la chambre d'Emma, une pensée aussi soudaine que lugubre la cueillit : au bout de combien de temps décidait-on de se séparer des affaires de son enfant disparu ? Un mois, un an, dix ans ? Pouvait-on jamais se remettre d'une telle douleur ? Pauline supposait que non.

— J'ai tenté de te joindre toute la matinée, poursuivit Odette. Tu ne réponds plus à mes appels ?

— J'étais occupée.

— Nous avons décollé de Malé hier soir. Ton père a obtenu deux places pour un vol de dernière minute. Autant te dire que ce n'était pas gagné et qu'il a fallu négocier ferme. Il a failli se battre. Mon Dieu mon Dieu. Je n'ai jamais vu Michel se montrer si véhément.

Et l'image frappa Pauline : celle d'un homme chauve et chétif de soixante-quinze ans en train d'en découdre avec les gorilles de la sécurité de l'aéroport. Elle aurait pu en sourire.

— Nous avons passé la nuit dans l'avion, ajouta Odette. La qualité du service était déplorable.

— Navrée de l'apprendre.

— Nous avons quitté Paris, ce matin. Nous arriverons en fin d'après-midi. Oh, trésor, je suis désolée de ne pas pouvoir être auprès de toi, là, tout de suite. Te revoir, revoir ton cher époux, aussi. Ça me rassure de le savoir à tes côtés dans cette épreuve. C'est un homme formidable.

— Maman…

Le signal sonore d'un appel simultané l'interrompit : la police.

— Je dois te laisser.

— Bien sûr. Toutes nos pensées t'accompagnent. Embrasse bien fort Éric de notre part.

— Sans faute, répondit-elle avant de raccrocher et de basculer sur Vinckel :

— Du nouveau ?
— Oui.
— Une piste ?
— Justement, on doit parler.
— Je t'écoute.
— Non, Pauline. Au poste. Tu es convoquée dans les plus brefs délais.

*

La salle d'interrogatoire numéro 1 du commissariat de Castres était conforme à ces lieux austères et confinés que Pauline s'était imaginés. À peu de chose près, elle se retrouvait cloîtrée dans la chambre de campus qu'elle occupait étudiante, la lumière crue en plus, les effluves de graillon et de cannabis en moins. Ici, une odeur de fauve le disputait à celle des produits ménagers.

Après que Vinckel lui eut désigné sa chaise, il lui amena un verre d'eau, ce qu'elle associa à une coutume plus qu'à de la bienveillance. Le mot *coupable* devait s'étaler en gras sur son front. Le commandant était assisté d'une femme au teint hâlé et au dos raide comme la justice qui se présenta sous le grade de major Lopez et qui lui inspira une remarque opportune :
— Ton bras droit t'a abandonné ?
— Maze est… occupé.
— Bon, eh bien, les présentations étant faites, puis-je connaître la raison de ma présence ici ?

Vinckel expliqua en passant sous silence ce que Pauline n'avait pas besoin de savoir. Ce qu'il ne dit pas, par exemple, c'est qu'il s'était couché habillé la veille, sur le lit sans même retirer ses pompes. Un coup de téléphone l'avait réveillé à 6 heures. Une grasse matinée, quoi. Il avait obligeamment remonté les draps sur Isabelle, sa femme, et s'était rendu à pas feutrés dans le couloir en priant pour que la sonnerie n'ait pas réveillé ses gosses. Il avait déniché dans la cuisine la baguette entamée la veille dans laquelle il avait mordu tout sec avant de décrocher et d'écouter ce que Maze lui restituait : des éléments neufs, dont la dernière localisation d'Éric Delande juste avant qu'on ne perde sa trace.

— La région ? s'était enthousiasmé Vinckel.

— Pas si large, non.

— Le département ?

— C'est un peu plus serré que ça.

— Serré comment ?

— À s'étrangler.

Ce qui avait failli arriver à Vinckel, justement, avec une boule de mie de pain.

— Ne me dis pas que la zone de bornage se limite au village, quand même…

— J'aurais préféré.

Ça s'annonçait raide. Il avait reposé la baguette et ouvert le réfrigérateur, tombant sur un reste de lasagnes, un bol de radis et un demi-citron.

Rien de folichon.

— Folichon, non, c'est le moins qu'on puisse dire, avait approuvé son équipier qui lui confirmait sa tendance à penser tout haut. C'est bien pire que ça.

— Quoi, le quartier ?

— Eh ben…

— Attends, plus restreint y'a pas, à part sa propre maison.

— Bingo.

Il avait refermé le frigo, dépité. *Merde.*

— Je te le fais pas dire.

Décidément…

Le compte courant d'Éric ne montrait aucun mouvement, lui avait encore appris Maze. Aucun individu répondant à sa description n'avait été repéré par les systèmes de surveillance des banques environnantes. Rien à signaler non plus du côté de la lecture de plaque. Pour le coup, on se retrouvait *le bec sans eau*, avait tenté de deviser le brigadier.

— *Dans* l'eau. C'est le bec *dans* l'eau.

— Tu sais bien que les expressions et moi…

— Je sais, oui.

Ce que Vinckel savait aussi, c'est que le mari en cavale n'avait rien laissé au hasard. En coupant son téléphone, il rendait les radars de police aveugles. En évitant le centre des communes et leurs caméras, il devenait invisible…

Et Maze, pour l'achever :

— Les empreintes relevées dans la maison ne correspondent à aucun fichier connu. De plus, l'examen de l'ADN prouve bien qu'il est le père des enfants.

Pauline frappa du plat des mains sur la table, produisant un claquement qui résonna dans la salle d'interrogatoire.

— Bien sûr qu'il l'est ! Comment as-tu pu en douter ? Je n'arrive pas à croire…

— Les procédures, modéra Vinckel.

Ce que Lopez, à côté, approuva. Avec sa peau de bébé mais ses ridules au coin des yeux, Pauline évalua l'âge de la policière sur une fourchette allant du vingt-huit laminé au trente-six sublimé. Finalement, c'est à son timbre de voix encore frais qu'elle put opter pour une trentaine respectable.

— Nous avons examiné le relevé téléphonique de votre époux, dit l'officière. Un numéro revient souvent sur la période disponible.

— Qu'entendez-vous par *souvent* ?

— Assez pour attirer notre attention. De rares appels, mais de nombreux SMS. Une vingtaine chaque semaine. Ce numéro, c'est aussi le dernier que votre époux a contacté.

— Je ne comprends pas.

La major Lopez pinça les lèvres, consciente de marcher sur des œufs, et adoucit le ton :

— Est-ce que le nom de Marjolaine Dutriel vous évoque quelque chose ?

Marjolaine Dutriel... Marjolaine... Pauline répondit par la négative, se remémorant la conversation téléphonique d'Éric pendant qu'elle se cachait sous la voiture. Elle avait cru qu'il s'adressait à un homme, elle se trompait. Au fond du trou, au pied du mur, en dernier recours, c'est cette femme, cette inconnue, qu'il avait préféré appeler. Cette *Marjolaine.*

— Je ne connais personne de ce nom-là.

— Vous en êtes certaine ?

— Absolument. Je devrais ?

Lopez laissa flotter un moment de silence, entrelaça les doigts et annonça :

— Marjolaine Dutriel est la propriétaire de votre ancien chalet.

Pauline remua, perplexe.

Vinckel se pencha en avant :

— Une telle coïncidence, tu penses bien qu'on a gratté.

— Et donc ?

Donc, après avoir glané l'autorisation du juge par le truchement du procureur, Vinckel avait emporté sa baguette de pain et la major Lopez en direction de Carcassonne pour rejoindre l'A 61, effleurer Narbonne et dégringoler vers Leucate, jusqu'à l'adresse du chalet en question : une modeste propriété équidistante de la plage et du port depuis laquelle on pouvait apercevoir un bras de mer.

— *J'ai jamais compris ce qui attirait les gens sur la plage,* avait fait remarquer Lopez. *La chaleur de dingue ou la foule compacte ?*

— *C'est réducteur, ça, Laurence. Tu oublies le sable qui s'incruste partout*, avait souligné Vinckel tout en tapotant ses semelles contre la balustrade de la terrasse.

Par principe ils avaient toqué mais, n'obtenant pas de réponse, ils s'étaient infiltrés à l'intérieur, la main sur le Sig Sauer. Ignorant où se terrait Éric Delande et dans quel état d'esprit il se trouvait, la prudence était de mise.

Déco sympa mais simpliste selon le commandant, résolument vintage d'après sa partenaire. C'était, du moins, le style vers lequel la propriétaire, absente, semblait tendre avec son buffet-bar et son enfilade en teck, limite scandinave. Petit, cosy, raffiné, deux pièces : la principale, qui englobait une kitchenette, et puis la chambre dans laquelle ils avaient recueilli des éléments intéressants.

— Des photos encadrées se trouvaient sur les meubles et les murs, précisa la major Lopez. Exclusivement des autoportraits : Marjolaine Dutriel à la plage, Marjolaine Dutriel sur le pont d'un voilier, devant un coucher de soleil ou à la table d'un café. Marjolaine accompagnée… d'un homme.

Pauline enfouit son visage dans ses mains. Elle ne hurla pas, ses cordes vocales n'en avaient plus la force. Elle attrapa le verre d'eau et l'explosa contre un mur… Non, ça, elle ne fit que l'imaginer. Mais l'intention y était et devait être palpable car Vinckel le lui éloigna des mains.

— Il me trompait…

— Marjolaine nous l'a confirmé.

— La pétasse.

Raclement de gorge.

— Cette dame et ton mari entretiennent une relation depuis presque dix ans.

— Dix ans…

— La vente du chalet est réelle, Pauline. Sur ce point, Éric ne t'a pas menti. En revanche, il a omis de préciser qu'il connaissait intimement l'acquéreuse. Ses escapades n'étaient pas toujours à but professionnel… Tous deux avaient pour habitude de s'y retrouver régulièrement.

— Si je le tenais… je serais capable de le tuer, proféra-t-elle en le regrettant aussitôt, consciente de l'effet produit par sa menace.

Et c'est en dévisageant les policiers à tour de rôle, finalement, qu'elle saisit l'objet de sa convocation.

— Vous pensez que c'est moi…

— Nous ne sommes sûrs de rien.

— Vous me croyez coupable.

— Nous devons tout envisager.

— Non, je n'ai pas… Non.

— Ton mari avait une liaison… Il disparaît mystérieusement…

Et qui était la dernière personne à l'avoir vu vivant ? réalisa Pauline. Qui détenait la clé du chalet, cet endroit où lui et sa maîtresse se donnaient rendez-vous ? Les mobiles s'accumulaient et la désignaient coupable.

Elle se leva. Son genou heurta la table, le verre se renversa. Elle le redressa maladroitement.

— J'en ai assez entendu.

— Pauline.

— Fichez-moi la paix.

— Reste calme, s'il te plaît.

Elle émit un rire chevalin.

— Oui, bien sûr. Mes enfants sont quelque part dans la nature, livrés à eux-mêmes, et toi tu perds ton temps à m'accuser d'un crime que je n'ai pas commis ! Rester calme ?!

— Ce sont les éléments…

— Je me fous de tes éléments !

Sa propre voix la surprit : brisée, rocailleuse. La voix d'une femme désespérée. Et si Vinckel restait stoïque, Lopez quant à elle se tenait sur le qui-vive, prête à la neutraliser au moindre débordement. Alors, avant de lui donner une bonne raison de le faire, Pauline tâcha de se calmer. De reprendre sa place.

— Je te l'ai dit, j'ignore où est Éric. La clé, je l'ai trouvée dans ses affaires. Il s'est enfui, je n'ai rien à voir avec sa disparition, ni avec celle de mes enfants. Et puis elle est où, cette Marjolaine ?

Les policiers gardèrent le silence.

— Elle est ici, dans ces locaux, n'est-ce pas ? fit encore Pauline. Interrogée par ton collègue, le grand costaud, Maze. Voilà pourquoi il n'est pas avec toi.

— Ce n'est pas tout, dit posément Vinckel.

— Quoi encore ?

Les policiers partagèrent un regard hésitant, tâchant de décider lequel des deux allait porter le coup de grâce.

C'est Lopez qui initia le mouvement :

— Nous avons passé le chalet au peigne fin…

Et Vinckel qui l'acheva :

— Nous y avons trouvé du sang.

22

Milo l'avait vue, endormie dans son lit, fragile, vulnérable : Sarah. Impossible de réfuter son existence, désormais. Sarah existait et vivait à l'étage, quelques mètres seulement au-dessus de lui.

Il n'avait pu que deviner sa silhouette mais s'en était fait une idée assez précise. De morphologie similaire à celle d'Emma. Plus menue, certes, mais très proche. Frêle mais bien réelle, bien vivante avec, dispersées aux quatre coins de la maison, les preuves tangibles de son existence.

Il avait vu sa chevelure rayonner sur l'oreiller et cascader par-dessus le sommier. Une de ses mains dépassait, entrouverte, l'autre restait enfouie sous la couette. Elle dormait sereinement.

Milo s'était avancé, la femme l'avait retenu : « Plus tard. »

Elle avait refermé précautionneusement et avait reconduit le garçon en bas, l'avait cadenassé. Sans un mot, elle était remontée.

Blotti sous le plaid en compagnie de Bourriquet,

Milo s'était laissé tourmenter par son image. Hanté par les mêmes questions : qui était-elle, que faisait-elle ici et enfin, pouvaient-ils s'entraider, tous les deux ?

Il avait cru ne jamais s'endormir. Ce matin, pourtant, il se réveilla au bruit mat de la porte d'entrée, là-haut. Il ouvrit les yeux et se redressa avec la conviction que quelque chose n'était plus à sa place. Il guetta par la vitre du soupirail et comprit tout de suite : le vent. Bien sûr. Le vent s'était tu, creusant dans l'atmosphère un silence perturbant, un vide sidéral. Comparable aux failles, aux fosses et crevasses que révèlerait le retrait d'un océan. Il vit des jambes dans la cour et reconnut le pantalon de jogging. Il s'en étonna. La femme, dehors, se dirigeait vers la voiture. Étrange, connaissant la peur dont elle souffrait à l'égard du monde extérieur, ce monde dans lequel elle avait certifié, sur un ton catégorique, ne jamais vouloir s'aventurer. Quelque chose avait dû l'obliger à sortir. Quelque chose, ou quelqu'un. Milo supposa que son fils l'avait contactée. L'homme avait rattrapé Emma. Il l'avait abattue d'un coup de fusil et attendait l'aide de sa mère pour rapatrier le corps.

Arrête, c'est n'importe quoi.

La voiture démarra et passa doucement devant la vitre. La femme partait pour de bon. Et Milo, alors, prit conscience qu'il ne restait plus que Sarah et lui dans la maison. Rien qu'eux deux. Il rejeta le plaid et se redressa : ça valait le coup d'essayer. Les mains en porte-voix : « Eh ! Oh ! Sarah ! T'es là ? » Juste l'écho de sa voix en réponse. Il descendit du matelas et marcha jusqu'à ce que la chaîne le retienne, à hauteur de la ligne, à peu près à l'aplomb de la chambre de Sarah.

« Est-ce que tu m'entends ?! » Elle l'entendait, c'était certain. Elle l'entendait car il s'égosillait. Était-elle seulement réveillée ? Plus que probable, compte tenu de l'heure précoce à laquelle, la veille, il l'avait vue dormir. Alors… Peut-être n'osait-elle tout simplement pas lui répondre. Par peur des représailles ? Peut-être qu'on lui avait strictement défendu de le faire. Peut-être lui avait-on expressément interdit de quitter sa chambre. Obligation de rester sourde à tout ce qui pourrait lui parvenir depuis la cave. Et quand bien même elle répondrait, était-elle en mesure de lui porter secours ? Attachée, elle aussi ? Prisonnière, tout comme lui ? Victime d'une histoire qui la dépassait ? « Est-ce que tu vas bien ?! » tenta-t-il. « Est-ce que… ils t'ont enlevée, toi aussi ? » Une seconde de réflexion et il ajouta : « Je m'appelle Milo ! J'ai dix ans ! Ma sœur s'appelle Emma, elle a six ans ! Elle s'est enfuie, elle est… quelque part, dehors. Je suis sûr qu'elle va bien et qu'elle va tout faire pour nous sauver ! »

Il attendit encore mais, comprenant qu'il s'épuisait pour rien, finit par marmonner ce qu'il n'avait plus la force de crier : « On devrait s'entraider, tous les deux. Faire équipe. Enfin, c'est ce que je pense. » Il soupira et regagna le matelas, résigné. *C'est ce que je pense.* Il s'empara de son bout d'assiette et allait poursuivre l'affûtage quand des bruits de pas l'interrompirent. Il leva la tête au plafond, pris d'une nouvelle bouffée d'espoir. Sarah l'avait entendu. Elle réagissait. Elle quittait sa chambre et traversait le couloir d'une démarche subtile, légère, presque imperceptible.

Milo se releva, le cœur surgonflé. Il pouvait suivre

son trajet au son qu'elle produisait, habileté inculquée à force d'écouter les déplacements sur les lames du plancher… Une succession de portes. Sarah venait. Elle était dans l'escalier. Elle apparut dans la cave et s'immobilisa.

Mais ce n'était pas Sarah.

C'était Emma, dans sa robe rouge à fleurs de tournesol. Emma au teint cireux, au visage hâve tordu d'effroi qu'un trou béant avait entamé. *Les dégâts d'une décharge de plombs à bout portant*, devina le garçon, horrifié. Et quand, lentement, elle pointa le doigt sur lui et se mit à remuer les lèvres silencieusement, il sut parfaitement ce qu'elle lui reprochait.

C'est ta faute !

Une explosion de mots qui le réveilla en sursaut.

Il avait le pyjama poisseux, collant de sueur. La bouche pâteuse, un bras mort pour avoir dormi dessus. Le cœur lancé comme un train fou.

Ce n'était qu'un rêve.

Juste un rêve, oui, mais si réaliste, tellement saisissant.

Il se retourna pour embrasser l'étendue de la pièce et sursauta une nouvelle fois en voyant la forme humaine devant lui : la femme l'observait, avachie sur sa chaise de camping. Elle avait retroussé la manche de son pull et continuait de peler son bras qui, sous l'assaut répété de ses ongles, ressemblait de plus en plus à un champ de bataille. Elle tenait un téléphone. Une nuit avait suffi pour la faire vieillir d'une décennie.

— Tu as crié, dit-elle. Sans doute un cauchemar.

Pour retomber dans un autre, aurait rétorqué Milo si l'horreur résiduelle de son rêve ne l'avait pas tétanisé.

— Tu l'as vue, n'est-ce pas ? reprit-elle avec entrain.

Tu as vu ma Sarah, tu l'as vue. Toute belle, elle existe, tu ne peux plus le nier, non, tu ne peux plus.

— D'accord, répliqua Milo en se hissant sur des jambes raides comme des échasses. Mais je veux en savoir plus, maintenant.

— Toujours plus, oh, toujours plus.

— Quel âge elle a ?

La femme accusa une brève hésitation.

— Cinq ans.

À peine plus jeune qu'Emma, donc.

— Qu'est-ce qu'elle fait ici ?

— Elle vaque à ses occupations.

— Elle a le droit de quitter sa chambre ?

— Évidemment. Puisqu'elle est libre.

Ce dernier mot sonnait comme un anachronisme.

— Pourtant elle descend jamais ici, nota le garçon.

— Non. Ça, c'est interdit.

— Pourquoi ?

— Elle ne vous rencontrera, toi et ta sœur, qu'au moment où nous l'aurons décidé. Oui, voilà. Pas avant.

Milo fit mine de comprendre.

— Vous l'avez pas kidnappée.

— Bien sûr que non, s'offusqua la femme.

Éblouie par le jour débordant des vitres, elle se repositionna pour se refondre dans l'ombre, avant d'ajouter :

— Mais cela ne te regarde pas. Tu ne devrais pas te sentir concerné.

— Difficile de faire autrement, après l'avoir vue pour de vrai.

— Eh bien arrête.

— Qui est-elle ?

La femme regarda par le soupirail, s'intéressant distraitement au monde extérieur qui l'effrayait tant. Le vent continuait de sévir, soulevant petites plumes, des ailettes de samares, ou brassant des gerbes de poussière comme du sable dans les mains capricieuses d'un enfant.

— Elle est mon cœur. Elle est mon âme.

— Votre fille, devina Milo.

Elle ne répondit pas et, anxieuse, s'approcha de la vitre.

— Il aurait déjà dû revenir. Il était censé ramener ta sœur. Je l'ai appelé plusieurs fois sans pouvoir le joindre. Il a passé la nuit dehors.

— C'est parce qu'il l'a pas trouvée, et qu'il la cherche encore.

— Tu te trompes.

Possible, admit le garçon qui avait envisagé maints scénarios sans jamais en tirer d'issue favorable. Que l'homme ne soit pas rentré, avec ou sans Emma, restait préoccupant.

L'avait-il finalement rattrapée ? Lui avait-elle échappé ?

Dans un cas comme dans l'autre, il aurait dû revenir. Ainsi, la vraie question subsistait : où étaient-ils passés, tous les deux ?

Milo sentit poindre une peur indescriptible.

Emma, bon sang, t'es où ?

*

La fillette reprit connaissance et le regretta aussitôt. La douleur s'éveillait avec elle, inédite, à pleurer. Ce qu'elle fit. L'impression qu'une lame chauffée à blanc s'incrustait entre ses muscles jusqu'aux os. Vivante sans pouvoir s'estimer chanceuse de l'être. Allongée sur le dos, elle se rappela l'endroit où elle était et comment elle y était arrivée : l'évasion par la lucarne des toilettes, la course folle à travers la forêt, puis cette maison qui s'était refermée comme un piège. Le repos n'avait été que de courte durée, le soulagement qu'une illusion. L'homme l'avait retrouvée.

Une onde brûlante la traversa. Elle gémit en se tortillant, palpa l'arrière de sa tête où elle effleura une croûte cicatricielle, récoltant un peu de sang. Elle s'était méchamment cognée. Elle se redressa sur les coudes et se fit une idée plus précise de son nouveau cachot : un carré de deux mètres de côté, aussi profond, sombre et humide qu'un puits. Des fissures aux ramifications inquiétantes lézardaient les parois rugueuses de moellons gris. Une fraicheur providentielle émanait du sol de terre meuble, qu'Emma accueillit avec délectation. L'odeur de liège qu'elle avait d'abord détectée en entrant dans la bâtisse s'était accentuée au point d'en devenir opprimant. Ce n'était rien d'autre, en fait, que les remugles du bois pourri qui composait l'étagère dans son dos. Une araignée grosse comme un coing y avait déployé sa toile et voguait d'une mouche piégée à une autre, s'attardant sur chacune de ses victimes pour la boulotter.

Une cave, s'avisa Emma, *je suis revenue dans une cave*. Très vite, le désespoir se mêla à la douleur avec une intensité équivalente. La fillette avait quitté une prison pour échouer dans une autre, beaucoup plus petite et terriblement mal fréquentée : son ravisseur était assis de l'autre côté, dos à la paroi, jambes étendues, pantalon déchiré, imbibé de sang et son fusil pressé tout contre lui.

Emma recula précipitamment, aussi loin que possible. Son dos heurta l'étagère et de la poussière la saupoudra, la faisant éternuer. Elle s'attendait à une remarque cinglante de son vis-à-vis, mais n'eut pas ce plaisir. Il ne réagit pas. Ne bougea pas d'un pouce. La tête baissée, le menton sur la poitrine. *Inconscient*, fut la première observation d'Emma. Puis elle se rendit compte qu'il avait retiré sa cagoule pour s'en faire un garrot autour de la cuisse. *Le coup de feu*, se rappela-t-elle. Le coup de feu au moment où ils s'écrasaient ensemble. Visiblement, il en avait fait les frais... Elle attendit plusieurs minutes avant d'oser approcher, doucement, à quatre pattes, découvrant les traits de l'homme pour la première fois. Un visage dont elle avait conçu des visions monstrueuses mais qui, en vérité, s'avérait plus humain qu'elle ne l'avait imaginé : anguleux, aux pommettes saillantes, muni d'une bouche aussi fine qu'un trait d'union. Il était blond et d'une pâleur funèbre. Emma supposa qu'il avait dû succomber pendant la nuit, mais elle n'en était pas sûre. La mort, à ses yeux, était un concept abstrait, sinon le souvenir confus d'un chat qu'on avait enterré au fond du jardin pour être passé sous les roues de la voisine. Elle se rappelait le corps flasque et inerte de l'animal lové dans sa minuscule tombe. Pas si différent de son ravisseur à cet instant. Pas si différent... mais en s'approchant encore elle remarqua les oscillations lentes de sa poitrine... Il respirait. Il était en piteux état, mais bien vivant.

Emma se figea si près de lui qu'elle aurait pu le toucher. Elle s'en abstint. Elle regarda les alentours à la recherche d'une issue, avant de se rendre à l'évidence : la trappe était le seul moyen de sortir d'ici. La seule source lumineuse, aussi. Située au-dessus de l'homme, on y accédait par une échelle métallique aménagée dans le dos de ce dernier. La fillette déglutit. Le sort s'acharnait-il, ou n'était-ce qu'une impression ?

Elle demeura immobile un long moment, regardant successivement l'homme, l'échelle et la trappe. Le vent s'engouffrait là-haut dans l'habitation et elle crut déceler dans son mugissement la voix de Milo : *Lance-toi.* Un message de son frère… Surréaliste, mais suffisant pour qu'elle se décide.

Elle se leva péniblement. Un bourdonnement lui emplit la tête, renforcé par une douleur pulsatile. Son poignet la faisait souffrir ; il lui semblait qu'on avait emmailloté son bras dans des ronces. Elle avança prudemment et contourna les jambes de son ravisseur dont l'état, de près, paraissait encore pire, comme s'il se dégradait de seconde en seconde. Il avait le front moite et des frissons par intermittence. Il gênait l'accès, aussi Emma dut se déhancher pour réussir à empoigner l'échelle et se hisser sur le premier barreau. Un pied, puis l'autre. Ça y était, elle avait fait le plus dur, ne restait qu'à poursuivre l'ascension, puis passer par la trappe. Elle s'imaginait déjà quitter ce trou, courir à travers les hautes herbes et fuir, fuir, fuir… Il lui saisit la cheville.

— Où tu t'envoles comme ça, ma colombe ?

Il verrouilla sa prise autour de sa jambe et la tira vers le bas.

— Allez, redescends.

Emma s'agrippa aux barreaux mais sentit ses muscles se tétaniser et ses forces inéluctablement diminuer. La trappe n'était qu'à une longueur de bras, mais la liberté était inatteignable. Une ultime impulsion vers le barreau suivant, qu'elle rata de peu... Lestée du poids de l'homme – un poids mort – elle faillit lâcher prise. Elle se cramponna, agita énergiquement la jambe, donna des ruades d'un côté et de l'autre... En vain. Il la retenait comme un bouledogue un os. Elle considéra sa face bestiale et, sans hésiter, entreprit de s'essuyer les pieds dessus. Comme il n'abandonnait pas, elle y alla à coups de talon. Elle le toucha à la tempe. L'homme vacilla, sonné, mais ne fit que raffermir sa poigne.

— Viens là, putain !

Cette fois, il tira violemment.

Emma décrocha. Le rectangle lumineux rétrécit tandis que le décor entier basculait. Sa chute dura une demi-seconde, elle percuta le sol en se mordant la langue. Le goût du sang lui emplit la bouche, une nouvelle douleur la transperça. Des rosaces pourpres commencèrent à s'épanouir dans son champ de vision pendant que les sons, un à un, s'estompaient et qu'une symphonie chromatique l'enveloppait, sorte de feu d'artifice silencieux. Elle inhala de la poussière et cracha, se tortilla pour se retourner et ramper vers le fond, contre l'étagère où elle reprit position, à bout de forces, le mental sur les rotules. La gueule du canon dirigée sur elle.

Ses paupières, soudain, s'alourdirent. Ses yeux se soudèrent.

—Reste avec moi.

Elle les rouvrit, surprise de s'être évanouie, d'avoir sombré plusieurs minutes sinon plus, à en juger la mine de son ravisseur, pire qu'avant : avachi, le teint cadavérique. Secoué de spasmes si fréquents qu'il ne cessait de trembler. Il tenait son fusil à côté de lui.

— J'ai bien cru que tu te réveillerais jamais.

Il se repositionna laborieusement en traînant ses fesses, chaque mouvement lui réclamant un effort surhumain, une résolution insensée.

— J'ai fini par t'avoir, on dirait… Ou plutôt non, c'est moi que j'ai eu…

Il partit d'un rire qui s'acheva sur une toux cuisante.

— … Merde, c'que ça dérouille. J'crois que j'ai des côtes cassées. Évite de me faire marrer, d'accord ?

D'un geste fébrile qui se voulait délicat, il souleva le garrot pour inspecter sa blessure. Un sang épais, sirupeux, continuait d'en jaillir et de ruisseler, formant un delta au-dessus du genou. Il resserra le nœud, tangua un moment, saisi de vertiges, et se ressaisit.

— J'ai jamais voulu… J'ai jamais voulu tout ça, faut me croire. C'est à cause de ton père. S'il avait pas joué au con, on en serait pas là. On profiterait des vacances, toi et moi, chacun de son côté. Un été ordinaire dans un monde idéal, pas vrai ? (Son visage se contracta sous l'effet de la douleur.) Putain. Je donnerais n'importe quoi pour une ligne.

Si Emma n'avait qu'une sombre idée de la chose

qu'il nommait « ligne » et qu'il semblait convoiter avec encore plus d'ardeur que la liberté, elle supposait que cette chose n'était guère étrangère à ses reniflements incessants ni à son regard enfiévré.

— Une ligne, une seule, reprit-il en fermant les yeux, et je nous aurais sortis de là en moins de deux.

Il parut sombrer si longtemps que la notion de mort ressurgit dans l'esprit d'Emma, un peu avant que l'homme n'émerge pour lui poser une question :

— T'as des amis ?

Elle hocha la tête. Oui, elle en avait. Ils se comptaient sur les doigts d'une main. Des camarades de classe pour l'essentiel. Mais à cet instant, ce n'étaient pas de ses amis dont elle avait besoin. Ses parents et son frère lui manquaient atrocement. Tout ce qui la reliait à la vie d'avant ce cauchemar.

— Un petit copain ?

Elle secoua fermement la tête. Non, rien de ce genre. Les garçons faisaient partie de cette ethnie encore méconnue, agaçante sur les bords et dont les représentants, légèrement attardés, ne juraient que par les cris et les coups. Si Emma avait survécu jusqu'à présent dans la jungle de la cour de récréation, c'était précisément en adoptant une ligne de conduite visant à les éviter. Et ce n'était pas près de changer.

— T'as l'air d'une fille obéissante, j'me trompe ?

Emma resta de marbre.

— J'me trompe pas. Tu me rappelles Sarah. Vous vous ressemblez tellement, toutes les deux. Tu sais de qui j'cause, là ?

— Non.

Il fit la grimace ; il aurait tout aussi bien pu être en train de sourire.

— Ma sœur. Un ange. Intelligente, jolie comme un cœur. Tout le contraire de moi. Dans le partage des attributs, j'ai hérité des défauts et elle des qualités. Pas vraiment équitable, tu crois pas ?

Emma, d'instinct, secoua la tête.

— Non, c'est clair, confirma l'homme. Pas équitable du tout. À la loterie de l'univers, j'ai rien gagné. Et voilà que pour couronner le tout, je me retrouve coincé dans ce squat craignos pour ados excités.

— Excités ?

— Oublie ça.

Emma regarda machinalement autour d'elle à la recherche d'une autre issue que la trappe.

— Te fatigue pas, ma colombe. La seule façon de sortir d'ici, c'est par là-haut.

Il fit basculer le fusil par-dessus son épaule et frappa le canon à deux reprises contre les barreaux, produisant un son creux et métallique.

— Que ce soit bien clair : cette échelle m'appartient. Ne t'avise plus de l'utiliser sans mon accord ou je devrai te faire mal. Et j'ai pas envie de te faire mal. Pas à toi. Tu lui ressembles trop.

Une autre quinte de toux le secoua, au terme de laquelle il découvrit, inspectant sa paume, des volutes ensanglantées au milieu de ses expectorations.

— Mauvais signe, en conclut-il avant d'ajouter : J'ai réfléchi, tu sais. Pendant qu'tu roupillais, j'ai eu toute la nuit pour y penser : moi, j'ai accès à la sortie mais j'peux plus bouger ; toi, tu peux bouger, mais t'as aucune chance de sortir. Tu vois un peu le dilemme ?

Emma étrécit les yeux : le dernier mot lui échappait.

— On a besoin l'un de l'autre, reformula-t-il. Parce que l'un sans l'autre, on est cuits, tu suis ?

Il s'empressa alors d'exhiber son téléphone portable.

— J'ai une bonne et une mauvaise nouvelle. La bonne, c'est que ce machin est plus solide que j'croyais. Il a survécu à la chute. L'écran est fêlé mais à part ça, il fonctionne. La batterie devrait tenir un jour. La mauvaise nouvelle, c'est qu'on a pas de réseau. On capte que dalle. J'ai essayé cent fois, rien. Enfin, rien depuis ma place. Mais peut-être que de la tienne…

Sans prévenir, il lui lança le téléphone. Elle l'attrapa, le souleva devant ses yeux sans être certaine de savoir ce qu'il attendait d'elle.

— Le bouton, dit-il. Sur le côté.

Elle appuya, l'écran s'activa.

— La jauge de réseau, tu la vois ?

— Euh…

— Le symbole qui se trouve dans le coin supérieur droit.

Elle repéra le dessin dont il parlait : quatre bâtonnets de tailles croissantes alignés comme des dominos.

— Garde un œil dessus. Préviens-moi si ça vire au vert, même d'un chouïa. Pigé ?

Emma fit oui et tâcha de ne pas quitter la jauge des yeux. C'est ainsi qu'elle découvrit le fond d'écran de son téléphone. C'était le portrait d'une petite fille. Celui de Sarah, comprit-elle avec un pincement au cœur qu'elle n'aurait su expliquer. Un visage ovale et blanc semé de taches de rousseur. Une frange rousse jusqu'aux sourcils, un petit nez retroussé et un sourire aussi doux qu'espiègle. Une chemise à carreaux bleus et blancs, des bretelles par-dessus.

— Elle a l'air gentille, hasarda Emma, avant de poursuivre : La dame a dit qu'on pourrait la rencontrer, bientôt.

— La dame… Ma mère ? Elle a dit ça ?

— Oui.

— Ah, ben, ouais, peut-être… Tout dépend de la suite. À voir si on sort d'ici. Si on survit ou si on crève.

— J'ai pas envie de mourir…

Le regard de l'homme s'adoucit un instant, puis se rendurcit, comme pour rattraper un moment de faiblesse.

— C'est pas c'que je voulais dire. Concentre-toi sur la jauge. Avertis-moi si ça tourne au vert.

L'état du réseau ne s'était pas amélioré et Emma doutait que ça change… Et une inscription, en bas, attirait son attention :

Appels d'urgence uniquement.

Elle savait ce que ça signifiait. Sa mère le lui avait expliqué. Contrairement à ce qu'on racontait au cinéma, la magie des ondes permettait de joindre les numéros d'urgence, même en cas de perte du réseau. Et donc d'alerter quelqu'un. Elle jeta sur l'homme un coup d'œil à la dérobée et, voyant qu'il était occupé à examiner sa blessure, elle se pencha plus sérieusement sur l'écran. Il lui semblait que l'inscription lui était non seulement destinée, mais qu'elle lui hurlait d'agir.

Appels d'urgence !

Elle releva les genoux de sorte à camoufler ses gestes. C'était risqué, voire stupide, mais elle n'avait pas le choix. Elle savait qu'il existait quelque part une chance de réussite, même minime. Elle pouvait le faire. Non. Elle *allait* le faire. À condition, bien sûr, de rester discrète, de n'éveiller aucun soupçon. Si son ravisseur découvrait ce qu'elle mijotait, il n'hésiterait pas à la réduire au silence… Elle releva la tête. Il la dévisageait.

— Qu'est-ce que tu fous ?

— Rien…

— Précisément. Je t'ai dit de surveiller le réseau. Ça peut revenir d'un moment à l'autre et repartir aussi vite. Alors le loupe pas.

Il appuya sa tête contre l'échelle et leva les yeux vers la trappe.

— Si t'as rien au bout de cinq minutes, dit-il, inutile d'insister, tu me rends le téléphone.

Cinq minutes. Marge de manœuvre restreinte. À peine de quoi réfléchir et réorganiser les étapes : déverrouiller l'appareil en espérant qu'un système de sécurité quelconque ne lui bloque pas l'accès, trouver l'application dédiée aux appels, composer le 112 et puis… C'est là que ça se corsait. Elle ne pourrait pas parler ouvertement sous le nez de son ravisseur. Elle aurait à peine entamé une phrase qu'il sévirait… Tant pis. Elle devrait improviser.

Elle s'assura qu'il portait l'attention ailleurs et fit glisser son pouce sur l'écran tactile, lequel étala son champ d'applications sans quémander de code d'accès. Première barrière franchie. Elle repéra le logo consacré aux appels et déploya le répertoire téléphonique.

De son côté, l'homme n'avait pas bougé.

C'est en apnée, ensuite, qu'Emma composa le numéro

qu'elle avait appris par cœur : 1 – 1 – 2.

Ça y est, elle avait réussi, elle l'avait fait. Ne lui restait qu'à transmettre son message de détresse. Fallait-il qu'une personne le réceptionne. Quelqu'un avait-il déjà décroché ?

Devait-elle attendre quelques secondes, laisser la tonalité s'écouler, avant d'être certaine qu'un opérateur se manifeste ? Difficile à dire quand le vent ne cessait d'interférer, l'empêchant d'entendre quoi que ce soit.

— Alors, c'est vert ?

Emma releva les yeux. Sa bouche était sèche et sa voix coincée dans sa gorge.

— C'est vert, oui ou merde ?

— Non… Non, pas encore.

— Mouais. Je m'en doutais. C'est peine perdue. Rends-moi le portable.

— Ça fait pas cinq minutes…

Deux, à tout casser, voulut-elle plaider alors qu'elle n'avait encore rien capté, ni voix ni signe de vie.

— Cinq minutes, cinq heures, cinq jours, on s'en fout, grommela l'homme en tendant la main. C'est mort, j'te dis. Allez, donne.

Emma, prostrée, sentit la panique l'ensevelir. Elle suffoquait, enterrée vivante, en équilibre sur la pointe des pieds… la surface n'était qu'à quelques centimètres, une impulsion suffirait à l'atteindre. Cette impulsion se résumait à la force de son message, à des mots lancés à travers les ondes comme une bouteille à la mer. Elle ignorait si quelqu'un se trouvait de l'autre côté. Si quelqu'un allait seulement la ramasser, sa bouteille, lire son message, puis y répondre.

— C'est quoi, cet endroit ? demanda-t-elle.

L'autre la toisait de travers.

— Comment ça ?

— Cette… maison, là. C'est quoi ?

— Vaut mieux pas qu'tu saches.

— Mais c'est où ?

— T'en poses, des questions, d'un coup. Tu t'es cogné la tête plus fort que c'que j'croyais.

— Où on est ?

— Mais putain, dans le trou du cul d'une fée, si ça te chante. T'aimes bien les fées, non ? Allez, rends-moi ça.

— Non…

— Quoi ?

— Je suis en danger.

— Qu'est-ce que tu…

— Je m'appelle Emma Delande, j'ai six ans !

Elle criait maintenant.

Les yeux de l'homme s'arrondirent.

— Sacré bordel de…

— Mon frère s'appelle Milo, il a dix ans !

— T'es en train d'appeler, c'est ça ?

Il releva le fusil et le braqua sur elle.

Emma tremblait de tout son être. Ses yeux lui piquaient. Elle ne comprit qu'elle pleurait qu'au moment de voir les larmes s'écraser une à une sur l'écran tactile.

— On nous a enlevés, mon frère et moi !

— Ferme-la !

— Je sais pas où on est, j'ai… J'ai peur !

— Rends-moi ce putain de téléphone !

Emma sursauta. Son gradient de courage se tarit d'une traite. Elle rejeta l'appareil comme s'il était brûlant. L'homme le saisit au vol et consulta l'écran.

— C'était stupide, dit-il en abaissant son arme. Incroyablement stupide. T'as bien failli crever, tu te rends compte ? J'allais te plomber la cervelle, comme ça, pour rien.

Il ricana et aussitôt se tordit de douleur, s'enveloppant les côtes avec son bras.

— Je t'avais dit de pas me faire marrer... Mais j'imagine que c'était pas ton intention, hein ? T'avais autre chose en tête, ma colombe. C'est con, t'as juste oublié de presser la touche d'appel.

23

— Du sang dans le chalet ? répéta Pauline qui observait, impuissante, son petit monde continuer de s'effriter.

— Affirmatif, répondit la major Lopez. Impossible de passer à côté, il y en a partout.

— Des traces, modéra Vinckel. Des souillures invisibles à l'œil nu, mais qui soulèvent de nouvelles interrogations.

Ce n'était pas seulement son petit monde qui s'effondrait, finalement, mais l'univers entier. À l'instar de ces étoiles qui, sous l'effet de leur propre masse, se muent en trous noirs engloutissant jusqu'à la moindre particule de lumière. Voilà. Sa vie était réduite à un trou noir.

— Que s'est-il passé dans ce chalet, madame Delande ?

— Je… n'en sais rien.

— Vous y êtes-vous rendue, récemment ?

— Non.

— Mais vous aviez la clé.

— Encore une fois, cette clé, je l'ai trouvée dans les affaires…

— J'ai ma théorie là-dessus, trancha Lopez. C'est élémentaire. Vous voulez la connaître ?

Pauline répondit par la négative : non, elle ne tenait pas à connaître l'hypothèse d'une policière aux dents longues. Dans l'absolu, elle ne voulait plus rien avoir affaire avec la moindre idée jaillissant de l'esprit d'un policier.

Lopez détailla malgré tout :

— Vous avez découvert que votre mari vous trompait ; vous avez donc décidé de faire justice vous-même.

— C'est faux !

— Vous aviez l'intention de le bousculer un peu, de l'intimider, c'est ça ? Le voir ramper à vos pieds, peut-être, qu'il vous supplie de le pardonner ?

— Non…

— La situation a dégénéré, vous avez perdu le contrôle et commencé à le frapper. Il n'a pas osé riposter, conscient de sa part de responsabilité dans cette histoire. Mais ça vous démangeait trop, vous avez continué, et continué jusqu'à ce qu'il soit à terre. Vous vous êtes acharnée.

Pauline resta sans voix.

Lopez se pencha en avant :

— Un accident arrive vite. Un geste mal placé…

— Ce n'est pas ça du tout…

— Ah, c'était délibéré, alors ?

— Mais enfin, je n'ai pas…

— Allons, tout vous accuse !

— C'est insensé !

— Vous l'avez tué !

Lopez avait écrasé son poing sur la table. Au raclement de gorge de Vinckel, elle se replia doucement, haletante. Prête pour le second round, n'attendant qu'un mot pour remonter sur le ring.

— Merci, Laurence, ça ira.

Lopez se tourna vers son supérieur, estomaquée. Assommée, en fait, dans les cordes.

— Commandant, je n'ai pas terminé.

— Alors je terminerai.

Lopez le couvait maintenant d'un regard à la limite de l'insubordination.

— Commandant…

— Tu peux nous laisser.

Bref hochement de tête. La policière se leva et sortit sans un mot.

— Qu'est-ce qui se passe, Hans ?

— Ça, c'est la question à deux millions.

— Ta collègue m'aime bien, on dirait.

— Laurence est jeune, fougueuse, elle a tendance à s'enflammer. Efficace, c'est juste l'expérience qui lui manque pour embrasser la situation dans sa globalité.

— Ce qui signifie ?

— Que je ne suis pas de son avis.

— Ai-je besoin d'un avocat ?

— Non. Sauf si tu y tiens.

Il entrecroisa ses doigts sur la table.

— Nous n'avons pas d'élément tangible contre toi. En tout cas, aucune preuve directe. Rien qui justifie de te retenir.

— Alors pourquoi m'avoir convoquée ?

— Ordre du procureur, concéda Vinckel avec amertume. Catapulté à son poste récemment, il tient à briller. Son idée était de te mettre la pression.

— *Était* ?

— Les cartes ont changé de mains. Le juge d'instruction prend la relève. Lui, à l'inverse, c'est plutôt la vieille école, celle qui prône la présomption d'innocence, raison pour laquelle on s'entend aussi bien, tous les deux. À mes yeux, tu es autant victime que tes enfants.

Pauline sentit un nœud se relâcher autour de son abdomen.

— Merci, Hans.

Il leva une main magnanime, puis alla lui tenir la porte.

— Tu peux t'en aller. Tu n'es pas tirée d'affaire pour autant, des zones d'ombre persistent. Reste dans le coin, d'accord ?

Pauline allait rétorquer qu'elle ne comptait nullement partir en vacances, quand le téléphone du commandant retentit. Il répondit pendant qu'elle lui passait devant, laissant volontairement traîner ses pieds, ses oreilles. En fait, elle n'eut qu'à s'appesantir un tantinet.

Il la retint d'une main, avant de raccrocher.

— On vient d'épingler un type qui traînait autour de chez toi. Il a déposé une autre photo.

*

Le type en question était un garçon d'à peine dix-huit ans, découvrit Pauline en le voyant débarquer dans le couloir du commissariat, flanqué de deux agents.

Chétif, avec un sweat à capuche, un pantalon baggy et la dégaine d'un caïd, démarche chaloupée incluse. Sous sa casquette New York et son allure de petite frappe se cachait probablement un enfant apeuré mais quand même, irrémédiablement, Pauline sentit grandir une pulsion sauvage : lui sauter dessus et lui arracher les yeux, à défaut de réponses.

Que savait-il ? Avait-il vu Emma et Milo ? De quel droit s'immisçait-il dans sa vie ?

Serrant les mâchoires, elle s'écarta pour le laisser passer. Il ne lui adressa qu'un regard imperméable alors qu'on le conduisait en salle d'interrogatoire, qu'on le plantait sur la chaise où elle s'était trouvée deux minutes avant.

— Tu le reconnais ? demanda Vinckel.

— Non.

— J'ai besoin de toi.

Après s'être avisé des circonstances de l'interpellation, le commandant récupéra un portefeuille et une enveloppe kraft que les agents lui remirent avant de s'éclipser.

Puis, se penchant vers Pauline :

— Tu restes debout près du mur. Tu n'interviens que si je te le demande. Tu sors si je te l'ordonne.

Elle lui emboîta le pas dans la salle et fit profil bas, entourée de ses bras. Elle observa Vinckel prendre place à la table, poser l'enveloppe dessus et brandir la pièce d'identité du suspect.

— Théo Staford. Réside à Revel. Qu'est-ce que tu foutais à Dourgne, Théo ? Et devant la maison des Delande ?

L'autre haussa une épaule indifférente.

— Ch'ais pas.

— Tu sais pas ce que tu foutais à Dourgne ? Ou devant la maison des Delande ?

— J'me promenais, c'est tout. (Ses yeux dérivèrent vers Pauline.) C'est qui, elle ? Qu'est-ce qu'elle fout là ? Elle ressemble pas à un poulet.

Vinckel tendit le bras comme pour le gifler, mais fit claquer ses doigts sous son nez.

— C'est ici que ça se passe, entre toi et moi.

— Ouais.

— Et puis les questions, c'est moi qui les pose.

— Et si j'veux pas vous répondre ?

— C'est ton droit. Mais bon. Il y a deux tarés en cellule qu'on a un peu asticotés. Adorables, vraiment, mais légèrement portés sur la violence. Tu seras plus causant après avoir passé la nuit avec eux, crois-moi. Je dis ça, je dis rien.

Théo renifla, cherchant des traces de comédie dans le jeu du flic, n'en trouvant aucune. Son attitude s'adoucit. Il quitta sa casquette, la posa sur la table et se courba, les mains en boule entre ses cuisses.

— C'est bon…

— À toi de voir. Alors, tu faisais quoi devant la porte de cette maison ?

— Rien, j'vous jure.

— Tu me prends pour une buse ?

— Non, c'est… C'est juste que…

— Que quoi ?

— J'aime bien me balader dans le coin, c'est tout.

Vinckel le fixa quelques secondes.

Puis il se leva et partit vers la porte.

— Comme tu voudras. C'est ton cul, pas le mien. Les gars ont parié que tu ne tiendrais pas trois heures. Moi, j'ai misé sur une.

— Attendez.

Vinckel s'arrêta, se retourna.

— Quoi ?

— D'accord.

Théo rivait les yeux sur sa casquette, secouant la jambe nerveusement, se rongeant les ongles. Il avait perdu ses manières et rendossé la peau du gamin qu'il n'avait jamais vraiment quittée.

— J'vais vous dire.

Vinckel revint à sa place et se contenta d'attendre que l'autre vide son sac, ce qui ne prit, en tout et pour tout, qu'une poignée de secondes.

— On m'a payé.

— Qui ? Pour faire quoi ?

— Un gars. Pour livrer les photos.

Le commandant se tourna vers Pauline qui trépignait. L'envie d'intervenir la consumait et elle n'était pas sûre de pouvoir se maîtriser encore très longtemps. Elle se voyait attraper ce morveux par l'encolure, le jeter par terre, l'écraser jusqu'à ce qu'il crache la vérité.

— Cet homme, à quoi ressemblait-il ?

— Jeune, mince, assez grand.

— Son visage.

— J'sais pas trop, il portait une casquette et des lunettes de soleil. Et puis il tournait la tête sans arrêt.

Vinckel adressa un autre regard à Pauline, laquelle opina : ce pouvait être leur ravisseur.

— C'est bien, Théo, tu vois quand tu veux. Où l'as-tu rencontré ? Et quand ?

— La carrière de Dourgne. Vers 3 heures du mat'.

D'après Théo, l'endroit était aussi sympa pour la vue sur la plaine au clair de lune que pour s'en fumer une. Et pourquoi la nuit ? Pour être tranquille. Le gus en question l'avait abordé en lui proposant un boulot facile. Et si, d'emblée, Théo lui avait gentiment répondu d'aller se faire foutre, le gus avait su se montrer persuasif.

— Combien ? demanda Vinckel.

— Cent euros tout ronds. Pas de quoi refuser. Cinquante pour chaque photo. Il m'a filé le fric, l'enveloppe contenant les photos et l'adresse de livraison. Une par jour, qu'il a insisté. Comme si c'était hyper important. Après ça, il s'est barré.

— C'est tout ?

— Ouais. Enfin, non. Il a aussi précisé que si je remplissais mon rôle, d'autres suivraient.

— D'autres photos ?

— Mm-mm, fit Théo qui remit sa casquette, s'allongeant sur sa chaise, bras croisés, visiblement satisfait d'avoir pu bénéficier d'une combine aussi juteuse. J'peux rentrer chez moi, m'sieur ?

Vinckel sortit la dernière photographie, un cliché d'Emma et Milo réunis, identique en tout point à la première et qu'il brandit vers son vis-à-vis.

— Tu les connais ?

Théo plissa les yeux.

— Jamais vus.

Vinckel replia son portefeuille et le fit glisser sur la table dans sa direction. Emportant l'enveloppe, ensuite, il entraîna Pauline dans le couloir, prenant soin de refermer derrière lui.

— Il dit vrai.

— Comment peux-tu en être aussi sûr ?

— L'expérience. Il n'a rien à voir avec l'enlèvement de tes enfants. C'est un opportuniste, un simple intermédiaire. Son rôle se limite au dépôt de la photo sous ta porte. Il ne sait rien de plus.

— Ou il ne veut rien dire de plus.

Elle lui subtilisa l'enveloppe et en retira les photographies. Deux clichés parfaitement similaires. Une seule scène, tirée en double exemplaire.

— Ça n'a aucun sens, dit-elle. Pourquoi le ravisseur voudrait-il me soumettre la même image chaque fois ?

— Parce que ce n'est pas l'image qui compte, mais le message derrière.

Pauline retourna la première photo et relut la phrase qu'elle connaissait déjà, *Les larmes du vent d'autan*. Elle s'intéressa ensuite à la seconde, celle que Théo avait eu pour mission de livrer aujourd'hui et qui lui avait valu d'être arrêté.

L'écriture, au dos, était la même :

— *Crier sous l'eau*, prononça-t-elle avec la chair de poule.

Vinckel guettait sa réaction.

— Alors ?

— Rien. Comme pour la première, je donne ma langue au chat.

— Réfléchis.

— Je ne fais que ça, Hans. Ces énigmes ont autant de sens pour toi que pour moi.

— Sauf qu'elles ne me sont pas destinées.

— Je suis épuisée, expira Pauline en rangeant les images dans l'enveloppe, la redonnant au commandant. Si tu me disais plutôt ce qu'on peut en tirer…

— La photo ne sert que de véhicule. Seul le message importe. Deux phrases écrites par une même personne. Une femme.

— Alors ils sont au moins deux.

— Oui. J'avais d'abord pensé à un couple, mais notre graphologue a affirmé que la femme était d'un âge mûr, bien plus avancé que le ravisseur. Sa mère, peut-être… L'étude du papier et de l'encre n'a rien donné. Le stylo à bille utilisé est des plus classiques. Maintenant, ces phrases. Ces mots. *Les larmes. Le vent. Crier. L'eau.*

Il la dévisageait, espérant un sursaut de sa part, un éclair de discernement… Elle secoua la tête.

— Je n'en sais rien.

— Trois de mes gars s'affairent pour éclaircir le mystère. L'un a le nez dans l'étymologie, l'autre dans la littérature et le dernier épluche les pages du web. On finira bien par trouver quelque chose.

Pauline tendit le menton vers la salle d'interrogatoire.

— Et lui ?

— Le gosse ? Il ne le sait pas encore, mais il va se révéler plus utile qu'il ne le croit. Il a livré les deux photos que son fournisseur lui a confiées, il est donc censé s'en procurer d'autres. C'est notre chance.

— Tu comptes l'utiliser…

— Comme appât, oui.

24

La salle d'interrogatoire numéro 1 étant occupée, le brigadier Maze, équipé de son carnet à spirale et d'un stylo, orienta Marjolaine Dutriel vers la suivante. Il l'invita à s'asseoir et prit lui-même une chaise. Il n'attaqua pas d'emblée. Il laissait toujours cinq secondes pour voir comment la personne en face allait s'acclimater à son nouvel environnement. Nombre de durs s'y étaient ramollis avant même de commencer. Ils perdaient leurs moyens, leur dignité et vous vendaient père et mère. Ces premiers instants étaient cruciaux, on comprenait à qui on avait affaire.

Marjolaine fut loin de se démonter. Aucunement intimidée, délicatement posée sur sa chaise, elle se contenta d'attendre, les mains réunies sur ses jambes croisées. Elle portait un blazer ivoire et un foulard de satin rejeté sur l'épaule avec une négligence étudiée. Sophistiquée mais au bon goût de paraître simple. Brune mais disposée à laisser s'épanouir assez de mèches grises pour qu'on lui cède l'expérience plus que l'âge. Et si, en tant que flic, Maze avait bien conscience que l'habit ne faisait pas le printemps – ou quelque chose comme ça – il savait reconnaître l'importance d'un statut social quand il en voyait un.

— Madame Dutriel…

— Marjolaine, corrigea-t-elle en s'efforçant de sourire par-dessus ses séances de lifting. Appelez-moi Marjolaine, je vous en prie.

— Merci de nous avoir autorisé l'accès à votre chalet, Marjolaine.

Elle leva la main comme si c'était la moindre des choses, et Maze fut presque choqué par la longueur de ses faux ongles. Elle déposa ensuite son sac Hermès sur la table et en retira un étui à cigarettes en métal et cuir rouge.

— Je peux ?

— Non, c'est interdit, ici.

Les traits de la dame frémirent dans ce qui aurait dû être une moue de déception si son visage n'avait si souvent fait l'objet d'un remodelage intensif. Toute émotion l'avait déserté. Joie, peine, peur, surprise… La liberté d'expression déclinait avec l'escalade vers le succès.

Elle échangea l'étui à cigarettes contre une plaquette de comprimés.

— Le stress, se justifia-t-elle avant d'en gober un.

— Nerveuse ?

— Je le serais même si nous étions en train de bavarder au comptoir d'un café. Chez moi le stress est une seconde nature.

— Un métier prenant ?

— C'est certain, puisqu'il prend toute la place.

Maze jeta un coup d'œil sur ses notes.

— Gérante d'une chaîne de magasins…

— De boutiques. Ce sont des boutiques.

— … De prêt-à-porter, compléta-t-il. Un filon plutôt juteux, à en juger par votre train de vie.

— Je ne me plains pas. Et je n'ai pas non plus à rougir. Je suis partie de rien, j'ai travaillé dur pour en arriver où j'en suis.

— C'est tout à votre honneur.

Marjolaine regarda autour d'elle en guettant une ouverture, une fenêtre qui n'existait pas. Un oxygène à renouveler. Premier faux pas, se dit le brigadier. Elle cherchait, même inconsciemment, à s'échapper.

— Éric Delande n'a pas un profil qu'on s'attendrait à voir correspondre au vôtre, reprit-il. Sur l'échelle sociale, l'écart entre vous est flagrant.

Marjolaine s'offusqua. Du moins s'y risqua-t-elle, mais même ses sourcils restaient figés.

— Vous me croyez superficielle ?

— Je n'ai rien dit de tel.

— Mais vous le pensez. Je reconnais votre regard. Je l'ai si souvent croisé. Celui du jugement facile, des conclusions hâtives. Et comment vous en vouloir, vous êtes policier…

Maze se surprit à grincer des dents. Ce genre de femme l'avait toujours rendu nerveux, il n'aurait su l'expliquer. Le côté mante religieuse, sans doute…

— Peu importe ce que vous pensez, continua-t-elle. Je n'ai que faire de vos considérations. C'est l'homme qui m'a séduite, non sa situation. Beau, charmant, entreprenant, je n'avais aucune raison de le repousser.

— Alors c'est lui qui a fait le premier pas.

— Ça vous étonne ?

Deuxième erreur, nota Maze : sous couvert de désinvolture, elle était sur la défensive.

Elle ressortit son étui à cigarettes mais le rangea aussitôt.

— Écoutez, soupira-t-elle, je ne me rappelle plus qui a approché l'autre en premier. Ça n'a aucune importance. Nous étions attirés l'un par l'autre, voilà tout.

— Mais vous saviez qu'il était marié.

— Oui. Et alors ?

— Vous pouviez présager des complications dans lesquelles vous mettiez les pieds.

Elle éclata de rire sans que son visage s'en mêle.

— Vous êtes désopilant.

— Pas vraiment, non.

— Ce n'était pas ma première fois avec un homme marié, loin de là ! Oh, je sais ce que vous pensez, monsieur l'agent, et non, non, je ne suis pas une salope, je ne fais que répondre au besoin inavoué de certains hommes.

Maze se racla la gorge.

— Soit.

— Vous voulez savoir comment notre histoire a débuté ?

— S'il vous plaît.

— Dès la première visite du chalet. Je suis tombée sous le charme des lieux, mais aussi du propriétaire.

— Le fameux coup de foudre.

— Auquel je ne crois pas. Le coup de foudre n'est qu'un mythe destiné à rassurer les midinettes. Je n'en suis plus là depuis fort longtemps, vous l'aurez constaté.

Non, nous avons simplement accroché assez vite. Il s'est montré avenant, drôle et rassurant.

— Le cocktail idéal.

— J'ai prétexté une contre-visite, puis une autre, les choses ont accéléré et de fil en aiguille…

— Avait-il déjà trompé sa femme, avant vous ?

— Absolument. Il ne s'en est jamais caché.

Maze s'empressa d'ajouter cette info à ses notes, puis il décida d'enclencher la vitesse supérieure :

— Nous avons retrouvé des traces de sang dans le chalet. Dans la chambre, en particulier. Nous sommes en train de l'analyser. En attendant, j'aimerais beaucoup connaître votre version.

Il avait cru la bousculer. C'était raté.

Marjolaine acquiesça, vaguement ennuyée.

— J'aurais dû mieux nettoyer.

— Pardon ?

Elle inspira profondément mais au fond, elle s'amusait. Douée dans l'art de la rétention d'informations, elle le baladait. Pour prononcer la suite, elle leva fièrement le menton et éclaira ses yeux d'une lueur impudique.

— Je vais vous choquer, monsieur l'agent.

— Faites donc.

— Notre relation a vite évolué vers quelque chose de plus… De moins orthodoxe. Nous avons fini par mêler au plaisir charnel celui de la douleur.

Elle se tortilla de satisfaction. Elle jouissait d'évoquer ses souvenirs, davantage encore d'en observer les effets produits sur le policier. Elle voulait l'étonner, le dérouter, lui prouver qu'à son âge elle savait se montrer sulfureuse.

— Vous vous adonnez à des séances de sadomasochisme, résuma Maze d'un ton égal.

— Si l'on doit y coller une étiquette, oui.

— Et dans les détails ?

— Des griffures d'abord, des morsures, puis des gifles. Des coups. Un jour, je suis la dominante, le lendemain nous inversons les rôles. Nous sommes complémentaires. Notre passion a atteint des sommets, dit-elle soulevée d'allégresse. Et puis nous avons franchi des limites supplémentaires en intégrant un nouveau mode opératoire : les couteaux.

— Pardon ?

— Des lacérations mutuelles. Sur la plante des pieds, l'intérieur des cuisses, des aisselles. Les régions du corps les moins exposées. Éric se débrouillait pour dissimuler les plaies à Pauline, n'éveiller aucun soupçon. Il savait manier le mensonge comme nul autre.

Et Maze, tout en lissant sa moustache, n'eut aucun mal à associer les dérives des amants au sang retrouvé au chalet. Il en prit note et informerait Vinckel en temps voulu.

— Madame Dutriel…

— Marjolaine, s'il vous plaît.

— Nous savons que vous êtes la dernière personne qu'il a contactée. Vous vous êtes entretenus juste avant qu'il ne disparaisse de la circulation, voyons… (Il retourna quatre pages en arrière.) Hier matin, à 8 h 16. L'appel a duré quarante-trois secondes. Ce n'est pas rien. De quoi avez-vous parlé, durant tout ce temps ?

Marjolaine se mit à réfléchir au lieu de répondre du tac au tac comme elle ne s'était pas privée de le faire jusqu'alors. Dans le lot des propos qu'elle s'apprêtait à déballer, un tiers serait la vérité détournée, un tiers la vérité travestie, le dernier tiers la vérité nue. Des deux premiers, Maze devrait déduire le troisième, tâche laborieuse quand la personne en face était moins expressive qu'une rampe d'escalier.

— Il était dans un état second, dit-elle avec le regard fixe. Il paniquait. Il ne savait pas qui appeler à part moi.

— Il n'a pas pensé à la police ?

— On venait de lui ravir ses enfants, il était terrifié et incapable de raisonner.

— Il vous a raconté ce qui s'était passé.

— Oui, c'est affreux. Un intrus s'est introduit chez eux et a emporté Emma et Milo…

— Vous les connaissez ?

— Il m'a souvent parlé d'eux. Il m'a montré des photos. Je ne les ai jamais rencontrés. L'amour qu'il leur porte est inconditionnel. Je refuse de croire qu'il puisse être mêlé à leur enlèvement de quelque façon que ce soit.

Disant cela, elle avait fouillé dans son sac, sans doute à la recherche de l'étui à cigarettes.

— Éric était-il en bons termes avec son épouse ?

— Oui. En général. Ils se brouillaient parfois, mais c'est le lot de tous les couples.

— À quel sujet se disputaient-ils ?

— Il ne m'en parlait pas, ou rarement. Des broutilles, des détails. Rien de mémorable.

— Revenons à l'appel téléphonique. Que vous a-t-il dit ?

— Qu'il avait besoin de me voir.

— Et vous avez accepté.

— J'ai d'abord tenté de le raisonner, de le convaincre d'aller à la gendarmerie, mais il ne m'a pas écoutée. Vingt minutes après, il était chez moi.

Vingt minutes. Pour y être allé la quérir en vue de l'audition, Maze savait que Marjolaine possédait une résidence cossue sur les hauteurs de Mazamet. Et qu'une demi-heure au moins était requise pour l'atteindre depuis Dourgne. À condition de respecter les limitations de vitesse. Donc Éric n'avait pas traîné, il avait foncé sans détour chez sa maîtresse.

— Il est arrivé pantelant, en sueur, abîmé, raconta ensuite Marjolaine. Désorienté. Ivre, aussi, ce qui n'a pas manqué de m'étonner, puisqu'il se targuait d'être un abstinent endurci.

— Depuis huit ans, rappela Maze de mémoire. Avant ça, Éric était alcoolique. Vous le saviez ?

— Oui.

— Rares sont ceux qui parviennent à chasser leurs démons. Surtout du jour au lendemain. Un buveur invétéré qui, d'un coup d'un seul, ne touche plus à une goutte d'alcool. Je trouve ça extraordinaire, pas vous ?

— Admirable.

— Qu'est-ce qui a bien pu se passer, selon vous, il y a huit ans, pour qu'il abandonne la boisson de façon si radicale ?

— Je l'ignore.

Sauf qu'elle évitait son regard depuis une bonne minute, faussement intéressée par ses ongles longs comme des griffes. Depuis qu'il avait commencé à aborder le passé, en fait.

— Et moi je crois que vous savez ce qui est arrivé ce jour-là. Ce qui a bouleversé Éric au point de le métamorphoser.

Elle secoua la tête.

— Vous étiez déjà sa confidente à l'époque, argua-t-il une octave plus haut. Il vous a tout raconté. Il vous a dit ce qu'il lui était arrivé. Une chose que vous deux êtes seuls à connaître. Cette chose dont découlent les événements présents. Qu'est-ce que c'est, Marjolaine ?

Elle prit un mouchoir et se tamponna délicatement les paupières… Pleurait-elle ? Difficile à dire, tant son masque ne révélait rien.

— C'était il y a si longtemps, lâcha-t-elle avec effort.

— Huit ans.

— Il est venu me trouver chez moi, ce soir-là. Il avait bu, comme à son habitude. Il puait l'alcool, il vacillait… Il était pâle, en état de choc. Il tenait des propos incohérents. Ce n'est qu'au bout de plusieurs heures qu'il a fini par m'avouer…

Suspendu à ses lèvres, Maze attendait, le stylo au-dessus de ses notes.

— Que vous a-t-il avoué ?

Et voyant qu'elle avait de nouveau enfoui la main dans son sac :

— Bon, allez-y.

Ce fut une délivrance pour Marjolaine qui, sans se le faire redire, piocha une blonde sans filtre qu'elle consuma avec une évidente délectation.

Extatique, elle relâcha un panache de fumée et ces quelques mots :

— Il m'a avoué qu'il avait commis le pire.

25

L'homme s'était affaissé sous l'échelle, son teint avait viré au cendreux. Il continuait à perdre du sang en un filet ininterrompu. Le garrot qu'il s'était confectionné à l'aide de sa cagoule était trempe, son utilité, dérisoire. En proie à des épisodes de syncope intermittents, il surveillait Emma fixement et piquait du nez l'instant suivant. Son menton rebondissait sur sa poitrine. Il redressait la tête, marmonnait de façon incompréhensible. Parfois, il éclatait de rire et se tordait de douleur. Il avait remis le téléphone dans sa poche et le canon du fusil sur son genou, pointé sur la fillette.

Au milieu de l'après-midi, ne pouvant plus se retenir, Emma se traîna jusqu'au fond du trou. Elle baissa sa culotte et s'accroupit.

Son ravisseur détourna le regard.

— J'me suis chié dessus, jugea-t-il impératif de lui signifier. Pas pu m'en empêcher. Si on s'en sort, je filerai directement me plonger tout entier dans un bain… Et toi, tu feras quoi ?

Emma remonta sa culotte et revint s'asseoir près des

débris d'étagère. Les jambes repliées, les bras autour des genoux.

— Ce que je ferai ?

— Ouais, quand tu…

Il ravala ses mots, mais trop tard.

Elle demanda :

— Vous allez me laisser partir ?

— Ah… Merde.

— Vous allez nous libérer ?

— C'était le plan, au début.

— Le plan ?

— Vous retenir quelque temps, ton frère et toi. Montrer à tes parents ce que ça fait. Leur montrer ce qu'on ressent, putain, ce qu'on ressent quand on perd quelqu'un. Leur faire… (Il mit son poing au creux de son ventre.) Leur faire ressentir cette douleur insupportable dans les tripes…

Sa gorge se serra. Il ferma les yeux et baissa la tête. Des larmes dévalèrent ses joues. Il les essuya.

— Une semaine, maximum… Ensuite, on prévoyait de vous relâcher. De vous déposer dans un endroit sûr, puis de foutre le camp à l'étranger.

Il se passa une main sur le visage.

— Tout a foiré. Si t'avais pas décidé de t'enfuir, si t'étais restée gentiment avec ton frangin… (Il cracha des glaires rosâtres.) Vu le merdier actuel… Et puis t'as vu mon visage, alors… faut que j'réfléchisse.

— Vous allez faire quoi ?

— J'sais pas. J'sais plus, je…

Une autre toux le renversa, plus virulente que les précédentes, qui s'éternisa, se prolongea en une violente crise. Elle s'atténua et il ne bougea plus. Les yeux fermés, la tête inclinée, un filet de bave au coin des lèvres. Immobile hormis sa poitrine qui se soulevait et s'abaissait lentement. Bientôt, la jambe sur laquelle il appuyait le canon de son fusil s'affaissa et l'arme glissa par terre. Emma se contenta de l'observer. Elle compta jusqu'à cent. Puis jusqu'à deux cents. Et se força à recommencer. Elle égrena les couleurs de l'arc-en-ciel, énuméra les planètes. Elle boucla un tour complet du système solaire et se leva, un peu trop vite. Sa tête tourna, elle s'appuya à la paroi. S'obligea à patienter encore. Elle attendait d'être prête… Et comprit qu'elle ne le serait jamais. Elle avança comme sur des œufs. Son frère, un jour, lui avait montré comment se déplacer sur la pointe des pieds. Ce jour-là, Emma n'avait fait que trois enjambées avant de perdre l'équilibre. Aujourd'hui, elle n'en accomplit que deux avant que l'homme n'ouvre les yeux, ramasse le fusil et le redresse vers elle.

— Retourne à ta place.

— Je… Je…

— Dépêche.

Elle fit machine arrière et se pelotonna contre l'étagère délabrée.

— T'as cru que j'avais clamsé ?

— Non, je… Je voulais…

— Tu voulais te barrer en me laissant crever ici. Pas cool. Et moi qui… Je pensais qu'on était… (Ses paupières retombèrent, demeurèrent closes quelques instants, se rouvrirent.)… amis.

Il n'avait fait que le souffler. N'avait plus la force d'achever une phrase, ni de rester conscient plus de deux minutes. Emma le voyait décliner et comprenait que c'était triste. Mais elle savait aussi que c'était sa seule chance d'en sortir vivante. Chaque fois qu'il s'évanouissait, qu'il sombrait de plus en plus profondément, elle en retirait un espoir coupable.

— Je peux aller chercher de l'aide, proposa-t-elle. Je peux dire où vous êtes.

— Ferme-la.

— Je vous jure que…

Il mit un doigt en travers de ses lèvres.

— *Cht…*

Il leva les yeux vers la trappe. Il essayait d'écouter. Il avait capté un bruit singulier et s'efforçait de l'identifier. Ce bruit, Emma ne l'intercepta qu'après un délai : des crépitements de voix sous la coupe du vent. Un garçon, une fille, les débris d'un dialogue. Le garçon chahutait, la fille gloussait. L'homme cacha aussitôt le fusil dans son dos.

— Écoute-moi, dit-il, c'est notre chance. Tu t'appelles Lucile. Je suis ton oncle.

— Quoi ?

— Tu t'appelles Lucile. Répète.

— Je m'appelle Lucile.

— Et je suis… ?

— Mon oncle.

Il approuva.

— Une connerie et j'te crève. Pigé, Lucile ?

Et pendant qu'Emma acquiesçait, l'homme se mit à brailler :

— Eh oh ! Par ici !

Le jeune couple approcha du trou. Pas assez pour

qu'Emma entende leur échange, mais suffisamment pour qu'elle qu'ils avaient brusquement abrégé leurs ébats. La fille ne riait plus du tout.

— Y'a quelqu'un ?

— Oui ! Par ici !

La fille faisait preuve d'un effort considérable pour garder un ton neutre, mais l'inquiétude perlait dans sa voix autant qu'un malheureux zézaiement.

— Z'êtes où ?

— Dans le trou !

— Z'êtes qui ?

Une quinte de toux la priva de réponse, alors Emma prit le relais :

— On est tombés ! hurla-t-elle à pleins poumons. Par ici ! Aidez-nous, s'il vous plaît ! On est coincés !

— Ben mince, s'affola la fille, on dirait qu'il y a une gamine. (Son visage apparut par la trappe.) Oh, bon Dieu… Z'êtes que tous les deux ?

— Oui.

— Comment z'êtes arrivés là ?

— Longue histoire, éluda l'homme en grimaçant un sourire. J'suis blessé, j'peux pas remonter seul. Vous pensez pouvoir nous aider ?

Le plancher grinça et le visage du garçon poussa à son tour comme une bulle juste à côté de celui de sa copine. À la vue du sang, tous deux s'épanchèrent en cris et jurons emmêlés.

— Ouah, merde, tu t'es pas loupé, mec !

Ils s'attardèrent et Emma, dont le gradient d'espoir remontait franchement, comprit qu'ils réfléchissaient à un moyen de les extraire de leur fosse. Ils se retirèrent.

Puis reparurent en haut d'une échelle qu'ils commencèrent à descendre.

— Merci... Sans vous, j'sais pas ce qu'on serait devenus. Comment vous vous appelez ?

— Moi c'est Cory, répondit le garçon, un gaillard de presque deux mètres qui, le premier, toucha le fond pour évaluer la situation. Ma copine, c'est Evy. Vous inquiétez pas, on va vous sortir de là.

L'état de l'homme étant le plus préoccupant, ils le remontèrent en premier.

— T'es un chasseur ? questionna Evy qui venait de remarquer le fusil.

— Ouais... Ouais, c'est ça, un chasseur.

— Tu chasses avec la petite ?

— C'est pas prudent, ajouta Cory.

— Bien d'accord, reconnut l'homme et il désigna sa blessure : Le sort s'est retourné contre moi.

Cory s'avança. Dix-neuf ans, une carrure d'athlète. Des dreadlocks en pagaille. Un tatouage maori sur le bras gauche.

— Ta jambe, là, c'est grave. On t'emmène aux urgences. T'es garé près d'ici ?

— On est à pied.

— Alors on prend ma caisse.

Cory le transporta vers la trouée dans le mur et le fit passer de l'autre côté. Evy se chargea d'extraire Emma, laquelle, recevant de plein fouet les rafales du vent, eut le souffle coupé un bref instant. La fillette s'avisa de tout l'espace libre s'étirant autour d'elle et l'idée de partir en courant l'effleura. L'orée des bois était en vue, elle se sentait capable de l'atteindre sans être rattrapée, comptant sur la blessure du ravisseur pour lui échapper. Puis elle se rappela son fusil et abandonna cette idée.

Ils s'élancèrent à travers champ dans le tourbillon des herbes hautes qui, ébouriffées dans un sens puis dans l'autre, faisaient autant de flux et de reflux qu'une mer agitée. L'air s'était rafraichi, fouettant les joues, asséchant les yeux. Les premiers spécimens de la faune nocturne bruissaient devant, derrière et partout à la fois. Sifflements, crissements, bourdonnements… une symphonie orchestrée de main de maestro que rien n'aurait su priver de la nature. Au ciel dilué dans les lueurs crépusculaires s'agrippait une étoile, une seule, annonçant les suivantes.

Emma, tirée par la main, se vit projetée dans la masse écumeuse de la forêt puis, rapidement, sur un sentier sinueux. Elle faillit trébucher, retenue par Evy.

— Comment tu t'appelles, ma puce ?

— Emma. Vous devez m'aider. Vous devez…

— Bien sûr, t'inquiète pas, ça va aller.

— Non, vous comprenez pas…

— On va le soigner, ton frère, d'accord ?

— C'est pas mon frère, lui, c'est…

— Son oncle ! scanda l'homme en se retournant. Je suis son oncle. Allez, courage Lucile !

Evy marqua une pause.

— Attends. Tu viens de dire que tu t'appelais Emma.

— Oui. Enfin, non, je… Je sais plus.

Cory, à l'avant, se tapota le front.

— Mauvais signe, mec. Ta nièce est tombée sur la tête. Faudra la faire examiner, elle aussi.

L'homme opina tout en tâchant de garder le cap, la cadence et l'esprit aussi lucide que possible. Ne pas s’écrouler, surtout. Sa jambe estropiée traînait derrière en semant des traces écarlates, l’autre lui servait à sautiller désespérément. Chaque mètre parcouru était un calvaire autant qu’une victoire.

Il demanda :

— Elle est encore loin, ta caisse ?

— On y est presque. Comment vous vous êtes retrouvés là-dedans, tous les deux, déjà ?

— Longue histoire.

— Ah, ouais. C’est pas un endroit pour une gamine, tu le sais, ça.

— Je sais.

— Elle a pas de chaussures, c’est normal ?

— Elle les a oubliées.

— Vous partez en forêt et elle oublie ses godasses ?

— Faut croire.

— Qu’est-ce qui va pas chez elle ?

— Rien. Tout va bien.

Cory le toisait.

— T’es vraiment son oncle ?

— Et si tu te contentais de nous aider, au lieu de me saouler de questions ?

— OK, du calme.

Ils émergèrent de la forêt et aboutirent à une départementale. Une camionnette vert pomme les attendait, un peu plus loin sur l’accotement.

— Le carrosse est avancé, claironna Cory. Faites pas attention au bordel, d’acc’ ?

Il y avait trois sièges à l’avant. Cory hissa l’homme blessé sur celui du milieu et s’installa au volant. Evy prit la fillette sur ses genoux.

— Une chance qu'on vous ait trouvés, dit-elle.

— Sûr, maugréa l'homme qui luttait pour ne pas s'endormir. Allez, roule.

Mais Cory continuait de le dévisager.

— Tu m'as pas répondu. Comment vous avez atterri dans ce trou, tous les deux ?

— Contente-toi de démarrer.

— Je m'interroge, c'est tout. J'arrive pas à comprendre ce qui a pu se passer. À commencer par ta blessure, là. Y'a un truc qui m'échappe.

— Ce qui m'échappe, moi, c'est que t'insistes autant, alors que c'est clairement pas tes oignons.

Cory opina d'un air résigné. Il laissa s'écouler plusieurs secondes, avant de mettre le contact.

C'est là que l'homme braqua le fusil sur lui.

— On va continuer sans vous.

Cory écarquilla les yeux.

— T'es sérieux ?

— Cassez-vous.

Le garçon ne se fit pas prier. Il se jeta dehors, aida sa copine à descendre et recula avec elle vers le fossé. Serrés l'un contre l'autre, ils regardèrent, impuissants, la camionnette s'éloigner.

— On peut pas les laisser là, plaida Emma au bout d'un moment.

L'homme se contenta de grogner, l'œil sur le rétroviseur pour voir le couple rétrécir autant que les emmerdes semblaient enfler.

26

Pauline comprit qu'une épreuve d'un autre genre l'attendait lorsqu'elle se gara derrière le break de ses parents bourré de valises. Le véhicule couleur sable comblait la largeur de l'allée, aussi dut-elle empiéter avec sa Peugeot sur le trottoir. Elle coupa le moteur et resta un moment dans l'habitacle. Besoin de souffler. Après les remous d'un interrogatoire éprouvant et les coups de massue successifs des dernières révélations, elle avait espéré trouver une maison calme, sereine… C'était sans compter sur le tempérament explosif de sa mère. Elle prit une longue inspiration, poussa la porte d'entrée et fut accueillie par les effluves entêtants d'un parfum qu'elle ne reconnaissait pas. Celui, devina-t-elle, dont toute bonne compagnie aérienne vous garnit le sachet cadeau au terme d'un vol long-courrier. Et quand Odette, émue aux larmes, l'enlaça avec force, Pauline présuma que sa mère avait dû se renverser dessus tout le contenu du flacon.

— Dieu merci, ils t'ont relâchée.

— Ils n'ont aucune raison de me retenir.

— Tant mieux, tant mieux.

Vinckel l'avait libérée avant d'aller rejoindre son équipe pour ce qu'il appelait une remise à plat, ni plus ni moins qu'un débriefing avec Maze, Lopez, le divisionnaire et le juge d'instruction. Il lui avait promis de l'informer de l'avancement de l'enquête, en échange de quoi il exigeait d'être rancardé sans délai sur tout détail qui lui reviendrait. Pauline avait juré de s'y tenir, consciente de rester sur la sellette.

— Je n'arrive pas à y croire, souffla Odette. Emma, ma petite puce… Milo, mon pauvre chaton, comment… Comment un être humain peut-il infliger ça à un autre ?

Elle s'écarta pour regarder sa fille dans les yeux, les mains plaquées sur ses joues.

— Tu es si courageuse…

— Je n'ai pas le choix.

— La police a-t-elle une piste ?

— Difficile à dire.

Odette la contemplait avec une fascination maternelle. Elle l'attira à nouveau contre elle.

— Nous avons fait aussi vite que possible.

— Je sais.

— Nous sommes là, maintenant. Nous ne partirons que lorsque le coupable sera arrêté.

Michel saisit l'épaule de son épouse, la tirant doucement en arrière.

— Laisse-la un peu respirer.

— Je ne fais que la soutenir. Et tu devrais en faire autant.

— Laisse-la au moins s'asseoir. Tu vois bien qu'elle est exténuée.

Physiquement, oui, réalisa Pauline en s'effondrant sur le fauteuil après avoir goûté à l'étreinte délicate mais ferme de son père. Mentalement, en revanche, elle était prête à soulever des montagnes.

Un bruit attira son attention : la bouilloire était en marche sur le comptoir de la cuisine.

— Je voulais te préparer une infusion, indiqua sa mère en monopolisant un bout de canapé. Camomille et racine de valériane, exactement ce qu'il faut pour te calmer.

Se calmer, c'est tout ce qu'on semblait exiger de Pauline. Son mari, la police, maintenant sa mère. C'était pourtant la dernière chose qu'elle voulait. À croire que personne ne la connaissait vraiment.

— Comment êtes-vous entrés ?

— J'ai trouvé le double des clés sous la jardinière du porche, résuma Odette. Ton père voulait qu'on t'attende dans la voiture. J'ai dit : *pas question*. Je refusais que tu rentres dans une maison vide.

Un avis que Michel, assis de guingois à l'autre bout du canapé, partagea avec un hochement de tête résigné.

— C'est le moins que nous puissions faire, poursuivit Odette, avant de plisser le front. Où est Éric ?

Voilà... Pauline avait espéré, sans y croire, que le sujet ne tomberait jamais... Non seulement il était tombé, mais il s'était écrasé au beau milieu du salon comme un obus de tranchée.

Pauline, soudain, se sentit acculée : sa mère lui avait toujours fait cet effet, en particulier quand un sujet brûlant était en suspens.

Elle entrouvrit la bouche, les regardant tour à tour

en s'efforçant de choisir sur qui il valait mieux jeter l'ignoble vérité. C'est sur un point imaginaire situé entre les deux qu'elle finit par se concentrer.

— Éric n'est plus là.

Il y eut un instant de flottement.

Son père se redressa.

— Comment ça ?

— Il s'est enfui.

La bouilloire s'arrêta dans un *clic*. L'eau avait fini de bouillir. Personne n'y prêta attention. Partagée entre stupeur et incrédulité, Odette secoua la tête. Non, pas Éric, pas lui. Éric le formidable, le génial, l'idéal. Éric n'aurait jamais fait ça. Pas dans le monde qu'elle connaissait. Encore moins à sa fille adorée.

— Mais enfin, qu'est-ce que tu veux dire ?

— Qu'il est parti sans explications.

— C'est insensé. Il ne peut pas…

— Il peut. Il l'a fait.

— Et la police…

— La police le recherche activement. Hans Vinckel est aux commandes. Je t'en ai parlé, tu le connais.

— Ton ex.

— Si on veut. Lui et son équipe sont persuadés qu'en retrouvant Éric, ils retrouveront les enfants. D'une façon ou d'une autre, il serait lié à leur enlèvement.

— Bah, fit Odette en balayant d'un geste sec des propos qu'elle tenait pour calomnieux. C'est un malentendu, il y a forcément une erreur. Éric est un homme droit, intègre, il ne ferait jamais une chose pareille.

Michel se dandinait d'une fesse sur l'autre.

— Je ne l'aimais pas vraiment, moi, dit-il timidement.

— Allons bon.

— Il avait un côté négligent un peu suspect.

— Tais-toi, tu ne sais pas de quoi tu parles.

— Ce n'est que mon avis.

— Menteur, tu l'as toujours adoré !

Pauline leva les mains.

— Je n'ai pas besoin de vos prises de bec.

— Oui, pardon trésor, se reprit Odette sans manquer d'entailler du regard son mari. Excuse-nous, nous avons du mal à comprendre, c'est tout. Pourquoi diable Éric ferait-il une chose pareille ?

Diable Éric sonnait plutôt juste, pensa Pauline, les yeux baissés sur son alliance qu'elle s'était échinée à vouloir retirer sans y parvenir.

Ce qu'elle dit ensuite provoqua la vague d'indignation escomptée :

— Il me trompait.

Son père en resta bouche bée.

Sa mère porta la main à son cœur.

— Tu en es sûre ?

— Sa maîtresse a confirmé. Une certaine Marjolaine. Je ne la connais pas, je sais seulement que leur relation remonte à presque dix ans, ajouta Pauline en anticipant les questions à venir.

Côté canapé, les opinions en furent ébranlées, à commencer par Odette :

— Je le savais. J'ai toujours senti qu'il cachait quelque chose.

Contrecarrées par Michel :

— Tu affirmais le contraire il n'y a pas deux minutes !

— Non, non, j'ai dit que je n'imaginais pas Éric être

mêlé à une affaire d'enlèvement. Là, on parle d'adultère, c'est…

— Pire ? Tu es sérieuse ?

— Je ne lui ai jamais fait confiance, voilà !

— Tu lui as toujours voué une admiration sans borne, admets-le !

— C'est faux !

Pauline se leva d'un bond.

— Assez !

Ils se figèrent tels deux enfants pris en faute.

— Un mot plus haut que l'autre et je vous fous dehors.

Personne n'osa protester. Pauline se rassit. Un long silence s'ensuivit, au terme duquel Odette, comme éperonnée, s'ébroua, tapa des mains sur ses cuisses et proclama qu'elle ne resterait pas là sans rien faire.

— As-tu diffusé l'information ? s'enquit-elle, et Pauline, honteuse, secoua la tête, l'idée étant si évidente qu'elle s'en voulut d'être passée à côté. Nous allons commencer par les réseaux sociaux, établit sa mère. Puis nous distribuerons des tracts avec les portraits d'Emma et de Milo. Nous devons toucher le plus grand nombre. Quelqu'un, quelque part, les a peut-être aperçus. Tu as une imprimante ?

— Euh, oui.

— Ton ordinateur.

— Entre les mains de la police.

— Merde.

C'était bien la première fois qu'elle jurait devant Pauline, preuve que toute limite était proscrite.

— Il y a le mien, signala son père en se levant, prenant la direction du vestibule. Dans ma sacoche, dans la voiture. Je savais bien que j'avais raison de l'emporter.

Il ouvrit la porte et se figea. Nez à nez avec Maze et Vinckel. Le premier les mains dans le dos, le second le doigt à proximité de la sonnette.

*

Odette ignora la main tendue de Vinckel pour lui imposer une accolade plus que généreuse, qu'elle réitéra avec Maze en se hissant sur la pointe des pieds, plongeant le colosse dans un embarras évident.

— Hans, quel plaisir de te revoir !

— Plaisir partagé, en dépit des circonstances.

— Certes. Tu n'imagines pas à quel point ta présence nous est précieuse. Nous comptons sur toi. Surtout ma fille. Ne la déçois pas. Pas cette fois.

L'insinuation jetée à qui voudrait la saisir, Odette chassa de côté pour les laisser entrer. Michel en profita pour aller ouvrir le coffre du break et revenir avec la sacoche de son PC. Les deux policiers ayant réquisitionné le canapé, il s'installa au comptoir de la cuisine, à côté de sa femme, laquelle épiait la scène sans en perdre une miette.

Hans avait bien changé depuis qu'elle l'avait vu naguère et Dieu, ce qu'il avait mal vieilli, songea-t-elle. Lourdaud, d'un embonpoint commun aux hommes de son âge, même pas potable. À jeter. Quant au grand costaud qui l'accompagnait, elle le trouvait effrayant. Décidément, ce binôme ne lui inspirait aucune confiance. Ni l'un ni l'autre n'était à la hauteur. De surcroît, Odette savait que pour bien faire les choses, il fallait les faire soi-même. Elle avait eu raison de délaisser leur hôtel luxueux pour revenir, car sans elle Pauline était perdue, c'était évident. Il avait suffi qu'elle saute sur un autre continent pour que la vie de sa fille bascule dans le chaos. Tout en l'observant, enfoncée là-bas dans le fauteuil, elle jura d'entreprendre tout ce qui était en son pouvoir pour retrouver ses adorables petits-enfants.

— Je vous écoute, dit Pauline.

— Pardon de débarquer à l'improviste, s'excusa Vinckel. J'ignorais que tes parents étaient là…

— Arrête. Qu'est-ce qui vous amène ?

Le commandant fit une moue contrite, puis il laissa son acolyte prendre le relais. Un regard suffit. Maze ouvrit son carnet à la page adéquate.

— Nous avons interrogé Marjolaine.

— Oh, vraiment ? Comment va-t-elle ?

— Plutôt pas mal, répondit Maze, à qui le sarcasme avait échappé. Enfin, disons qu'elle fait bonne figure. Toute cette histoire l'a chamboulée.

— La pauvre. Je la plains. Vraiment.

Vinckel toussa dans son poing.

— Enchaînons, dit-il.

Maze restitua le plus fidèlement possible les propos de Marjolaine, qu'il avait dissociés en deux paragraphes distincts :

– Le premier relatait la visite expresse d'Éric chez elle, consécutive à son coup de fil. Stressé. Désorienté. Deux mots que Maze avait soulignés. L'air de fuir quelque chose, aussi. Ça, Maze l'avait entouré. Éric n'était resté qu'un court instant, chassé par l'amante qui refusait d'être mêlée à ses déboires. Dans quelle direction était-il reparti ? Là, Marjolaine avait péché par ignorance. Pour ce qu'elle en savait, et à l'heure qu'il était, Éric pouvait avoir quitté le pays.

Mais. Car il y avait toujours un « mais ».

À sa façon de frapper à sa porte en catastrophe, une région éteinte de la mémoire de Marjolaine s'était rallumée. Elle s'était rappelé cette fameuse soirée.

– Second paragraphe : le passé.

Huit ans auparavant. 2015. Marjolaine, confuse, était incapable de se souvenir de la date exacte. Elle avait décrit Éric comme profondément perturbé, tremblant, bref, on l'aurait cru revenu d'entre les morts. Elle l'avait fait entrer, lui avait prodigué des soins, donné une douche et des vêtements propres qu'elle gardait dans un tiroir. Au bout de plusieurs heures (elle n'avait su dire combien), elle avait réussi à le faire parler : il avait commis une énorme bêtise. C'étaient les mots d'Éric, elle n'inventait rien. Maze avait voulu savoir de quel genre de bêtise il retournait. Marjolaine avait répondu : *de celles qu'on ne peut corriger*. Il n'avait pas fait exprès, c'était le whisky, ce putain de whisky. Il allait arrêter, le jurait sur l'honneur, plus une goutte, plus rien. Il avait besoin d'elle. Besoin qu'elle fasse quelque chose pour lui. Qu'elle mente si la police l'interrogeait. Qu'elle le couvre en affirmant avoir passé la soirée avec lui. Qu'elle soit son alibi. Moins elle en saurait, mieux elle se porterait, et si elle n'était pas capable de faire ça pour lui, elle ne lui servait à rien. Les jours, les semaines avaient suivi, elle n'avait jamais eu affaire à la police. Lui non plus. Elle avait bien cherché à comprendre mais s'était heurtée à un mur de silence. Éric n'avait rien lâché.

Maze releva le nez de ses notes.

— Marjolaine n'a jamais su le fin mot de l'histoire. Elle était éperdument amoureuse, elle a fini par oublier. Enfin, jusqu'à maintenant.

— Quelque chose de terrible s'est produit au cours de cette soirée de 2015, ajouta Vinckel. Une chose dont Éric est coupable et qu'il s'est efforcé de camoufler, de museler tout ce temps, mais qui éclate aujourd'hui avec les répercussions que l'on connaît. (Il soupira.) Si seulement on avait la date…

— On l'a.

Tous les regards convergèrent vers Pauline, y compris ceux de ses parents par-dessus l'écran de l'ordinateur.

— Ce jour où il a décidé d'arrêter de boire, comment l'oublier… L'alcool prenait une place si importante dans sa vie.

— Il était véritablement alcoolique, commenta Vinckel.

— Incontestablement. Il pouvait boire jusqu'à l'inconscience. Jusqu'en oublier des pans entiers de sa vie, même. Combien de fois ai-je dû lui raconter les événements de la veille, lui remémorer ce qu'il avait fait, ou dit, alors qu'il était totalement ivre. Il voulait y remédier, bien sûr. Et je l'ai cru. Je n'avais aucune raison de douter… (Pauline fouilla sa mémoire.) C'était il y a huit ans et deux semaines. N'importe quel abstinent vous le dira, on n'oublie jamais le tout premier jour. J'ai renié l'alcool, moi aussi. Pour soutenir Éric. Parce que je l'aimais. Cette date, je l'avais entourée dans le calendrier. C'était le 1er août.

Les policiers se consultèrent du regard. Il suffit d'une

minute pour que Maze dégaine son smartphone, se connecte à Internet et trouve quelque chose.

— Les journaux ont relayé le même sujet au lendemain de cette date. Des quotidiens régionaux, nationaux… Cette affaire… Je m'en souviens…

— Quelle affaire ? s'impatienta Vinckel.

Maze releva la tête.

— L'affaire Sarah Khormal. Pauvre petite. Renversée par une voiture, elle décède dans la minute. Faute de piste, on boucle l'enquête. On n'a jamais retrouvé le chauffard.

Troisième partie

Les apparences

27

Les deux policiers surgirent de la maison des Delande et sautèrent à bord de leur véhicule. Vinckel démarra exactement au moment où Pauline s'incrustait à l'arrière.

— Je viens.

— Non, Pauline…

— Je t'en prie. J'en ai besoin. Je vais exploser si je reste ici sans rien faire.

— On ne sait pas sur quoi on va tomber, ce n'est pas une bonne idée.

— J'ai déjà tout vu, je suis prête à encaisser.

Il soupira.

— Personne ne te demande d'en faire trop.

— Non, Hans, au contraire, je n'en ai pas fait assez.

— Bon…

Il avança son siège pour atteindre le volant, tandis que Maze, à côté, reculait le sien pour ranger ses jambes. Visiblement, ils avaient interverti leurs places.

— À condition que tu restes dans la voiture.

— Oui.

— Tu n'interviens sous aucun prétexte.

— Oui. Fonce avant que ma mère n'ait la même idée que moi.

Et en effet, retenue par Michel sur le perron, Odette brandissait le poing, sommant sa fille de revenir : on ne se dérobait pas ainsi à sa famille quand on était censé rester soudés, on ne tournait pas le dos à ses parents qui avaient traversé la moitié du globe en moins de vingt-quatre heures pour elle. Quel toupet.

Vinckel exécuta une marche arrière.

— La même que dans mes souvenirs, dit-il.

— Non. Pire encore.

Ils remontaient l'allée du lotissement quand Maze, désireux de récapituler, se proposa de distribuer les pièces du puzzle :

— On est en 2015. Le 1er août. Éric Delande renverse la petite Sarah Khormal, six ans.

À ces mots, Pauline faillit s'étouffer. Entendre les faits présumés d'une bouche assermentée les enrobait d'un effroyable réalisme.

— Fractures, lésions internes, commotion cérébrale, poursuivit Maze sans pincettes. Quand l'ambulance arrive sur les lieux, il est déjà trop tard. Éric, lui, a fui la scène de crime. Alcoolique notoire, il encourt une lourde peine.

Filant à vive allure, Vinckel négociait les virages à la corde, gyrophare aphone. On ignorait encore dans quelle gueule on se jetait, inutile de rameuter le quartier. Ballottée à l'arrière, Pauline s'accrochait, à l'instar de ces derniers jours. *S'accrocher.* Continuer d'avancer malgré la force des courants contraires. Résister. Tenir bon la barre quand tout allait beaucoup trop vite.

— Trois options s'offrent à lui : se rendre à la gendarmerie, aller voir sa maîtresse ou rentrer auprès de sa femme.

— Il choisit le moindre risque. Il est encore sous le choc quand il arrive chez Marjolaine. Il lui faudra plusieurs heures pour lâcher le morceau. Enfin, la moitié du morceau.

— Même pas. Des miettes. Il garde la grosse part pour lui. Il ne révèle rien à sa maîtresse, encore moins à… sa femme.

Pauline ferma les yeux. Une bouffée de tristesse la submergea, qu'elle ne prit pas la peine de refouler, ni même de dissimuler. Elle ne regrettait nullement de s'être embarquée avec ces hommes, au contraire. Elle avait besoin d'entendre tous ces mots, même les plus durs ; besoin de s'y frotter pour se bâtir une cuirasse et se préparer, s'armer en vue du jour où elle devrait affronter Éric.

— Après ça, il arrête de boire. Il se rachète une conscience, en somme. Difficile de se regarder en face, surtout quand rien ne vous inquiète, quand même la justice ne vous rattrape pas.

— La justice non, dit Vinckel, quelqu'un d'autre, oui. Un témoin de la scène qui trouvera le courage d'agir. Longtemps après. Huit ans, pour qu'enfin Éric récolte la monnaie de sa pièce.

— Qui sème le vent peut le moins, devisa Maze.

— Certes. Il se rend au domicile des Delande. Il n'a pas la carrure, il improvise. Il attache les parents et emporte les enfants.

Vinckel aborda une côte mal éclairée au sommet de laquelle, sans décélérer, il braqua sur l'Avenue du Maquis. Artère principale du village, jadis empruntée par les charrettes acheminant les productions de l'ardoisière, aujourd'hui par les camions de transport de la carrière, elle était flanquée de maisons en enfilade. Au bout les Arcades, maison de retraite sommeillant sous un grand marronnier, là où Vinckel rendait visite à sa mère chaque dimanche.

— Les Delande finissent par se libérer, dit-il en jetant un coup d'œil à l'imposant établissement, autrefois nommé « Refuge ». Mais Éric refuse d'alerter les autorités.

— Logique. L'enlèvement est lié à son crime passé. Impliquer la police aujourd'hui, c'est prendre le risque de rouvrir l'affaire de 2015.

— Et Éric n'a aucune envie de déterrer la merde qu'il pensait avoir enfouie profondément. Il sait qui se cache sous la cagoule. Le ravisseur s'est arrangé pour l'orienter sur son identité : le message sur le miroir.

Vinckel tira le frein à main sur le parvis de l'église. Il coupa le moteur et se retourna.

— Le message, Pauline.

— *C'est des choses qui arrivent*, énonça-t-elle d'une voix éteinte. C'est cette phrase… C'est en la lisant qu'il a compris qui était le responsable.

— Ensuite ?

— Il s'est mis en tête de retrouver lui-même nos enfants.

— Et ?

— Il est venu ici, dit-elle en regardant, par la vitre,

le village s'engourdir, les lampadaires s'activer. Il est parti derrière l'église et puis… je l'ai perdu de vue. Vous croyez qu'il allait ?…

— Au domicile des Khormal. La famille de Sarah. Ceux qui avaient toutes les raisons de lui en vouloir. Allez.

Un signe de tête et le tandem s'ébranla, s'expulsa de la voiture et s'éloigna en trottinant, disparaissant au coin de la rue. Pauline se retrouva seule, encore. Rencognée dans son siège, elle tira sur son alliance, s'acharna dessus à s'en faire mal, sans pouvoir l'enlever. Elle trouverait bien un moyen, sinon s'amputerait le doigt. Toute trace d'Éric la répugnait, c'était viscéral. Elle repensa à la façon ignoble dont il l'avait traitée, comment il l'avait fait se sentir si petite, insignifiante, la rabaissant scrupuleusement. Comme si, d'un coup, elle ne valait plus rien à ses yeux. Il l'avait laissée patauger dans l'ignorance. S'était montré odieux, violent et dédaigneux. Il s'était bien foutu de sa gueule.

Elle enrageait. On lui avait ravi ses enfants, on n'allait pas en plus la priver du droit de les rechercher. Ni lui dicter la conduite à tenir. Pas là, pas maintenant.

Plus jamais.

Relevant les yeux, elle chercha à puiser dans les pierres leur force ancestrale. Son regard heurta le monument aux morts pour aller se ficher au clocher de l'église paroissiale Saint-Pierre, en aplomb. Une seconde seulement pour entendre – ressentir plutôt – les vibrations propagées du passé à travers plus de cinq siècles. L'énergie viscérale de ceux qui avaient élevé leur foi collective au plus près des cieux ; cette énergie qui, ce soir, palpita au sommet de la flèche polygonale de l'édifice, ruissela le long des façades et déferla sur Pauline avec une force irrésistible.

Elle ouvrit la portière et s'élança en courant. Elle passa l'angle de l'église et dévala la pente où Éric, la veille, lui avait échappé. Où les deux policiers, ce soir, s'étaient engouffrés. Elle les aperçut tout en bas, en train de piétiner devant la porte d'une maison. Elle vit Maze cogner dessus à deux reprises, puis interroger son supérieur, pour finalement s'introduire à l'intérieur.

Pauline pressa le pas, emportée par la descente. Elle arriva quelques secondes après eux, haletante. N'eut qu'à pousser la porte entrouverte. Dedans régnait une chaleur de four à sole. Un homme inconscient gisait sur un tapis persan, entre une table et des chaises renversées. Penché sur lui, Vinckel cherchait un pouls, un signe de vie tandis que Maze, au téléphone, décrivait la situation, sollicitant une ambulance de toute urgence. Dès qu'il vit Pauline sur le palier, le brigadier marcha droit vers elle.

— Est-ce qu'il… ? s'entendit-elle balbutier, juste avant qu'il ne claque la porte.

Est-ce qu'il va s'en sortir ? avait-elle voulu savoir. À défaut de réponse, elle avait vu l'expression de l'officier. L'expression de celui qui n'y croyait guère.

*

C'était de ces nuits claires où la lune, épinglée à son apogée, éclairait aussi bien les pans escarpés de la carrière de Dourgne que le plateau sédimentaire à son pied. Théo Staford, mieux connu à la brigade sous le nom de *livreur de photos*, piétinait au même endroit depuis trois bonnes heures. L'appât idéal pour ferrer le gros poisson, avait déclaré le commandant Vinckel. Une idée qui, aussi prometteuse fût-elle sur le papier, n'en prenait pas moins la tournure d'un fiasco. L'horaire du rendez-vous était passé depuis près d'une heure et pas la plus petite queue de poisson…

Prostrée dans sa voiture de fonction, un mug de café froid dans les mains, la major Laurence Lopez commençait à perdre patience. Embusquée derrière l'un des deux blocs bureautiques en préfabriqué, elle jouissait d'une vue dégagée tout en bénéficiant d'une planque de choix. Les conditions idéales, pourvu que la planque ne s'éternise pas. Laurence avait toujours détesté cet aspect du métier qui consistait à attendre. Et attendre. Jusqu'à ce qu'enfin, quelque chose tombe du ciel. Ou pas. Si elle s'était enrôlée dans la police, c'était pour bouffer du terrain et agir. Pas pour rester statique dans un habitacle surchauffé empli des ronflements de son coéquipier. Le collègue, Francis, la soixantaine épuisée, incarnait parfaitement le gars débonnaire à qui l'on ne confiait plus que les tâches ingrates. Refusant de prendre la retraite, se complaisant à son poste, sans désir d'évoluer. Endormi sur le siège passager depuis maintenant un quart d'heure. Laurence soupira. Elle reposa son mug dans le porte-gobelet. L'œil sur Théo, là-bas, qui devait lui aussi avoir oublié les raisons de leur présence ici. Elle aurait préféré que Vinckel s'y colle, après tout c'était son idée. Seulement voilà : de nouvelles priorités s'étaient greffées à l'affaire dont elle n'avait pas tous les ressorts. Un homme, semblait-il, avait été retrouvé en piteux état et conduit aux soins intensifs où le commandant passait la nuit, probablement en compagnie de Pauline Delande. Cette Pauline, là, il fallait s'en méfier. Tout l'accusait. Coupable jusqu'à preuve du contraire. D'ailleurs, Laurence se félicitait d'avoir eu la présence d'esprit de coller un traceur sous sa voiture. Au moins l'aurait-elle à l'œil.

Elle allait reprendre son mug quand elle vit Théo quitter son poste et revenir dans leur direction.

— Qu'est-ce qu'il fout, ce con ?

Il toqua à la vitre, qu'elle n'abaissa que de moitié.

— Quoi ?

— J'en ai ma claque.

— Remets-toi en position, tu risques de faire capoter l'opération.

— Mais quelle opération ? Y'a plus d'opération. Le type était censé se pointer à 3 heures avec d'autres photos. Ça fait plus d'une heure qu'il devait se ramener, et rien. Il viendra plus.

— Il a pu avoir un contretemps. Dégage.

— J'crois surtout qu'il a flairé le piège à deux kilomètres, faut dire que votre collègue, là, c'est pas un modèle de discrétion.

— Retourne à ta place.

Elle releva sa vitre mais Théo glissa les doigts dans l'interstice.

— Il viendra pas, c'est mort, on peut rentrer.

— Ah ouais ? Depuis quand tu te permets de donner des ordres ? À ta place, je la ramènerais pas. On rentrera quand je l'aurai décidé, répliqua Lopez en refermant, l'obligeant à retirer ses doigts, puis l'incita à déguerpir.

Théo traîna les pieds, s'arrêta à mi-chemin, se retourna comme s'il tenait encore à plaider sa cause. Laurence lui fit signe, accentuant les gestes. *Non mais pour qui il se prend, ce con ? Il commence à m'emmerder.* Elle aurait bien sorti son Sig Sauer pour lui rappeler qui des deux incarnait la loi. Et quand, finalement, il finit par retrouver son poste, il n'était pas seulement irrité mais nerveux. Agité, il marchait dans un sens, dans l'autre, se prenait le front d'une main fébrile et consultait sa montre régulièrement.

Il va nous péter une crise de nerfs, ou quoi ?

D'instinct, Laurence resta aux aguets. Un drôle de pressentiment venait de l'étreindre, une intuition. De celle qui affûte vos sens et vous enjoint à la plus grande vigilance. Elle fut fixée dans la minute lorsqu'une mobylette fit son apparition. Un vieux modèle de type Honda, que son propre père affectionnait tant qu'il en oubliait sa famille. La pétoire se rangea au bord de la route en faisant crisser ses freins. La silhouette d'un homme était juchée dessus. *Il ne porte pas de casque*, nota d'abord Laurence, puis : *il répond à la description du ravisseur. Notre poisson.* Elle retint son souffle, les veines saturées d'adrénaline. L'idée de Vinckel, finalement, semblait porter ses fruits. Le suspect descendit de sa bécane et se dirigea vers l'appât sans se douter de rien, un sachet dans la main.

Il était temps de secouer son coéquipier, lequel se réveilla instantanément.

— … J'ai dormi ?

— Regarde.

— Oh, bon sang.

Ils restèrent immobiles, tendus, guettant le meilleur moment pour intervenir. C'est là que tout se jouait. Vinckel avait été clair, il fallait attendre la fin de la transaction pour agir.

Le suspect se tenait devant Théo, de taille équivalente, probablement du même âge. Ils échangèrent quelques mots et il lui tendit le sachet. Théo ne fit aucun geste pour s'en saisir.

— Prends-le, susurra Laurence, prends ce foutu paquet…

Une main sur la poignée de la portière, l'autre sur son arme. Dans les starting-blocks. L'excitation à fleur de peau.

Théo finit par lever les bras. Et se mit à hurler :

— J'en veux pas ! J'en veux pas !

— Putain mais c'est pas vrai, siffla Laurence en s'éjectant de la voiture. Police ! Ne bougez plus !

Elle dégaina son arme et allongea la foulée. Son champ de vision tressautait comme elle courait. Sur les trente mètres qui la séparaient du lieu de l'échange, elle tâcha d'enregistrer mentalement les événements car elle devrait passer la fin de sa nuit à les consigner dans son rapport. La façon dont la transaction avait avorté, d'abord. Le comportement de Théo, ensuite, qui continuait de beugler : « J'en veux pas, y'a erreur, j'le connais pas ! » La stupéfaction du suspect, enfin, qui après s'être rendu compte de la supercherie et avoir traité son rencard de balance, lui écrasa son poing dans le ventre. Théo plié, le suspect décampa, Laurence redoubla d'efforts et arriva à le cueillir au moment où il enfourchait sa mobylette.

Francis, derrière : largué.

Elle l'obligea à se mettre à genoux, mains sur la tête, et entreprit de le fouiller. Ne trouva rien d'autre que des sachets de marijuana.

28

Pauline palpait ses poches à la recherche de son porte-monnaie et se rappela l'avoir laissé dans la corbeille fourre-tout de la maison. Zut. Elle allait devoir se passer de boissons fraîches et autres snacks du distributeur de l'hôpital. Une déconvenue à ajouter à sa liste, certes anecdotique, mais qui prouvait que les problèmes sévissaient toujours en bande organisée. Elle repartit vers la salle d'attente et rentra plein front dans ce qu'elle prit d'abord pour un mur, mais qui se révéla être Maze.

— Pardon, j'étais distrait, bredouilla le brigadier en repliant son calepin, je ne vous avais pas vue.

— Ma faute. Je ne peux pas avoir la même excuse que vous.

Maze tiqua et regarda ailleurs. Lui arrivait-il seulement de sourire ? Pauline en doutait. Et si c'était le cas, ce devait être un spectacle fascinant, aussi prodigieux que de voir un rocher s'animer.

— À court de monnaie ? présuma-t-il.

— En effet.

— Vous prenez quoi ?

— D'habitude un thé, mais j'ai l'intuition que la nuit sera longue.

— Café, donc.

Il inséra une pièce, lui offrit un gobelet fumant et s'en servit un lui aussi, ignorant qu'elle suivait ses gestes avec intérêt, les gestes d'un homme perdu dans un environnement inadapté. Aussi grand que le distributeur, sinon plus, songea Pauline, était-il le fruit d'une croissance progressive ou, au contraire, d'une poussée beaucoup trop brusque pour avoir eu le temps d'ajuster ses habitudes à sa nouvelle morphologie ?

Ils prirent la table haute du coin repos, sirotant ce qui n'avait rien d'un bon café ni d'un mauvais. Juste conforme à l'idée qu'on se faisait du standard alimentaire en milieu hospitalier. Pauline laissa vagabonder son regard par la baie vitrée sur les rues illuminées de Castres, en contrebas.

— Cet homme, commença-t-elle.

— Jean-Claude Khormal, le père de Sarah.

— Comment va-t-il ?

— Stationnaire, résuma le policier en touillant son café. Votre époux n'y est pas allé de main morte. Il pensait trouver vos enfants, c'est sur ce type qu'il est tombé. Il a voulu le faire parler, ça a dégénéré, voilà le résultat.

Pauline frissonna à l'idée de la barbarie déployée par Éric. Capable d'expédier quelqu'un dans les vapes, de le laisser inconscient ou pire, le laisser pour mort.

— Est-il complice ?

— Je ne crois pas. Plutôt un dommage collatéral. Comme le reste de la famille, d'ailleurs. Ce qui est arrivé à la petite Sarah est innommable. Un tel drame a beau frapper une seule vie, ça vous en fait voler plusieurs en éclats.

— Il vit seul ?

— Divorcé. Son couple s'est disloqué après la mort de Sarah. Chacun est parti de son côté.

Pauline opina, le regard fixe au fond de son breuvage. Une fatigue extrême venait de s'abattre sur elle comme un coup de matraque. À ce rythme, elle n'était pas sûre de tenir la nuit.

— J'ai un fils, déclara soudain Maze. De l'âge du vôtre. J'imagine ce que vous devez ressentir. Je suis désolé. Ça ne se voit pas forcément, mais je le suis. Vraiment.

Pauline murmura des remerciements, puis :

— Cette petite fille, cette Sarah… C'est à elle que je pense quand ce n'est pas à mes enfants. Partie si jeune, c'est horrible. J'ai… J'ai l'impression d'être responsable de ce qui lui est arrivé.

— Non, voyons, vous n'y êtes pour rien.

— J'ai vécu toutes ces années avec son assassin, répliqua Pauline les yeux embués. J'aurais dû… Je ne sais pas, j'aurais dû le sentir.

— Contrairement à ce que l'on peut penser, un criminel n'a pas la tête de l'emploi. Il ressemble à n'importe qui. À vous, à moi. Raison pour laquelle il se fond si bien dans la masse.

Pauline inspira profondément.

— Alors Sarah a un frère.

— C'est exact.

— Qu'est-il devenu ?

Maze prit le temps d'égoutter sa touillette, la mine sombre.

— Sa mère a contracté des symptômes aggravés de démence, il est donc resté avec son père, avant d'être placé en foyer jusqu'à sa majorité. Un enfant perturbé, un ado dérangé. Parcours scolaire chaotique voire inexistant, arrêté pour divers délits mineurs, il a fait de la détention.

— Et maintenant ?

— Plus aucune trace de lui. Disparu de la surface de la Terre. Mais j'ai l'intuition qu'il est revenu auprès de sa mère et qu'ils vivent ensemble, tous les deux.

Pauline sentit son cœur s'emballer.

— Le frère de Sarah… La mère de Sarah…

— Oui.

— Vous croyez… qu'ils sont derrière tout ça, n'est-ce pas ?

— J'en suis convaincu.

— Alors pourquoi ne pas chercher un moyen de les retrouver ?

Maze engloutit son café d'une traite et se planta la touillette au coin des lèvres.

— Le moyen, on l'a déjà. On attend juste qu'il se réveille pour pouvoir l'interroger. Ça ne devrait plus tarder.

Pauline se détourna vers la baie vitrée, les poings serrés. Elle fulminait.

— On ne peut pas se permettre d'attendre. On ne peut plus. C'est insupportable, je vais devenir folle.

— Le café était peut-être une mauvaise idée.

— Non…

Collant son front à la vitre, elle fit éclore une fleur de buée. Contemplant la ville étendue à ses pieds, elle s'imagina la vie des gens dans leurs foyers, se surprit même à les envier. À convoiter leur existence autant qu'elle détestait la sienne depuis le jour où elle avait eu le malheur de croiser le regard envoûtant d'Éric.

— Non, dit-elle, la mauvaise idée, c'était de rencontrer un garçon un peu trop charmant à l'université.

Dans son dos, le policier peinait à trouver la réplique adéquate. C'est finalement la sonnerie du téléphone qui le tira du pétrin.

— L'huile d'olive, préconisa-t-il tout en extrayant son smartphone de sa poche.

Pauline se retourna, perplexe.

— Pardon ?

— Votre bague. Vous vous acharnez dessus depuis tout à l'heure sans résultat. Essayez donc l'huile d'olive. Ça a marché, pour moi.

Il décrocha, hocha la tête en n'émettant rien de plus que des monosyllabes, retira la touillette de sa bouche, la cassa en deux, en fit tomber les débris dans le gobelet puis raccrocha.

Pauline était revenue s'accouder à la table, dans l'expectative.

— La manœuvre d'appât a échoué, résuma-t-il. Un poisson a mordu, mais pas le bon.

— En clair ?

— On s'attendait à ce que le suspect pointe le bout de son nez, c'est loupé. Il n'est pas venu, il ne viendra plus. À la place, on a cueilli un petit dealer qui avait ses habitudes avec Théo. Aucun lien avec notre affaire.

Contrarié, il rangeait son téléphone quand celui de Pauline se manifesta.

— Ma mère, présuma-t-elle en se déportant expressément vers le couloir.

Elle traversa rapidement le hall d'attente, franchit les portes automatiques et s'engagea sur le parking. Dans les lumières fragmentées du soir, le bitume ressemblait à un plan d'eau miroitant sur lequel elle dérivait. Un coup d'œil sur l'écran lui apprit qu'elle se trompait : ce n'était pas sa mère, mais un numéro inconnu.

Elle décrocha. Pas de réponse. Seul subsistait un silence modulé par un grésillement résiduel que Pauline finit par associer à une respiration. Celle de quelqu'un qui hésitait.

Finalement :

— Madame Delande ?

La voix d'un homme. Nasillarde et lointaine, comme filtrée par des dizaines de strates poreuses.

— C'est bien moi, répondit-elle, mais… Je ne vous entends pas très bien.

— Ah, ce doit être l'appareil. J'appelle d'une cabine téléphonique.

Sérieusement ? Une cabine téléphonique ? Et moi qui les croyais disparues.

— Vous êtes bien Pauline Delande ?

— Oui. Qui êtes-vous ?

Encore une hésitation. Plus longue cette fois.

— J'ai des informations.

Pauline se figea.

Une bouffée de chaleur l'enveloppa.

— À quel sujet ?

— Vos enfants.

Une gifle. Pauline chancela. Son rythme cardiaque s'accéléra. Elle resta prostrée une seconde, incapable de réagir. Puis elle fit volte-face et rebroussa chemin à toute vitesse. Portes automatiques, hall d'accueil, salle d'attente, couloir…

Le type au bout du fil s'impatientait :

— Madame, vous êtes toujours là ?

— Un instant. Juste un instant.

Elle déboula dans la salle de repos, la case départ où Maze, attelé à la table, engloutissait un second café. La voyant foncer vers lui, il se redressa et haussa les sourcils, surpris.

Pauline posa le téléphone entre eux, puis elle activa le haut-parleur.

— Allez-y, dit-elle à bout de souffle, je vous écoute.

— D'accord, eh bien… Voilà. J'ai vu vos enfants. Je sais où ils se trouvent. Je peux vous indiquer le lieu.

Le décor hospitalier se mit soudain à tournoyer. Pauline se cramponna à la table. Maze, lui, avait pris un air suspicieux. D'un moulinet du doigt, il l'incita à donner le change. Ce qu'elle fit :

— Vous… Vous savez où sont mes enfants ?

— Oui.

— Où ? Où sont-ils ?

— Je peux vous montrer.

Maze sortit son carnet et griffonna une note qu'il fit glisser du côté de Pauline : *Son nom ?*

— Vous ne m'avez pas dit votre nom.

— Oh, euh, peu importe. Voilà ce qu'on va faire. Je vais vous donner une adresse pour nous retrouver. Là, je vous livrerai les indications.

Maze écrivit autre chose, que Pauline lut à voix haute :

— Pourquoi pas maintenant, au téléphone ?

— C'est que… je suis de nature prudente, madame. Je préfère vous rencontrer en personne, vous comprenez, pour être sûr de toucher la récompense.

Pauline leva un regard égaré sur le brigadier qui enfouit son visage dans ses mains, dépité.

— Je ne comprends pas, balbutia-t-elle. De quelle récompense parlez-vous ?

Ce que Maze coucha ensuite sur son carnet lui sauta aux yeux : *raccrochez.*

Elle n'en fit rien. Se contenta d'écouter.

— Je parle du fric que vous avez promis !

— Quoi ?

— L'avis de recherche, sur Internet ! Qu'est-ce qui ne va pas chez vous ? Oh, je vois, ça joue les éplorées mais quand il faut cracher la thune, y'a plus personne, c'est ça ?

— Mais enfin, je n'ai pas…

— Allez vous faire foutre !

— Je n'ai pas… bredouilla encore Pauline avant de s'apercevoir qu'il avait raccroché.

Le policier lui prit délicatement le téléphone des mains.

— Vous permettez ?

Il jeta un œil à l'écran et le lui rendit.

— Si c'est ce que je crois, cet appel est le premier d'une longue série. À partir de maintenant, ne répondez qu'à vos contacts privilégiés.

— Mais enfin, qu'est-ce qui se passe ?

Maze bascula sur son navigateur personnel, effectua des recherches succinctes et leva son smartphone vers elle.

— C'est bien ce que je craignais.

La page Facebook s'intitulait *Les avez-vous vus ?* et

étalait les portraits de Milo et d'Emma. Le post, publié quelques heures auparavant, était annoté d'un subtil *Ne laissons pas ces anges disparaître, aidez-nous à les retrouver* et avait déjà soulevé une vague de réactions. Les commentaires de soutien affluaient, on était de tout cœur avec la famille, on transmettait des pensées positives, des prières. Certains promettaient de fouiller les environs quand d'autres, plus discrets mais tout aussi influents, émettaient des réserves quant à l'implication des parents, sinon les accusaient carrément. L'auteure de cette publication, Odette Delande, avait ajouté la description des enfants et la promesse d'une rétribution financière pour tout indice permettant de les localiser.

— C'est votre mère ? s'enquit Maze.

— Oui.

— Vous n'étiez pas au courant ?

— Elle avait l'intention de le faire, c'est vrai. Elle voulait diffuser l'information, mais elle ne m'a jamais parlé d'une prime !

— Elle n'a pas lésiné sur les moyens. Dix mille euros, tout de même.

— Et elle a eu la bonne idée d'afficher mon numéro. Parfait. C'est tout ce dont j'avais besoin.

Maze rempocha son portable.

— Vous allez attirer les opportunistes de tous bords. Mais ce n'est pas ça qui m'ennuie le plus.

— Alors quoi ?

— La presse ne va pas tarder à s'emparer de l'affaire. On ne peut plus l'éviter, maintenant. Rentrez chez vous. Barricadez-vous. Les vautours seront là avant la fin de la nuit.

29

Le grondement de la camionnette tira Milo de sa somnolence. Il descendit du matelas et se rendit au plus près du soupirail, chaînes tendues, pour scruter la cour. Ébloui par le faisceau des phares, une main en visière, il vit la camionnette dévier puis s'effacer sur le côté. Il ne reconnaissait pas le véhicule. Il n'appartenait pas à leur ravisseur. Était-il seulement au volant ? Y avait-il une ou plusieurs personnes à bord ? L'obscurité conjuguée à l'aveuglement des phares ne lui avait laissé qu'une perspective incertaine, ainsi qu'un pic aigu dans les tripes, causé par une angoisse extrême. Il regagna le matelas et attendit.

La porte, en haut, claqua. Les cris ne tardèrent pas à fuser. Ceux de la femme épouvantée. Quelque chose était arrivé. Quelque chose de grave. Le garçon se mordit la lèvre. Son appréhension grimpa dans les extrêmes, évolua en une terreur sans nom. Il piétinait, le cœur battant, le souffle court. La femme piaillait, l'homme grondait, les deux s'embrouillaient, leurs voix s'emmêlaient, et toujours aucun signe de vie de sa sœur.

Emma…

S'en était-elle sortie ? Lui avait-elle échappé ? Milo souffrait d'attendre, l'ignorance le brûlait. Il allait exploser. Besoin de la revoir, de la serrer contre lui. Sa petite sœur, sa protégée.

Au-dessus de sa tête régnait maintenant une drôle d'ambiance. Ça chauffait à sens unique : la femme aboyait sur un homme passablement réceptif. Et puis, rapidement, la galopade se déporta vers l'escalier. Plusieurs paires de jambes dévalaient les marches. Ils arrivaient. Milo ramassa son fragment de faïence et se redressa, torse bombé, prêt à tout. L'homme apparut le premier, à peine reconnaissable : livide, les habits poisseux, une mine de déterré, des poches noires sous les yeux. Il reniflait frénétiquement. La femme sur ses talons :

— Tu es blessé, il faut te faire soigner !

— Pas question. On s'arrête pas là, pas maintenant. On doit continuer.

Il la tenait à distance mais elle revenait sans cesse pour le tirer en arrière, le dissuader, le faire dévier de sa trajectoire, de ses ambitions. Emma tenaillée entre les deux. Ballottée, elle finit par se libérer, se rua sur son frère et lui sauta dans les bras. Ils tombèrent à la renverse. Enlacés, ne s'écartant que pour se dévisager, s'assurer de la réalité de l'autre.

— Emma…

— Je suis désolée, murmura-t-elle, j'ai pas réussi, je suis désolée.

— Non, non, arrête.

— J'ai essayé, je te jure, j'ai couru le plus vite possible, je me suis cachée…

— Je sais. Je suis fier de toi.

— Il m'a retrouvée.

— T'es vivante, c'est tout ce qui importe.

— Mais tu comptais sur moi.

— On trouvera un autre moyen. Je te promets.

Il la serra plus fort, levant les yeux vers leurs ravisseurs. L'homme claudiquait, appuyé sur son fusil comme sur une béquille.

La femme se cramponnait, refusant de capituler :

— Sois raisonnable, tu dois te faire opérer, tu vas… Tu vas mourir, oui, voilà, mourir, si l'on n'agit pas !

Elle y avait mis toute l'autorité d'une mère.

Il y répondit avec la pudeur d'un fils :

— On a pas le choix, maman. On est allés trop loin, on peut plus reculer. Ces gens… Ils m'ont vu, ils ont vu la petite. Les flics vont débarquer d'un moment à l'autre… On doit planquer les gosses à un autre endroit.

Il se figea, perclus de douleurs.

Les dents serrées :

— Le temps presse.

— Tu ne comptes tout de même pas…

— Je te l'ai dit, on a pas le choix.

— C'est inhumain. Inhumain !

Il la repoussa.

— C'est provisoire, juste le temps que ça se calme, c'est tout. (Il lança la clé sur Milo.) Allez, détache-toi, gamin.

— Qu'est-ce que vous allez faire de nous ? s'enquit le garçon en défaisant ses liens.

L'homme se frottait le nez.

— Vous loger à une autre enseigne. Vous avez été surclassés.

*

En s'établissant au sein de l'hôpital, Pauline avait conscience d'ignorer les recommandations de Maze, lequel avait préconisé qu'elle rentre chez elle. Seulement, après avoir pris connaissance du coup d'éclat inauguré par sa mère et mesuré l'impact que pouvait avoir le langage des réseaux sociaux, elle prit peur. Elle réalisait à quel point sa vie avait versé dans le domaine public. De plus, elle n'éprouvait aucun désir de revoir ses parents, en tout cas pas tout de suite. Trop furieuse contre sa mère, trop déçue par son père. Enfin, c'était ici, entre ces murs, que sommeillait la piste la plus sérieuse pour retrouver Emma et Milo. Ici que la chance pouvait encore tourner.

Couchée en travers d'un fauteuil de la salle d'attente, elle s'était improvisé un camp de fortune : bouteille d'eau à proximité, paquet de biscuits à portée de main, un magazine trouvé sur une table près de l'entrée qu'elle avait feuilleté sans même s'en rendre compte, toutes pensées volatiles. Distraite un temps par le flux incessant des membres du personnel soignant, elle avait fini par s'endormir.

Réveillée en douceur : on lui secouait le bras. Le commandant Vinckel était penché sur elle, une lueur exacerbée dans le regard.

— Pauline.

Elle se redressa. La conscience des lieux lui retomba dessus, le souvenir des circonstances en supplément. Étourdie, des crampes à l'estomac. Quand avait-elle pris un vrai repas pour la dernière fois ? L'image du restaurant lui revint en mémoire, celui où elle avait dîné avec sa tribu le soir où… Elle avait commandé un tournedos, avait bu du bon vin, dégusté un succulent dessert. Elle avait ri. Les enfants s'étaient bien comportés, enfin jusqu'au retour dans la voiture où ils s'étaient chamaillés. Une histoire de ballons… La mélodie du bonheur s'était achevée sur un couac, le reste n'avait été qu'un enchaînement de fausses notes.

Elle jeta un coup d'œil vers le parking, puis sur l'horizon : un nouveau jour s'étirait paresseusement, arrachant de la canopée urbaine un soleil radieux, trop pétillant, trop… inapproprié. Effet d'optique fluide débordant sur les toits, inondant les façades d'une marée fuchsia, venant éclabousser les vitres de l'hôpital. Cachet effervescent jeté dans l'eau plate de la ville, initiateur de l'ébullition quotidienne mais impuissant, cependant, à chasser la grisaille qui s'accrochait au cœur de Pauline.

Vinckel la scrutait, l'air songeur.

— Contrairement à la croyance populaire, on ne perçoit pas la chaleur du soleil, dit-il.

— D'accord, ça m'aide beaucoup…

— Seule sa lumière traverse le vide de l'espace. C'est tout ce qu'il nous offre. Sa lumière, rien d'autre. Et c'est nous, pauvres humains, qui sans le savoir en transformons les particules en chaleur. Chacun de nous, chaque être sur cette terre possède en lui la capacité incroyable de se réchauffer le corps et… allons-y franchement, l'âme.

— Philosophe éclairé, donc.

— Moi ? Au contraire. Scientifique convaincu. Ce que tu dois comprendre, Pauline, c'est qu'il te faudra chercher au plus profond de toi-même les ressources nécessaires pour continuer à te battre. Personne ne le fera à ta place.

— Oui, je m'en étais rendue compte.

Vinckel lui tendit la main, clin d'œil à l'appui :

— Je vais quand même continuer à te filer un coup de pouce. Car on a du nouveau.

Pauline lui prit la main et se leva.

— Jean-Claude Khormal a parlé ?

— Pas lui.

— Qui ?

Au lieu de répondre, Vinckel partit vers les portes automatiques.

Elle lui emboîta le pas.

— Je viens avec toi.

— Comme si je pouvais te dissuader…

Maze attendait derrière le volant. Il lui adressa un signe de tête auquel elle répondit. Visiblement, il n'avait pas fermé l'œil de la nuit, et Pauline en éprouva un curieux mélange de culpabilité et d'admiration. Elle se glissa sur la banquette arrière. Elle n'avait pas bouclé sa ceinture que le brigadier démarrait en trombe. Ils quittèrent l'enceinte de l'hôpital et se diluèrent rapidement dans la circulation. Vinckel, enfin, se retourna :

— On vient de recevoir le signalement d'un couple. Un garçon et une fille, même pas vingt ans. Ils affirment avoir eu affaire à un jeune homme dont la description correspond à notre suspect.

— Quand ?

— Cette nuit. Dans un squat réputé pour ses activités clandestines.

— Drogue ?

— Sexe. Les jeunes s'y retrouvent pour s'adonner à des pratiques plus ou moins douteuses.

— Oh mon Dieu, souffla Pauline.

Vinckel leva la main.

— Attends. Ce n'est pas ce que tu crois. D'après le récit de nos tourtereaux, le suspect s'est retrouvé là de façon accidentelle.

— Il est blessé ?

— À la cuisse, oui. Grièvement.

— Est-on sûr que c'est lui ? Je veux dire, c'est bien le ravisseur ?

Vinckel se remit droit sur son siège, face à la route que son subalterne avalait goulûment.

— Eh bien, on n'est jamais à l'abri d'une impasse, mais…

— Faut pas vendre la peau de l'ours avant les bœufs, philosopha Maze.

— … Un élément complémentaire rend la piste sérieuse.

— Lequel ?

Vinckel fit claquer sa langue.

— Le suspect n'était pas tout seul. Une fillette était avec lui.

Pauline mit la main sur sa bouche. Une nausée fulgurante lui remonta la gorge. Parler maintenant, c'était prendre le risque de restituer sur ses genoux tout ce qui lui restait de tripes.

— Le couple est formel : la fillette a dit qu'elle s'appelait Emma.

30

Ils avaient quitté la vieille ferme, lui tournant définitivement le dos. Embarqués dans la camionnette, ils avaient parcouru trois, peut-être quatre kilomètres avec l'impression de frôler la mort dans chaque virage, les phares du véhicule léchant le décor avec une gourmandise dangereuse. Leur ravisseur dodelinait, fermait les yeux régulièrement, perdait le contrôle une seconde durant laquelle, horrifiés, les enfants s'imaginaient verser dans le fossé ou pire, dans le ravin ouvert sur la plaine.

Au terme de plusieurs embardées, l'homme les fit descendre du véhicule. Muni d'une lampe torche, il les conduisit dans la forêt. Il boitait méchamment, effectuait des pauses régulières pour boire au goulot d'une gourde et rincer sa blessure. Quand ce n'était pas pour reprendre son souffle, c'était pour ouvrir sa boîte d'allumettes de fer-blanc et aspirer une dose de ce qu'il appelait son sucre magique. Il tremblait. Il suait à torrents. Il pestait contre le monde, le système et sa propre bêtise. Ne savait plus comment il en était arrivé là mais n'oublierait jamais pourquoi. Il faisait franchir aux enfants des talus, dévaler des ravines, et, de temps à autre, leur désignait une trouée dans la végétation, un embranchement exigu, un sentier connu de lui seul. Il parlait à sa mère, à son père, à Sarah qu'il prenait à témoin : tu vois, marmonnait-il, c'est pour toi, tout ça. Il délirait. Jetait d'incessants regards par-dessus son épaule, persuadé d'être suivi.

Ils cheminèrent longtemps. Emma accrochée à sa peluche, Milo aux cendres d'un espoir calciné mais pas tout à fait mort.

Puis l'homme leur ordonna de s'arrêter.

— Terminus.

Rien ne laissait présager de la présence d'un quelconque abri ou cachot, ni de quoi que ce soit d'autre que les entrelacs de ronces, de racines, d'arbustes et de fougères similaires à ceux qui avaient ourlé leur périple jusque-là. Les arbres, ici, étaient si serrés que l'air en devenait oppressant. Le regard, quelle que soit la direction dans laquelle on le projetait, se heurtait invariablement à une végétation bouillonnante. Les branches des frênes, des aulnes et des châtaigniers se nouaient à celles des érables et autres noisetiers, formant, de connivence avec l'obscurité, des haies compactes et hermétiques. Même la lune, formidable projecteur, ne parvenait à s'y frayer que des filins inconsistants.

Milo attrapa la main de sa sœur qui ne tenait plus debout.

— Ça va aller…

— Tu dis ça depuis le début. Je te crois plus.

L'homme fit un tour sur lui-même.

— Vos gueules. Je dois…

Il perdit pied et se rétablit.

— … Je dois me concentrer.

Il leva son bâton comme s'il cherchait à percer la végétation. D'un geste latéral, il écarta un rideau de lianes feuillues, dévoilant une porte en bois. Petite, dépourvue de poignée, munie d'une simple serrure permettant de la déverrouiller, ouvrant l'accès à un bunker logé à même le flanc de la montagne. Et dans lequel il les obligea à entrer.

Sombre, étroit, suffocant. Une cage de béton au fond de laquelle les enfants se blottirent, les yeux agrandis par un mélange de terreur et d'incompréhension. Des animaux en captivité.

— C'est quoi, ici ? susurra Emma.

Milo ne répondit rien, la tête baissée pour ne pas se cogner au plafond. L'homme tanguait, une épaule contre le chambranle, l'air hagard. Mort vivant. Il avait pris vingt ans depuis qu'ils avaient quitté la ferme. Il coinça la crosse du fusil sous son aisselle et rouvrit sa boîte d'allumettes avec des gestes approximatifs. Il se rendit compte qu'il en avait éclusé la totalité, qu'il était à court de carburant, ce qui le plongea dans un désarroi immédiat, accablant. Il balança la boîte.

— Je reviendrai.

— C'est faux ! s'insurgea Milo. Vous allez nous laisser là !

L'homme faisait maintenant crisser ses ongles sur sa barbe naissante. On aurait dit qu'il n'avait pas dormi depuis deux mois. Ce qui était sans doute le cas.

— Non, je vais… Je vais…

— Vous n'allez pas revenir.

— Je… suis désolé, je… Je voulais pas…

Baissant les yeux, incapable de les affronter plus longtemps, il repoussa doucement le battant de la porte.

C'est là que Milo donna une impulsion. La dernière. Il lui sauta dessus, le tesson de faïence comme un dard devant lui. L'homme recula, surpris. Par réflexe, il pressa la détente. Les plombs volèrent vers les cimes, provoquant la débâcle de la faune environnante.

Milo frappa une fois, puis deux, sans réfléchir, à l'aveugle. Au premier coup, il lui déchira la joue de la tempe au menton. Au deuxième, le tesson ne fit que siffler dans le vide. Et avant qu'il ne puisse frapper à nouveau, la crosse du fusil s'enfonçait dans son ventre, lui arrachant le souffle, le jetant à terre.

Emma n'avait cessé de crier tout du long. Elle se précipita sur son frère pendant que la porte, gémissant sur ses gonds de fer, se refermait pour les engloutir.

Cliquetis dans la serrure. Le tombeau était scellé.

*

Pauline échappa à la vigilance de Vinckel et jaillit comme une braise dans la salle d'interrogatoire du commissariat. Elle planta ses poings sur la table en acier inoxydable.

— Vous l'avez vue, vous avez vu ma fille !

En face, le jeune couple affectait un air piteux. Evy se tortillait sur sa chaise, les yeux rouges de celle qui avait eu son compte de larmes, enlacée par son petit ami qui, comprenant que personne n'allait prendre la disposition pour faire évacuer l'enragée, daigna répondre :

— Oui, on l'a vue.

— Comment allait-elle ?

— Je comprends pas…

— Était-elle blessée ?

Le ton était monté d'un cran.

— Euh, non, non.

— Est-ce qu'elle avait peur ?

Là, Cory fouilla dans sa mémoire.

— Peur, non. Elle avait l'air fatiguée, surtout.

Sa copine abonda : fatiguée, égarée, les pieds nus et la robe en charpie.

— Quelle robe ? s'étonna Pauline.

— Ben, la robe rouge à motifs jaunes.

Pauline pivota vers les policiers.

Vinckel s'empressa d'expliquer :

— L'un des ravisseurs aurait habillé Emma. Ça n'a l'air de rien, mais on creuse.

— Creusez plus vite.

— Pauline, enfin…

Elle s'était déjà retournée vers le couple. Les surplombant, elle les aurait avalés tout cru si le brigadier Maze, prévoyant, ne l'avait réfrénée en posant sa main sur son épaule.

— Quelqu'un d'autre était avec eux ? demanda-t-elle. Un petit garçon ?

— Non, personne.

— Réfléchissez. Dix ans, en pyjama.

Cory insista : non, vraiment, personne d'autre. La fillette, le type et c'était tout. Il soupira. Ces questions, on les leur avait déjà posées, c'était pénible, à la fin. Mais quelque chose d'aussi irrationnel qu'explosif crépitait au fond des yeux de cette femme, une chose en dormance qui le dissuadait de la contrarier.

— Et vous n'avez rien fait ? glapit Pauline.

Sa voix avait dérapé, elle fulminait.

— Vous étiez avec ma fille, vous aviez une chance de la sauver, et vous… Vous n'avez rien fait !

— Désolé, madame, on savait pas…

— Allons, Pauline…

C'était Vinckel la priant de rester calme, de ne pas commettre de bêtise, mais sa voix s'était réduite à un filet lointain, étouffé. Il aurait pu tout aussi bien se trouver dans la salle mitoyenne qu'à l'autre bout de la ville. La poigne de Maze sur son épaule se raffermit, elle n'en sentit qu'un contact éthéré, quasi inexistant. La réalité lui échappait.

— Vous auriez pu… la sauver…

Sa propre voix émoussée, désincarnée.

— Pauline, tu te sens bien ?

Elle vit le jeune couple valser brusquement de côté et la pièce entière suivre le même mouvement. Juste le temps de comprendre qu'elle faisait un malaise, avant de s'écrouler.

Rattrapée par le commandant qui l'extirpa de la salle, l'entraîna dans le couloir puis dehors, à l'air frais. Dans la rue, ensuite, où il la transporta vers un banc sur lequel elle s'effondra.

— Quand as-tu mangé pour la dernière fois ?

— Je… ne me souviens plus.

Le monde continuait de tanguer, sa tête de tourner. Elle n'eut qu'une conscience filandreuse de ce qui se passait : Vinckel l'allongeant sur le banc, lui relevant les jambes en position de sécurité et posant ses pieds sur un bac en plastique renversé. Disparaissant une minute pour revenir avec un sandwich et une bouteille d'eau minérale.

— Avale ça. C'est mon déjeuner, mais tu en as plus besoin que moi.

Une demi-baguette renfermant des bouts de poulet et d'avocat qu'on appelait, considérant les ingrédients, un sandwich « garde à vue », lui apprit-il pour alléger l'instant. Elle mordit dedans et se sentit déjà mieux. Pas totalement remise, mais le décor, au moins, avait cessé de tournoyer. Assez pour se redresser et lui rendre le sandwich, qu'il refusa.

— Garde-le.

Il inspira longuement et s'assit avec elle.

— Je mettrai cet excès de zèle sur le compte du surmenage. Le couple sur qui tu viens de hurler constitue nos premiers témoins directs. Peut-être les derniers. À ta place, j'éviterais de les brusquer.

— Je suis désolée.

— Je sais.

— Je crois que… Je crois que je perds les pédales.

— Compréhensible.

— J'ai besoin de voir mes enfants, Hans, de les voir maintenant.

— On n'a jamais été aussi près du but. Les portraits du fils Khormal et celui de sa mère ont été distribués aux hommes de la brigade d'intervention. Ils sont déjà en train de ratisser la zone. (Une hésitation.) J'ai besoin que tu me promettes.

— Quoi donc ?

— Ce genre de débordement… commença-t-il en levant le pouce en direction du commissariat. Promets-moi que c'était la dernière. Je prends des risques en t'impliquant dans l'enquête. Ne me le fais pas regretter.

— Tu me demandes…

— De me laisser faire mon boulot, tout simplement.

Pauline hocha la tête, consciente d'être allée trop loin. D'avoir empiété sur une enquête officielle à laquelle sa présence aurait pu nuire. En s'incrustant à plusieurs reprises dans la manœuvre, elle en avait peut-être saboté les dernières chances de succès.

De l'autre côté de la rue, la Place Soult regorgeait de citadins insouciants. On flânait près des fontaines, on bavardait à l'ombre des érables. Les pigeons émoustillés briguaient le voisinage des bancs où des miettes fleuraient entre pavés et dalles de béton. Lors de travaux d'aménagement, on avait arraché la gare routière et implanté une aire de jeux. Y pétillaient des clameurs parmi lesquelles Pauline fit l'erreur de reconnaitre la voix de ses propres enfants. Une vague de chagrin l'envahit, qu'elle s'efforça de repousser. Les ingrédients d'une vie normale étaient granuleux, se figura-t-elle pour la première fois ; ils vous glissaient entre les doigts comme du sable.

— Est-ce que ton boulot consiste à se méfier de tout et de tout le monde ? lâcha-t-elle brutalement.

— De quoi tu parles ?

— Du traceur. Celui que j'ai retrouvé sous ma voiture. Mal fixé, d'ailleurs, car il s'est décroché dès que je me suis garée. Et moi qui croyais que tu me faisais confiance.

Elle s'interrompit. Elle voyait bien qu'à l'expression déconcertée du commandant, celui-ci n'était clairement pas dans la confidence d'une telle entreprise.

— Tu... n'étais pas au courant.

— Bien sûr que non, se défendit-il. Je ne t'ai jamais crue coupable de quoi que ce soit dans cette affaire, je te l'ai dit. Je n'aurais eu aucune raison de te placer sous surveillance, encore moins de façon si sournoise. Ce n'est pas ma méthode.

— Qui, alors ?

Vinckel réfléchit. Il était évident que quelqu'un, dans son équipe, avait agi sans son consentement. Quelqu'un qui maniait l'excès de zèle avec aisance. Un nom en particulier lui sauta à l'esprit, qu'il évita de prononcer.

— Je règlerai ce désagrément en temps voulu, soupira-t-il avant que son téléphone ne se manifeste.

Pauline avait appris à les détester, ces coups de fil annonciateurs de mauvaises nouvelles. À chaque sonnerie, les poils de ses bras se hérissaient : jamais rien de bon n'en découlait.

Vinckel s'excusa. Il entama quelques pas sur le trottoir, téléphone à l'oreille.

Il se figea au bout de deux mètres. Se retourna.

— Jean-Claude Khormal est sorti du coma.

31

Le sous-sol empuanti où ils avaient séjourné trois jours et deux nuits ressemblait à un petit coin de paradis comparé à l'étroite caisse de béton souterraine dans laquelle on les avait jetés. Tout compte fait, le matelas miteux n'était pas si mal et les chaînes, qu'un détail anecdotique. Leur ancienne cellule, au moins, bénéficiait-elle d'une confortable hauteur sous plafond et d'une exposition à la lumière naturelle. Se retrouver brusquement piégés dans l'obscurité écrasante d'un cloître ne fit pas que réduire à l'état de miettes leur dose de courage, il souffla dessus sans pitié, les dispersant aux quatre vents.

Si les enfants n'y voyaient pas plus loin que le bout de leur nez, ils s'étaient fait néanmoins une idée assez précise des dimensions de leur cachot : Milo n'avait qu'à étendre les bras de chaque côté pour effleurer les murs ; Emma à se lever pour que son crâne épouse le plafond. Résultat : moins d'un mètre de large pour un et demi de haut.

— Et à peu près un mètre de profondeur, estima le garçon en déployant ses jambes jusqu'à la porte. C'est minuscule. Même le matelas était plus grand.

Il visualisa les strates de terre empilées au-dessus de leurs têtes – plusieurs tonnes jusqu'au sommet de ce qui devait être une crête – et eut l'impression d'étouffer. Enterré vivant. La chaleur le submergea. Il quitta le haut de son pyjama, se débarrassa du pantalon en jouant les acrobates, jeta le tout en boule dans un coin et se rassit, en slip, auprès de sa sœur.

— Il va revenir. C'est sûr. Il peut pas nous laisser là, sans rien. Il va revenir.

— Non, prononça Emma d'une voix éteinte. Il reviendra pas. Personne ne viendra plus nous chercher.

Ces mots finirent d'abattre le garçon qui se replia sur lui-même. C'était la première fois que sa sœur osait formuler, sur un ton irrécusable, l'idée d'abandon définitif qu'il s'était efforcé de repousser tout le temps qu'avait duré leur captivité. La première fois aussi, qu'elle ne pleurait plus devant l'évidente fatalité de leur destin. Il comprit alors qu'ils avaient franchi le point de non-retour. Rien ne pourrait plus les sauver. Ni personne.

Le vent pénétrait dans la tanière par un trou situé dans le coin supérieur droit de la porte, produisant un sifflement ondulant. Le trou n'était pas plus gros qu'une pièce de monnaie, observa Milo. À peine de quoi alimenter le bunker en oxygène et trop petit pour leur accorder une clarté honnête. Ces derniers temps, l'obscurité avait été leur compagne d'infortune la plus fidèle. Présente à chaque instant. À tel point que la lumière s'était vue rétrograder au rang de chimère. Emma dialoguait avec Bourriquet qu'elle tenait devant elle sur ses genoux relevés. Elle le consolait, le rassurait. Elle lui disait de ne pas s'en faire, que rien ne pouvait leur arriver tant qu'elle veillait sur lui et lui sur elle.

— Au moins on est ensemble, lâcha-t-elle avec philosophie. Toi, moi et Milo. J'ai pas aimé vous laisser. J'ai eu peur, toute seule, dans la forêt.

Je sais, je suis désolé, pensa Milo, parfaitement conscient que sa sœur ne s'adressait pas à lui mais à sa peluche.

— J'ai cru que je resterais coincée dans ce trou pour toujours, se confia-t-elle ensuite d'une voix vibrante. Heureusement, ces gens sont arrivés et nous ont aidés à sortir.

Milo se racla la gorge.

— … C'était qui ?

— Je sais pas trop, répondit Emma. Des promeneurs, je crois.

— Un monsieur et une dame, pas vrai ?

— Oui. Des amoureux. Le monsieur s'appelait Cory, la dame Evy. Elle était gentille.

— Qu'est-ce qui s'est passé ?

— Ils nous ont sortis du trou. Ils nous ont emmenés dans les bois, puis sur la route. Là, on a pris leur camion. Sans eux.

C'était donc ça, se figura Milo. Le véhicule non identifié, celui avec lequel leur ravisseur les avait emmenés ici.

— Quelle route ?

Emma haussa les épaules.

— Ch'ais pas.

— Tu as vu un panneau ?

— Non.

— Une borne kilométrique, alors, peut-être ?

— J'te dis que j'ai rien vu.

— D'accord.

Milo hocha la tête en soupirant. Il maudissait la lucarne des toilettes d'avoir été si petite, l'empêchant de tenter le coup au lieu d'y envoyer sa sœur. Néanmoins, aurait-il mieux agi à sa place ? Il en doutait. Depuis le début de leur calvaire, Emma avait fait preuve de plus d'héroïsme et de persévérance qu'il n'aurait pu, lui-même, en déployer au même âge.

— Et ensuite ? demanda-t-il.

— On est revenus ici. Enfin, à la ferme. J'ai eu très peur pendant le trajet. Il a failli tomber dans le fossé plein de fois.

Milo réfléchissait.

— Ils vous ont bien vus, alors ? Cory et…

— Evy.

— Cory et Evy. Ils vous ont bien vus ?

— Oui. On a même parlé. Evy m'a demandé mon nom.

Un frisson parcourut l'échine du garçon. Parce qu'ils étaient devenus des témoins primordiaux, ces gens pourraient s'avérer d'une aide capitale dans la réussite de l'enquête. Ils avaient vu Emma et leur ravisseur. Et c'était précisément ce qui terrifiait Milo. Car s'il avait conscience que le couple de témoins avait déjà dû donner l'alerte, il y avait fort à parier que leur ravisseur en avait conscience aussi. Raison pour laquelle il s'était empressé de déménager ses otages. Ce qui signifiait deux choses :

La première, c'est que la police disposait à présent d'un territoire de recherche.

La seconde, c'est que le ravisseur, acculé, n'allait pas prendre le risque, même minime, d'orienter la cavalerie vers la cachette des enfants.

Le ravisseur lui-même devrait en oublier jusqu'à l'existence. Donc abandonner ses otages.

Milo partit à quatre pattes vers la porte et colla sa bouche contre le trou par lequel, arrachant ses derniers résidus de forces, il entreprit de délivrer des hurlements aussitôt délayés dans le vent.

*

— Pas d'esclandre, avertit Vinckel dans le couloir d'hôpital, fonçant vers la chambre de Jean-Claude Khormal. Tu as promis, hein ?

Pauline acquiesça. Elle ne se souvenait pas d'avoir promis, mais ferait de son mieux pour se contenir. Pour étouffer la fureur qui la consumait depuis la disparition de ses enfants, sans moufeter, y compris devant le géniteur de l'homme qui les avait enlevés. Le créateur du monstre.

Les chiens ne font pas des chats, songea-t-elle, s'attendant logiquement à découvrir le visage de l'infamie sous ses traits les plus purs. Désarçonnée de trouver un estropié amorphe enveloppé de bandages, perfusé, le bras gauche en écharpe et un œil rivé sur la télévision en hauteur – l'autre étant obturé par une compresse. Un jeu de culture générale était diffusé à l'écran, absorbant toute l'attention de l'alité qui mettait un point d'honneur à ne pas remarquer la présence des policiers, ni celle de Pauline en retrait.

Vinckel avait apporté l'enveloppe contenant les photos. Il ne l'ouvrit pas tout de suite, la réservait pour plus tard, tel un atout. Il s'annonça, s'excusa de l'importuner pendant sa convalescence, puis présenta son coéquipier avant d'exposer les raisons de leur présence.

— La vie de deux enfants est en jeu. Emma, Milo, ça vous dit quelque chose ?

Imperturbable, Khormal continuait de suivre son émission d'un intérêt feint. Un candidat survolté avait remporté trois manches consécutives et s'apprêtait à se mesurer au champion en titre lors d'une phase consacrée au cinéma des frères Cohen. Une finale dont l'issue demeurerait un mystère : Maze venait de débrancher la prise de la télé.

— Le nom de Delande vous rafraîchirait mieux la mémoire, peut-être ? interrogea Vinckel plus férocement. Les enfants sont introuvables et nous avons toutes les raisons de penser que votre fils les a enlevés.

Léger frémissement de paupière.

— Votre ex-femme serait également de la partie.

Cette fois, l'œil valide roula vers lui.

— Mon fils, mon ex… Vous me parlez d'inconnus. Je les ai pas vus depuis des lustres. Quoi qu'ils aient fait, ça me concerne pas. Vous seriez gentils de rallumer. Et de me foutre la paix.

Échange de regard entre les deux policiers : ça s'annonçait serré.

Vinckel contre-attaqua :

— Avez-vous une idée de l'endroit où ils pourraient vivre, aujourd'hui ?

— Je vous l'ai dit, je leur parle plus.

— Ce n'était pas ma question.

Khormal soupira et sa voix, soudain, parut se déchirer :

— Vous avez une idée du mal que cet homme a pu nous causer ?

— Vous parlez d'Éric Delande ?

— De celui qui a fauché notre petite Sarah, ouais, et détruit nos vies par la même occasion. Éric Delande... Quel nom banal pour un assassin.

Pauline encaissa sans broncher. Retranchée dans le coin le plus sombre de la pièce, elle se sentait en trop. Se faire à l'idée d'un époux meurtrier requérait un processus d'acceptation qu'elle avait à peine entamé et qu'elle n'était pas sûre d'avoir la force d'achever un jour. En vouloir à quelqu'un était une chose. S'en vouloir en était une autre. Elle pourrait pardonner à Éric le moment venu, peut-être. Peut-être... Mais qui la pardonnerait, elle ?

— Commettre impunément un tel acte, reprit Khormal... Qui a le droit de faire ça ?

— Rien n'indiquait qu'Éric était le coupable à l'époque, rappela Vinckel. Le rapport ne mentionne la présence d'aucun témoin sur le lieu de l'accident.

— Mon fils, lui, y était. Il a vu qui tenait le volant, ce jour-là. Il a tout vu.

— Il n'a rien rapporté...

— Ce n'était qu'un gamin ! Choqué, terrifié. Profondément meurtri par le drame. Il a changé, il en a perdu le goût de vivre. Il s'est renfermé sur lui-même, s'est muré dans le silence. Même à nous, ses parents, il s'est jamais confié. Mais nous savions. Nous savions qu'il avait vu.

— Vous êtes allés à la police.

— Oui. Pour rien. Le gosse n'a pas décroché un mot. Bon sang. Il était le seul à pouvoir identifier le conducteur, le seul capable de rendre justice à Sarah.

Sa voix s'était alourdie. Il battit plusieurs fois sa paupière sur l'œil désormais écarlate.

— Cette enquête, quelle farce… La police, quelle merde !

— Doucement.

— Investigations bâclées, je vous le dis. Si c'était à refaire, je ferais autrement. J'irais à grands coups de pied au cul, moi. Je ferais bouger les choses. Mais c'est trop tard, trop loin… Le drame est passé, tombé dans l'oubli, tout comme Sarah. Le coupable, lui, n'a écopé d'aucune sanction.

C'est là que Vinckel abattit son atout.

Il ouvrit l'enveloppe et exhiba les clichés.

— La voilà, la sanction. La vengeance que votre fils a mise à exécution, plus de huit ans après les faits.

Khormal reluqua les feuilles de papier sans s'y attarder. Sa pomme d'Adam rebondit.

— Alors ce sont eux, les enfants qui ont été kidnappés ?

Vinckel se contenta de retourner les photographies et demanda :

— Ces phrases ont-elles du sens pour vous ?

Elles en avaient, c'était évident. Au point de rendre un Jean-Claude Khormal temporairement muet, l'obligeant à dodeliner pour confirmer. Sa voix se réduisit à un grincement :

— C'est pour Sarah.

— Que voulez-vous dire ?

— Un hommage à sa mémoire, quoi. Ma fille avait une vision très personnelle du monde, en plus d'une imagination débordante.

— N'est-ce pas le cas de tous les enfants ?

Khormal remua sous les draps, pas certain d'adhérer. Il poursuivit avec une émotion tangible :

— *Les larmes du vent d'autan*... Oui, je me rappelle très bien. Chaque fois que le vent se levait, avec ses drôles de mugissements, Sarah pensait que c'était l'œuvre d'une bête. D'un ogre, le plus souvent, allez savoir pourquoi. Des mugissements, ouais. Si triste qu'il était, l'ogre, si triste. C'est ce qu'elle disait. Elle voulait le consoler...

Le vent d'autan ou les plaintes d'un ogre, songea Vinckel en faisant disparaître le premier cliché, conservant le second portant la phrase *Crier sous l'eau.*

— L'eau, c'était son élément, dit Khormal. C'est là qu'elle se sentait le mieux. Libre, voyez. Elle pouvait pas être plus heureuse que dans le grand bassin. Dieu qu'elle aimait ça, l'eau. Ce qui l'amusait beaucoup, c'était de plonger desscus et de crier de toutes ses forces. Voilà, c'est ça. *Crier sous l'eau.*

— Cette écriture, vous la reconnaissez ?

— Bien sûr. C'est celle de mon ex.

Vinckel remisa les photos dans l'enveloppe.

— Où sont-ils, aujourd'hui ? Où est votre famille ?

— Ce n'est plus ma famille depuis longtemps.

— Où sont-ils ?
— J'en sais rien.
— Vous mentez.
— Possible.
— Vous voulez jouer à ça ?

Khormal haussa les épaules, le sourire en bataille. Allergique aux flics, s'il pouvait s'en payer un... D'un mouvement de tête, il invita le commandant à s'approcher. D'abord hésitant, ce dernier finit par se pencher assez près pour l'entendre chuchoter. Vinckel en avait connu de belles dans sa carrière mais quand même, ça vous prenait toujours de court quand on vous glissait d'une voix onctueuse d'aller gentiment vous faire enculer, vous et tout votre cheptel de poulets. En se redressant, il sentit sa bonne vieille lombalgie se réveiller, juste là au creux des reins. Celle qui s'exprimait, épouvantable, quand il avait affaire à un réfractaire, un vrai.

Et Maze le savait bien :

— Mal au dos, mon commandant ?

Vinckel approuva à regret. Pauline n'y verrait que plus tard le nom de code visant à déverrouiller des méthodes moins orthodoxes. Elle se laissa évacuer par le commandant qui referma précautionneusement la porte derrière eux, l'entraînant dans le couloir, la poussant vers le distributeur automatique.

— Je te paie un café.

— Hans, je ne suis pas idiote.

Il grimaça. Le dos, sans doute, encore.

— Écoute-moi, Pauline. On n'a plus une seconde à perdre. Ce type, dans ce lit, a les moyens de nous mener à tes enfants, il suffit de le bousculer un peu. Un tout petit peu. Tout dépend de la dose de persuasion que Maze veut bien y mettre. Par chance je le sens d'attaque, aujourd'hui. Cinq minutes et c'est plié.

Mais le commandant se trompait. En moins de deux, le brigadier était de retour et traversait le couloir au triple galop, filant sous leurs yeux tel un taureau qui charge.

Vinckel conseilla à Pauline de rentrer chez elle, puis il s'éloigna. L'instant suivant, il entrait dans la voiture mais pas dans les détails :

— Laisse-moi deviner. C'est son œil bandé, c'est ça ? Tu as fini de l'éborgner ?

— Non, répondit Maze. L'autre. J'ai menacé de le rendre aveugle.

32

On avait reçu le feu vert du juge d'instruction et prévenu la gendarmerie de l'imminence de l'opération. Les coordonnées recrachées par Jean-Claude Khormal avaient orienté l'équipe de Vinckel et de la BRI[2] vers une alcôve étouffée de verdure qui, une fois déblayée, ouvrit la voie à un chemin de terre truffé d'ornières. Les dix-huit hommes cagoulés de la section spéciale s'y engouffrèrent, aussi rapides que silencieux, et gagnèrent la lisière de la propriété autour de laquelle ils se déployèrent. Leur commandant, un Basque infatigable nommé Abadiano avec lequel Vinckel avait partagé autant d'affaires similaires que de verres de *sagardo*, leur ordonna de tenir la position. Un drone décolla, prit de l'altitude, passa au-dessus de leurs têtes en bourdonnant et survola la cour, puis le corps de ferme, diffusant les images sur le moniteur d'un technicien de la DTPJ[3] resté en arrière-ligne et par-dessus l'épaule duquel Vinckel zieutait l'écran.

---

2. Brigade de Recherche et d'Intervention.

3. Direction Territoriale de la Police Judiciaire.

— Deux véhicules, dit-il dans le talkie-walkie. Une citadine bleu ciel, probablement celle des ravisseurs, plus la camionnette vert pomme appartenant à notre couple de témoins. Khormal n'a pas menti.

Abadiano confirma et s'empressa d'ajouter :

— *Un homme est assis dans la camionnette. Place du conducteur. Je répète : un homme dans la camionnette, place du conducteur.*

— Dans quel état ? interrogea Vinckel.

— *Indéfini.*

— Conscient ?

Abadiano laissa s'écouler plusieurs secondes, avant de retranscrire le rapport d'observation de ses trois tireurs d'élite :

— *Affirmatif. Conscient, mais immobile. Homme d'une vingtaine d'années. Colle au profil du ravisseur. Blessé, armé.*

— Un flingue ?

— *Négatif. Fusil de chasse. Juxtaposé, calibre 12. Posé sur le siège passager.*

Hormis cette menace, les tireurs d'élite ne signalèrent ni mouvement suspect ni silhouette aux fenêtres. L'espace était dégagé, le périmètre bouclé, les angles arrondis. Les conséquences amorties. Les esprits galvanisés se préparaient à donner l'assaut. C'était le calme avant la tempête.

Au signal d'Abadiano, son groupe passa à l'action. Tout s'accéléra. Vinckel lâcha son talkie-walkie, s'équipa d'une oreillette et se projeta à son tour sur le chemin de terre, arme au poing, escorté par Maze et Lopez. L'avant-goût le rassurait : il n'avait pas pu solliciter le RAID[4] dans les temps, mais n'en aurait pas besoin aujourd'hui. Aujourd'hui, tout irait à merveille, on débusquerait les ravisseurs et procèderait à l'extraction des enfants. Aucune perte humaine, le juge serait aux anges.

Plans sur la pommette, aurait sermonné Maze.

Enfin pour l'heure, ça gueulait dans l'oreillette et pas qu'un peu. Les ordres fusaient, les voix se bousculaient. Notamment celle, dominante, du commandant Abadiano :

— *Individu dans la camionnette intercepté. Je répète, individu intercepté. Neutralisé.*

Vinckel redoubla d'efforts. Le chemin jusqu'à la ferme lui parut interminable. Il n'avait plus vingt ans, ses poumons le lui rappelaient. Sur les longues distances, c'est Maze qui avait coutume de tenir le gouvernail, Lopez la proue. Cette fois ne fit pas exception. C'est elle qui l'emporta, et de loin. Elle émergea en premier de la forêt, piqua un sprint dans la cour puis, sous les yeux effarés des hommes de la BRI, fondit carrément sur le suspect déjà à terre. Lui colla son Sig Sauer sur la tempe. Et s'égosilla :

— Où sont les gosses ?!

Vinckel déboula peu après, hors d'haleine.

— Laurence, bordel, tu débloques !

Il l'agrippa au col de l'uniforme. Elle résista, agenouillée près du jeune homme, lequel la scrutait sous des paupières mi-closes, d'un regard vitreux. La vie, déjà, s'en écoulait.

---

4. Unité d'élite de la police nationale française.

— Ils sont où ! lui hurla-t-elle encore au visage. Réponds ou je t'explose !

Soulevée sous les aisselles par Maze, emmenée plus loin, ceinturée pour ne pas récidiver.

— Calme-toi, Laurence.

— Ça va, siffla-t-elle, ça va, lâche-moi.

— Pas de connerie.

— Ça va, j'ai dit.

Elle le repoussa et, sitôt libérée, se précipita vers l'entrée de la bâtisse qui avait été défoncée au bélier, percevant dans son dos l'opinion éclairée d'un membre de la BRI, peu flatteur, quelque chose à propos du caractère imprévisible des femmes et de leur tendance à céder sous la pression. Mais Lopez avait l'habitude.

À l'intérieur, elle brava les agents qui s'éparpillaient comme des fourmis survoltées et s'orienta vers l'escalier coulant à pic. Elle le descendit, précédée de son arme. Au sous-sol, elle découvrit le coin de détention, le matelas, les chaînes. Des restes d'emballages alimentaires, une bouteille en plastique vide et un plaid étalé. La courbure d'une ligne tracée par terre d'un mur à l'autre. Elle s'imaginait, sans mal, le cauchemar vécu par les enfants.

Le souvenir de son propre passé ressurgit. Boule au ventre. La précarité, l'abandon d'une mère, la violence inouïe d'un père. Battue comme plâtre pour tout et pour rien, envoyée dans sa chambre sur le même matelas merdique. Les services sociaux, les foyers, elle en avait connu, des nids de guêpes, l'envie d'en découdre et, contre toute attente, de s'en sortir. Malmenée, cabossée. Lopez la survivante s'était juré de consacrer sa vie aux autres. De s'engager pour couver les étincelles du bon qui perdurait encore en ce monde si sombre. De protéger, coûte que coûte, les enfants des horreurs qu'elle-même avait subies. Dresser des barrages là où les torrents emportaient les plus démunis.

Elle remonta en vitesse. En haut, le couloir était bondé, la moitié des effectifs entassée. Au fond, une dernière porte vola sous l'impact du bélier, révélant une pièce sombre. Une chambre.

— Police ! Ne bougez plus !

Deux silhouettes étaient blotties sur le lit. Celles d'une femme et d'une petite fille.

Les hommes traînèrent la femme dehors malgré ses protestations, ses coups de griffes et de crocs. Elle essaya de leur échapper, de retourner à l'intérieur, mais fut forcée de s'agenouiller à côté de son fils, puis menottée. Ses cris étaient ceux d'un démon que l'on jette négligemment à la lumière crue.

Vinckel s'accroupit près du jeune homme.

— Reste avec moi, petit. Tiens le coup. Ne t'endors pas, pas maintenant. Je viens d'appeler les secours, ils seront là très vite. En attendant, tu peux faire quelque chose pour moi. Pour ta conscience, aussi, si ça te chante. Tu peux me dire où tu les as planqués.

L'homme écarta les lèvres et les remua doucement :

— Vous… les trouverez… jamais.

Un râle guttural, il ferma les yeux. Les rouvrit. Un voile sombre lui ternissait le regard.

— Pour Sarah…

— D'accord, dit Vinckel en lui maintenant la nuque relevée. D'accord. Mais laisser mourir deux innocents ne la fera pas revenir. Tu crois que c'est ce qu'elle aurait voulu ?

Il ne répondit rien. Par manque d'arguments ou parce qu'il n'en avait plus la force.

— Éric Delande… n'était pas seul, finit-il par articuler.

— Quoi ?

— La voiture qui… qui a tué Sarah…

— Quelqu'un était avec lui ?

Il hocha la tête.

— Qui ? Dis-moi. Qui.

— Une… femme.

Vinckel se crispa, ses pensées convergeant irrémédiablement vers Pauline.

— Sa femme ?

— Non… (Il toussa.) Pas elle. L'autre.

Et ce qu'il ajouta ensuite, juste avant de s'éteindre, hanterait le commandant le restant de ses jours :

— La bourgeoise mal liftée.

Ses yeux glissèrent vers le ciel pour s'y accrocher à jamais. Vinckel jura sentir son corps entre ses mains s'alléger brusquement, mais c'est un phénomène dont il se garderait de faire mention auprès de ses collègues ou de sa femme, et dont lui-même finirait par douter. Il reposa la tête du ravisseur par terre, puis pressa son oreillette :

— Suspect décédé. Autre chose à l'intérieur ?

— *Négatif,* répondit Abadiano. *Enfin, à part un mannequin.*

Vinckel se releva, pas certain d'avoir bien compris son homologue de la BRI.

— Répète.

— *La petite fille qui était dans la chambre avec la femme… C'est qu'un foutu mannequin en plastique.*

33

1er août 2015

Ce garçon vient de dilapider les résidus de son argent de poche en s'offrant deux gobelets de Coca qu'il étreint avec vigilance. Dans la foule compacte des habitants venus célébrer la fête de Saint-Stapin, ce garçon ne tient pas à renverser ses dernières liquidités, ni sur quelqu'un ni sur ses pompes. Une bousculade n'est pas rare, un coup de coude est à prévoir.

Il s'éloigne de la buvette, fait un détour par les machines à sous, lorgne les lots (les plus petits sont minables, les plus gros inaccessibles) et poursuit en direction des autos tamponneuses. Il évite une bande de gamins turbulents et prend le long du collège Madeleine Cros, ses gobelets bien serrés contre lui. Des guirlandes lumineuses festonnent les rues, des odeurs de barbe à papa se mêlent à celles des fumigènes diffusés par les manèges. En fond sonore, le répertoire de la variété française est revisité par le groupe qui se produit sur la scène.

Ce garçon se presse sur la route bordée de coins sombres où la jeunesse partage baisers et cigarettes. Un grand l'alpague, lui lance un commentaire qui fait marrer le reste de sa bande.

Ce garçon accélère, poursuivi par un bruit de verre brisé, de pétards, d'éclats de voix, de rire. Il s'arrête aux abords de l'école primaire, près du portail d'enceinte où sa petite sœur l'attend.

Où sa petite sœur était *censée* l'attendre.

L'anxiété lui crochète l'estomac. Non mais c'est pas vrai ! Le temps d'un aller-retour et elle a trouvé le moyen de se volatiliser !

Ce garçon commence à cogiter. Il a la responsabilité de veiller sur elle, ce soir. Il l'a promis à ses parents. Embarrassé d'être vu en compagnie d'une pisseuse, il regrette désormais de l'avoir laissée sans surveillance.

Et ne passera plus une minute sans le regretter.

Dans huit ans et des poussières, ce garçon commettra le crime qui finira par lui coûter la vie. Mais ce jour est encore loin.

Ce garçon s'appelle Adrien. Il a les cheveux gras, les signes avant-coureurs de l'acné et un duvet au-dessus de la lèvre supérieure qu'il s'échine à faire passer pour une moustache. Petit pour son âge, plus menu que ses camarades, il a douze ans, on ne lui en donne pas dix.

Adrien piétine depuis plusieurs minutes. Il fait la toupie, regarde autour de lui avec une boule d'appréhension qui gonfle dans sa gorge. Et puis il tente de se raisonner : Sarah n'a pas pu aller bien loin, peut-être qu'en l'appelant… Mais, timide, il n'ose pas.

Finalement, il se décide. Il s'engouffre dans la

rue la Boal. Son ombre s'étire et se tasse au gré des lampadaires. Il échafaude déjà l'argumentaire qu'il servira à ses parents. Comme quoi ce n'est pas sa faute mais la sienne, elle a désobéi, elle s'est éloignée sans le prévenir. Elle aura suivi un chat, elle ne peut pas s'en empêcher, c'est plus fort qu'elle, les matous l'attendrissent au point de la rendre imprudente.

Adrien a raison sans le savoir : sa sœur s'est lancée aux trousses d'un chaton aux yeux vairons qui l'a menée tout droit dans la rue de Rome. Cette rue où il finit par l'apercevoir.

Là-bas.

Étendue par terre dans sa robe rouge à fleurs de tournesol.

Un moment pour réaliser, se rendre compte. Adrien a entendu des crissements de pneus suivis d'un son mat, mais n'en comprend l'origine que maintenant. Alors les gobelets lui échappent et s'écrasent par terre.

Adrien se met à courir. Les yeux lui piquent, il est terrifié. Un homme est penché sur Sarah, il le reconnaît, c'est monsieur Delande. Éric Delande, qui était l'entraîneur de son club de foot la saison dernière. En revanche, rien ne l'aiguille sur l'identité de la femme au visage trop lisse qui se contente d'attendre dans la voiture.

Adrien pense qu'Éric lui portera secours. C'est ce que ferait n'importe quel adulte. Il a tort. Éric n'en fera rien. Il titubera jusqu'à lui, posera ses deux mains sur ses épaules comme pour l'enfoncer dans le bitume et plantera ses yeux huileux dans les siens en formulant une promesse : celle de revenir pour lui et ses parents s'il parle de tout cela à quiconque.

Adrien ne parlera pas.

Adrien passera les années suivantes à se taire, rongé par la peur et la culpabilité. Ne trouvera dans la vie qu'un intérêt dérisoire, se livrera aux extrémités les plus viles pour se sentir exister. L'alcool, la drogue, la violence. Il grandira avec la haine chevillée au corps, vivotera de foyer en foyer et finira par échouer avec sa mère dans une ferme à l'abandon. Là, il ne cessera de penser à cette soirée et à la façon de venger sa sœur.

Il n'oubliera jamais Éric, ni son haleine chargée d'émanations alcoolisées.

Il se souviendra, mot pour mot, de sa pathétique tentative de repentir lorsque d'une voix râpeuse accompagnée d'un haussement d'épaules, il lui dit :

— C'est des choses qui arrivent.

34

Vinckel avait pris deux minutes pour recadrer Lopez. Lui rappeler les bonnes manières, la façon de se tenir en société. Non, on ne laissait pas la colère nous dicter nos actes et non, on ne se jetait pas comme une hyène sur un suspect déjà maîtrisé en menaçant de lui faire sauter la cervelle. Naturellement, une proposition de mise à pied provisoire à son encontre serait formulée auprès du directeur. En agissant à l'emporte-pièce, elle s'était attiré le discrédit des hommes de la BRI, Vinckel en était certain. Autant dire qu'Abadiano se ferait une joie de remonter l'anecdote sur la table à chacune de leur entrevue.

Lopez n'avait émis aucune objection. Elle était repartie de son côté, la queue entre les jambes, pendant que le commandant et le brigadier dévalaient les lacets montagneux à bord de leur véhicule. Vinckel avait tenu à reprendre le volant. Ça lui donnait encore le sentiment de contrôler ce qui pouvait l'être, quand la situation lui échappait.

Maze avait reculé son siège et avancé son carnet.

— Reprenons.

— Pour ce qu'il y a à reprendre…

— Succès en demi-teinte, je te l'accorde, mais je préfère voir le verre à moitié plein.

Vinckel lui coula un regard sidéré.

— Ben merde alors.

— Quoi ?

— C'est l'expression consacrée.

— Vraiment ?

— Tu m'épates, parfois.

Maze tapota sa moustache du bout de son stylo, pas peu fier.

— Aucun signe des enfants, rappela-t-il, mais les ravisseurs sont hors d'état de nuire.

— Formule élégante pour dire que l'un est mort et l'autre folle.

— Folle, ça reste à prouver.

— Tu l'as vue, toi aussi. Elle a perdu le sens des réalités. Elle croit que Sarah est vivante. Nous n'en tirerons rien.

— Elle peut très bien simuler.

— Pas au point de passer des années à bichonner un tronçon de plastique comme si c'était sa fille.

— Un mannequin, rectifia Maze. Coiffé d'une perruque.

— Exactement. Tu appelles ça comment, toi ?

Là, Maze ne put le contredire. Il avait vu, lui aussi, les affaires d'enfant éparpillées aux quatre coins de la demeure, les jouets, les dessins épinglés aux murs. Les portraits de Sarah, encadrés et mis sous verre. Cette femme avait entretenu l'esprit de sa fille par le biais d'objets concrets. Elle en était venue à annihiler la vérité selon laquelle Sarah ne faisait plus partie de ce monde.

Au rond-point, Vinckel prit la première sortie sur la départementale 621 par laquelle ils traverseraient bientôt Labruguière, effleureraient Caucalières et atteindraient leur destination : Mazamet.

— Tu es sûr de toi ? demanda-t-il.

Maze ne s'abaissa pas à répondre. Les derniers mots du ravisseur étaient éloquents : *La bourgeoise mal liftée*. Un brin vulgaire, certes, mais franchement, venant d'un type qui n'avait plus aucune raison de mentir, c'était idéalement accablant. Dans l'esprit du brigadier, il n'y avait qu'une femme, assez proche d'Éric, correspondant à cette description.

Il désigna un embranchement ; Vinckel suivit la direction. Ils roulèrent sur un bon kilomètre avant de bifurquer sur un chemin bordé d'hortensias qui remontait en tournant vers une propriété huppée perchée comme un nid. Un nid cerclé d'un bardage métallique noir et percé de fenêtres comme des vitraux de cathédrale où se reflétait la transhumance des nuages.

Un portail sécurisé leur barrait la route. Vinckel réveilla l'interphone.

— *Oui ?* grésilla la voix de Marjolaine Dutriel.

— Police. Nous avons des questions.

Elle soupira de façon intentionnelle.

— *C'est que j'allais partir.*

— Nous pouvons faire cela ici, maintenant, ou revenir avec une injonction. Vous préférez quoi ?

Le portail s'ouvrit dans la foulée, avalant la voiture de police dans le giron de la propriété. La villa, démesurée, n'était qu'un enchevêtrement de blocs défiant les lois de la gravité. Des colonnes romaines en soutenaient la charge, du granit gris-bleu extrait des carrières du Sidobre. Un régiment de cyprès longeait le mur d'enceinte et le couloir de nage extérieur. La pelouse tirée au cordeau ajoutait encore à cette volonté d'en mettre plein les yeux.

— Elle ne se mouche pas avec le dos de la cuillère, fit remarquer Maze.

Vinckel se gara à côté d'un cabriolet électrique assorti à la couleur des colonnes. Il coupa le contact, blasé.

— C'était couru d'avance. L'amante remonte toujours en tête des suspects, on aurait dû le prévoir.

— Pas faux. Il n'y a jamais de fumée sans casser des œufs.

*

Une valise Samsonite à roulettes languissait à l'entrée, une veste jacquard rejetée dessus. Marjolaine était clairement sur le départ. Avec son sac en bandoulière et la clé de son cabriolet à la main, elle fit barrage, refusant de les laisser aller plus loin que le hall. Ils n'étaient pas les bienvenus. Elle ne leur offrit ni café ni petits gâteaux mais consentit à un effort olympien en leur accordant audience. Elle écouterait poliment, à la rigueur, leurs deux premières questions, manifesterait son agacement à la troisième et perdrait patience à la quatrième. À la cinquième, elle les foutrait dehors.

Son regard passa d'un policier à l'autre et resta fixé sur le brigadier.

— Je vous connais, vous. C'est vous qui m'avez interrogée. Je vous ai dit tout ce que je savais.

— Vous êtes pressée ? questionna Vinckel.

— J'ai un avion à prendre.

— Peut-on connaitre la destination ?

Marjolaine tourna la tête pour s'adresser à sa valise :

— Arcachon. Un séminaire. Je vous épargne les détails.

— Non, non, n'épargnez rien.

Marjolaine rajusta les pans de sa robe portefeuille en satin et tâcha de se composer un air détaché.

— Nous réunissons les gérants des boutiques. C'est l'occasion de mieux se connaître. Nous dressons le bilan de l'année et établissons les objectifs de la suivante, c'est... voyez-vous, parfaitement ennuyeux.

— Et vous, dans tout ça ?

— Je chapeaute l'organisation, je provoque les interactions. Cela m'épuise, rien que d'y penser.

Elle consulta sa montre. Le sourire qu'elle leur adressa ensuite, amer, incitait à forcer la cadence.

Vinckel ne se fit pas prier :

— Nous avons retrouvé les ravisseurs.

— Toutes mes félicitations, commissaire.

— Commandant.

— Oui, pardon. Et les enfants ?

— Nous poursuivons les recherches.

— Vous pensiez donc les trouver chez moi ?

— Pas du tout.

— Ah, vous me rassurez.

Vinckel ne put réprimer une grimace. Sa lombalgie le titillait, capricieuse. Rester debout n'arrangeait rien, même en se balançant sur ses pieds. Et comprenant que leur hôte ne les inviterait pas à s'asseoir, il s'accorda un moment pour inventorier le mobilier, admirer la déco chargée d'horizons. Des masques japonais jouxtaient des aquarelles d'Afrique tandis qu'une statuette péruvienne trônait sur un chemin de table asiatique. D'innombrables tapis marocains habillaient le jonc de mer. Derrière un paravent en rotin se cachait un vélo elliptique. Et puis, partout : des miroirs.

Il s'avança, ignorant la foudre dans le regard de Marjolaine, et empoigna la statuette péruvienne, sorte de prêtre inca en terre cuite. Il la soupesa un moment.

— Où étiez-vous, le soir où Éric Delande a tué Sarah Khormal ?

— Ici même, chez moi. Je l'ai dit à votre collègue. Je vous l'ai dit, n'est-ce pas, monsieur l'agent ? (Maze resta neutre.) Je vous l'ai dit, je vous ai tout dit. Maintenant, si vous voulez bien m'excuser…

Elle arracha l'artefact des mains du commandant et le reposa à sa place. Vinckel battit en retraite.

— Nous pensons que vous étiez avec lui.

Marjolaine se figea, bravant les officiers. Une ride lui creusait le front, ce qui constituait une anomalie que Maze s'empresserait de consigner dans son carnet. La voix de la femme, fluette, s'était dépouillée du peu de cordialité qu'il lui restait :

— Comment osez-vous ?

— Vous étiez dans la voiture avec Éric au moment du drame, il y a huit ans.

— C'est faux !

— Vous y étiez. Vous n'avez rien signalé, sans doute pour le couvrir et vous éviter des ennuis. On peut aisément imaginer les éclaboussures qu'un tel scandale aurait causées sur votre empire de la mode. Une telle publicité, c'est mauvais pour les affaires.

— Ridicule.

Vinckel s'avança.

— Vous étiez aux premières loges. Vous aviez une chance de sauver Sarah. Vous n'avez rien fait. Vous êtes complice.

Marjolaine se cambra. Rouge.

— Mesurez vos propos, commandant.

— Sinon quoi ?

— Je porterai plainte pour accusations calomnieuses. Vous ne pouvez rien prouver.

— Pas encore, admit Vinckel. Mais votre amant, lui, aura sans doute beaucoup de choses à nous apprendre. Je ne donne pas cher de votre peau quand il voudra sauver la sienne.

Marjolaine, soudain, retrouva son flegme. Elle releva le menton et bomba la poitrine.

— J'en déduis que vous avez perdu la trace d'Éric.

— J'en déduis que ça vous arrange.

— Ce qui m'arrangerait, messieurs, c'est que vous laissiez en paix les innocents. (Elle s'empara de sa valise et fit sautiller la clé de sa voiture dans sa main.) Je dois partir. Au plaisir.

Les deux policiers se déportèrent lentement vers le palier. Vinckel allait lui exhorter de rester dans les parages quand elle leur claqua la porte au nez.

— Quelle peau de vache, siffla-t-il en descendant la volée de marches, se pétrissant les lombaires. Elle va me coûter cher en kiné.

Son mobile sonna.

— Parfois, je dois me retenir de le fracasser par terre, ce téléphone.

Il décrocha et développa une stupéfaction authentique à mesure qu'il écoutait. Se passa plusieurs fois la langue sur les lèvres, avant de raccrocher.

— Rectification. On a retrouvé Éric Delande.

35

Son corps était celui d'un pantin disloqué.

L'airbag avait été désactivé, la ceinture de sécurité non bouclée. Il avait traversé le pare-brise, mais pas entièrement. Ses jambes étaient encastrées dans la colonne de direction, son buste s'étalait sur le capot. Un bras rejeté en avant, l'autre retenu derrière dans une position de crawl insensée. Les pompiers s'affairaient pour l'extraire du Dokker qui, écrasé dans les rochers saillants, ressemblait à une boule de papier mâché qu'on aurait balancée aux ordures. La tôle était froissée, le châssis plié, les roues crevées. Toutes les vitres avaient explosé, résultat des cabrioles exécutées contre le flanc de la falaise, de l'impact à l'atterrissage et des multiples tonneaux qui avaient suivi.

Levant doucement les yeux vers la route quarante mètres en aplomb, Vinckel se refit le film, mais en rembobinant : le Dokker se décolle des arbres et décrit des tonneaux inversés sur son axe latéral, remonte en rebondissant la paroi rocheuse jusqu'au sommet, là-haut, où il se hisse par-dessus le rebord.

— Des marques de freinage ?

— Négatif, répondit Maze. Le point de chute suggère qu'il n'a pris aucun élan. Il a dû réfléchir un moment, avant de se balancer. Il aura emporté ses remords avec lui.

— Et tous ses petits secrets, ajouta Vinckel.

Le brigadier hocha la tête, songeur.

— Si je puis me permettre, commandant : il aura fini sa vie comme il l'a vécue. En plongeant.

— Spirituel, ça, Maze, spirituel.

— Merci, commandant.

Un membre de l'équipe médicale détaché de son groupe se fraya un chemin dans les fougères et gravit le promontoire rocheux où les deux policiers se tenaient, leur remettant un bout de papier.

— C'était sur lui.

Vinckel le remercia. Muni de gants, il dut s'y reprendre à trois fois pour déplier la feuille, lire l'inscription qui s'y trouvait et l'orienter vers son coéquipier sans émettre de commentaire. Puis l'insérer dans un sachet de pièces à conviction.

— Et pour Pauline… commença Maze.

— Je m'en occupe.

*

Les médias tenaient le siège depuis l'aube sur le parking de l'hôpital. Les chaînes de télévision s'agglutinaient, d'autres affluaient encore. À l'arrivée de Vinckel, les journalistes s'ébranlèrent et fondirent pour l'encercler, l'interviewer. *Des mouches sur un morceau de sucre*, songea-t-il en forçant le passage, jouant des coudes. Ignorant l'avalanche de questions, il repoussa les caméras, évita les perches tendues, montra sa carte aux deux agents postés à l'entrée et s'infiltra dans l'hôpital.

Il retrouva Pauline avachie sur l'un des tabourets du coin détente. Elle se redressa, s'attendant probablement à tout sauf à ce qui allait suivre. Dans la lumière impardonnable des baies vitrées, il lui trouva les traits marqués. Le contrecoup des derniers jours lui avait façonné un nouveau visage, un masque pâle et ciselé que même le temps ne saurait lui enlever.

— Reste assise, s'il te plaît.

Elle le dévisageait, nerveuse. C'est la voix chargée de rocaille qu'il lui apprit la découverte du Dokker pulvérisé. Et du corps d'Éric. Elle vacilla ; il lui prêta le coude.

— Navré, Pauline.

Elle ouvrit la bouche pour chercher de l'air, nageant dans un délire dont l'horreur allait crescendo, emportée par une lame de fond contre laquelle se débattre était peine perdue. Surprise par la violence de son propre chagrin pour un homme dont elle avait fini par souhaiter la mort. Et si son vœu s'était exaucé, elle n'en retirait aucune sorte de satisfaction. Car même dans l'au-delà, Éric restait le père de ses enfants. Ses jambes se dérobèrent. Soutenue par le commandant, elle alla s'effondrer sur la banquette en skaï qui jouxtait le distributeur de boissons.

— Tu es en état de choc, dit-il. C'est normal. Respire avec le ventre. Prends ton temps. Ne bouge pas. Je n'ai pas de monnaie, mais je vais voir si je peux te trouver un verre d'eau.

Elle le retint.

— … Est-ce qu'il s'est suicidé ?

— Manifestement.

— Pourquoi ?

— Porter seul le poids d'un meurtre toutes ces années, ça boufferait n'importe qui. En ouvrant cette enquête, on a aussi rouvert une plaie. L'affaire a dû raviver sa culpabilité. Il ne l'a pas supporté.

Pauline secoua la tête.

— Non… Ce n'est pas lui.

— Son identité a été confirmée. C'est bien lui.

— Non, je veux dire… Un tel geste, ça ne lui ressemble pas. Est-ce que… tu en es sûr ? Tu es sûr qu'il s'est donné la mort ?

Vinckel fourra la main dans la poche de son uniforme. Il en retira le sachet scellé qui renfermait le bout de papier et l'approcha des yeux de Pauline.

— C'était sur lui quand on l'a trouvé.

Elle se pencha pour déchiffrer le message :

— *Je suis désolé.*

— Tu reconnais son écriture ?

— Oui. Mon Dieu, oui.

— C'est un aveu, dit le commandant en rempochant le sac. Il demande pardon à la face du monde. Ou à toi. Ou à la famille de Sarah… On ne le saura jamais.

Pauline s'adossa doucement à la banquette.

— Où est-il, maintenant ?

— Son corps repose à l'institut médico-légal. Le médecin légiste pratique les derniers examens.

— Est-ce que je peux le voir ?

— Je te le déconseille. Il est… Plus tard, d'accord ? Plus tard. Je t'y emmènerai moi-même, je te le promets.

Elle acquiesça et son regard, las, se perdit par la baie vitrée.

— Ils sont toujours là ?

— Les journalistes ? Bien sûr. Ils ne sont pas près de décamper. Mais je vais t'extraire de là. Je vais te ramener chez toi.

— Que veulent-ils ?

Vinckel eut une moue résignée.

— Des déclarations. Un mot de toi. Un os à ronger, n'importe quoi. De quoi torcher un papier, pourvu qu'il fasse la une du lendemain.

— Je vais leur parler.

— Quoi ? Non.

— Pourquoi pas ?

— Ils ne feront qu'une bouchée de toi. Et puis, à ce stade, seul le procureur est autorisé à tenir une conférence de presse… Pour leur dire quoi, de toute façon ?

Pauline lui décocha un regard vil.

— Leur dire que les recherches progressent vite et bien. Leur dire que le groupe du commandant Hans Vinckel n'abandonnera jamais. Qu'il décortiquera la moindre piste. Qu'il fera tout ce qui est en son pouvoir pour retrouver mes enfants avant qu'ils ne… Qu'ils ne soient…

Elle s'interrompit. Une larme dévala le galbe de sa joue.

— Qu'est-ce que tu en penses, Hans ? C'est ce que je devrais leur dire, à tous ces journalistes, dehors ?

Vinckel se garda de toute réponse. Il respectait trop Pauline pour lui faire l'affront d'un mensonge. Rien n'aurait pu sauver les meubles, désormais, il le savait. Car les meubles avaient déjà brûlé, partis en fumée. De cette affaire ne resteraient que des ruines et il ne pourrait reprocher cet échec à personne, ne s'en prendre qu'à lui-même. Par la baie vitrée, il contempla ce renflement gigantesque à l'horizon, cette montagne dont il avait exploré les recoins étant gamin et qui, aujourd'hui, lui donnait du fil à retordre. On avait ratissé la zone sans trouver l'ombre d'un indice. Le déploiement des chiens s'était révélé infructueux. Dans l'hypothèse où les ravisseurs s'étaient débarrassés des corps, on avait même retourné la terre autour de la ferme.

Sans résultat. Les enfants étaient introuvables.

Le père Khormal n'avait plus rien à déballer. Quant à son ex-femme, déclarée cliniquement inapte à tout interrogatoire, elle était acheminée vers une institution psychiatrique pour ingurgiter des tranquillisants le restant de ses jours.

Vinckel se frotta les yeux, harassé. La bouche pâteuse et un goût de déjà-vu. Les affaires d'enlèvement avaient miné sa carrière d'enquêteur comme des chausse-trappes sur un *no man's land* : retorses, imprévisibles, disposées là où personne n'osait s'aventurer. À peine plus de la moitié des cas s'était soldée par un succès… L'histoire se répétait. Les pistes se résorbaient, les chances se consumaient. L'odeur de la défaite, déjà, flottait dans l'air, songea Vinckel. Elle s'incrusterait bientôt dans toute chose, y compris dans sa peau. Elle persisterait et finirait par s'estomper, mais pas complètement. Jamais complètement. Les résidus viciés demeuraient.

C'était terminé.

Son téléphone l'arracha au miasme de ses pensées. Il inspira, expira, très amplement.

— Commandant Vinckel.

36

La major Laurence Lopez écopa d'un avertissement assorti de l'interdiction de participer, de près ou de loin, à l'affaire *Delande*. Le directeur l'avait à l'œil et entendait bien asseoir son autorité. Garder le contrôle total de ses unités, tenir la bride aux électrons dans son genre. De tels débordements étaient inacceptables, voire indignes de la maison. Un autre dérapage et ce serait la porte. Pour qui allait-on passer, si ça se savait ? À cette question rhétorique, Lopez avait répondu *des gens passionnés*, termes que le directeur avait trouvé plus sage de remplacer : *Des guignols, oui !* Et d'écraser le poing sur son bureau comme le marteau de la justice, sommant la major de foutre le camp. *Rentrez donc chez vous, Lopez.*

Chez elle, c'était un appartement castrais situé au premier niveau d'un complexe de logements modestes surplombant l'Agout. Il y régnait un tel foutoir qu'elle ne prenait plus la peine de ranger. Des monceaux de vêtements jonchaient le sol. La vaisselle s'amoncelait dans l'évier et sur le plan de travail. L'accès aux plaques de cuisson étant depuis longtemps compromis, Lopez se rabattait quotidiennement sur les plats à emporter du resto vietnamien du quartier, dont les boîtes en carton vides formaient désormais une muraille autour de son bac de tri.

Elle se déchaussa, se malaxa la plante des pieds et enferma son arme à double tour. Un passage aux toilettes (transformés en dépôt de breloques chinées dans les vide-greniers), puis elle fendit un rideau de perles pour accéder à la salle d'eau, l'unique pièce qu'elle avait pu épargner de son bordel pathologique.

Lopez se déshabilla, envoya ses affaires dans le panier à linge sale et passa sous le jet sans même attendre que la température augmente. Elle ôta la pince de sa queue-de-cheval et laissa ondoyer ses cheveux bruns sur son dos jusqu'aux reins, appréciant l'aptitude de l'eau glacée à l'électriser. Elle devrait faire un brin de ménage, tôt ou tard, lancer une machine à l'occasion et puis sortir, tiens, aller en ville et rencontrer du monde, nouer le contact avec un homme, parce que… « Pff… » À quand remontait sa dernière relation ? Une éternité, une autre vie.

En même temps, il fallait le trouver, le gus assez maso pour daigner ne serait-ce que prendre un verre avec elle, hystérique en puissance. Lopez se savait plutôt mignonne et empreinte d'un style *garçon manqué* qui n'était pas pour déplaire à la gent masculine. Mais passé le cap des présentations, c'était toujours la même rengaine. Elle s'ennuyait vite. Son tempérament remontait comme du magma volcanique et, immanquablement, brûlait les fesses du candidat qui prenait la fuite. Et si le type, plus rare, était assez téméraire et blindé jusqu'au derche pour se laisser entraîner vers son antre, il reculait devant l'étendue du chaos et partait en courant. Sans jamais revenir.

L'idée d'un petit copain ? Broyée sitôt envisagée.

De toute façon, son métier l'accaparait. Plus qu'une passion, une dévotion. Quand elle n'était pas assignée à une enquête, elle planchait sur une autre. Et si ce n'était pas physiquement, c'était mentalement. Elle y pensait sans relâche, tout le temps, s'évertuant à démêler les nœuds qui jalonnaient les plus gros dossiers. Et justement, en matière de nœuds, l'affaire *Delande* en présentait plus qu'un étalage de potences. À vous serrer les jugulaires.

La température de l'eau grimpa jusqu'à l'ébouillanter. Elle résista, resta sous le jet tant que la vapeur n'eut pas transformé la salle de bains en étuve. Alors seulement, elle coupa le mitigeur, attrapa une serviette dans laquelle elle enveloppa son corps rougi et s'avança dans un nuage vers le lavabo.

Elle essuya la buée sur la glace et observa son reflet, qu'elle réapprenait lentement à aimer, bien qu'elle n'en raffole pas. Trop chétif, trop… quelconque. Loin de correspondre à la bête inassouvie qui sommeillait en elle. *Moche à gerber*, aurait dit son père. *Avait* dit son père, s'efforçant de la rabaisser à la moindre occasion. Elle prit sa brosse à cheveux et entreprit de se coiffer, repensant à ce qui s'était passé le matin même. Cet instant où elle avait été si près du but. À deux doigts d'obtenir l'emplacement des enfants. Elle les tenait presque… Si seulement on l'avait laissée faire. Mais non. On l'avait empêchée d'agir et le ravisseur avait claqué dans les mains du commandant. Résultat : on était dans une impasse.

Lopez se revoyait sur ce gars, par terre, aboyer la même question, encore et encore : *Où sont-ils ? Où les as-tu planqués ? Où ?* Elle revoyait son expression de résignation, typique de ceux qui abandonnent la lutte. Elle le savait sur le point de cracher le morceau, de tout lui livrer.

Putain.

C'est terminé.

La brosse en bois de hêtre sillonnait ses cheveux de haut en bas.

Les enfants sont perdus.

Elle raclait son cuir chevelu, les gestes secs, nerveux, passant sur les nœuds et la douleur. Elle se figea. Et balança la brosse dans le miroir. Automatique, comme un élastique qui casse. Le bruit avait dû alerter les voisins. Qu'importe. Ils n'avaient qu'à appeler les flics. Elle se pencha sur le lavabo, les mains agrippées aux rebords en faïence et se mit à détailler, dans le réseau de fissures, les fragments accidentés de son visage.

On les a abandonnés.

*

Pauline ralluma son portable par curiosité. Plus d'une soixantaine d'appels garnissaient son historique, la plupart assortis d'un message vocal. Autant d'opportunistes cupides, de fausses pistes, de détraqués ou simples crétins désœuvrés aux intentions mal définies. Elle n'osait imaginer l'anarchie régnant sur la page Facebook dédiée à l'affaire ni son lot de commentaires éclairés. Il lui semblait que le monde entier l'observait, épiant ses moindres gestes, jugeant toutes ses prochaines décisions. Sa vie placée sous le réticule d'un microscope, disséquée. Une attention dont elle se serait volontiers passée. Elle ne manquerait pas de remercier sa mère.

Elle prit conscience d'être seule dans la salle de pause de l'hôpital. Hans s'était volatilisé dans le couloir et entretenait une énième conversation téléphonique. De ce qu'elle entendait, le ton était à l'orage, électrique. Quelque chose de neuf venait de frapper, semblait-il, avec la violence de la foudre, mais Pauline n'était pas sûre d'avoir encore les nerfs pour supporter une nouvelle décharge. Elle en était à redouter le pire, quand le commandant revint la voir :

— Prête à partir ?

— Tout de suite ?

— Le plus tôt sera le mieux.

— Qu'est-ce qui se passe ?

Il l'escorta vers une porte de service donnant sur une cour où les membres du personnel s'en grillaient une. Il l'entraîna ensuite le long de la façade, jusqu'à l'angle de l'établissement où il la pria de crocheter ses doigts à sa ceinture. Lui demanda une seconde fois si elle était prête. Elle l'était encore moins qu'à la première. Il s'élança sur le parking, la tête rentrée dans les épaules. Elle lui emboîta le pas, le regard rivé sur la voiture de police garée près du portail d'enceinte.

Ils trottinaient, mais se mirent à courir lorsqu'on les repéra :

— Madame Delande ! Attendez !

La vague de journalistes déferla en quelques secondes pour les assaillir, les encercler.

— Une déclaration !

— Pauline, par ici !

— S'il vous plaît !

— Votre état d'esprit ?

— Comment étaient vos relations avec votre mari ? Saviez-vous qui il était vraiment ?

— Étiez-vous au courant du meurtre de Sarah ?

Vinckel jouait des coudes.

— Allons… S'il vous plaît… Laissez-nous passer…

Pauline courbait l'échine, bravant la tempête. Être soudain la cible de toutes les attentions attisait non seulement la réalité du cauchemar, mais en élargissait les dimensions. Son drame familial avait pris les proportions d'une affaire judiciaire et rayonnait désormais au territoire national. La presse à sensation en ferait le jus de sa chronique estivale et rien ne pourrait plus arrêter la machine. Objet malgré elle d'un intérêt collectif, Pauline se sentait déjà bafouée, piétinée.

Vinckel l'entraîna vers sa voiture, ouvrit la portière, la poussa sur le siège passager et se glissa au volant. Le brouhaha s'estompa, se réduisant à des feulements frénétiques, des bris de voix. Les caméras, les appareils photo, les smartphones se disputaient l'accès aux vitres.

— Sortons de cet enfer, déclara Vinckel, navigant à vue dans la marée humaine. C'est dingue… J'ai rarement vu une telle émulation.

Le véhicule dériva doucement vers la sortie où un comité les attendait. Pauline en fut estomaquée. Une douzaine de personnes attroupées, hommes, femmes, enfants, formaient une haie d'honneur d'un côté et de l'autre. Spontanément, une ovation s'éleva à leur passage, banderoles déployées : on pensait à elle, à sa famille, on l'aimait, on l'admirait, on l'encourageait à poursuivre la lutte. On brandissait des affiches avec le portrait d'Emma, celui de Milo. Des photos dont Pauline elle-même n'avait aucun souvenir et que ces inconnus hissaient comme l'étendard de leur propre combat.

La voiture de police s'extirpa de la foule. Vinckel passa la seconde, s'injecta dans les veines urbaines et accéléra encore. Bien vite, Pauline remarqua qu'ils ne se dirigeaient pas vers sa maison. Ils prenaient la direction de Toulouse.

— Tu vas me dire où on va, à la fin ?

— Un détour imprévu.

Pauline soupira.

— À l'image de ma vie.

37

Vinckel rangea sa voiture sur la voie réservée au *dépose minute* de la gare Matabiau. Il vérifia la présence de son arme à sa hanche, puis se tourna vers Pauline.

— Oui, je sais, dit-elle avant qu'il n'ait pu formuler quoi que ce soit, je ne bouge pas, promis.

— Tu attends mon retour.

— Si tu me disais au moins ce que tu es venu faire ici…

Il sortit de la voiture.

— Revoir quelqu'un.

— Qui ça ?

Tenant la portière entrouverte, il hésitait à la refermer.

— Marjolaine.

L'autre salope, songea Pauline avec un tel degré d'hostilité que le policier devina ses intentions ; et pointa sur elle un doigt sévère.

— Ne t'avise pas d'intervenir.

Pauline se renfrogna.

Il claqua la portière et s'éloigna vers la gare. Il s'engouffra dans le hall numéro 1 et n'eut pas à chercher longtemps pour la repérer.

Elle était assise sur un banc en bois laqué, près du Starbucks où elle s'était procuré un gobelet moyen, les yeux arrimés aux écrans d'affichage suspendus au plafond. Sa valise tout contre ses mollets serrés, son sac à main sur les genoux, les coudes écartés, petit colibri sur le point de s'envoler. Un brin d'innocence, se prit à croire Vinckel en piquant droit sur elle, traversant la foule bouillonnante des voyageurs en transit, sa douleur lombaire croissant à mesure qu'il approchait.

Elle finit par baisser les yeux sur lui. Elle reposa son gobelet sur l'accoudoir et se contenta de l'attendre, stoïque.

— Comment m'avez-vous retrouvée ? demanda-t-elle lorsqu'il se planta devant elle.

— Il m'a suffi de contacter les aéroports de la région pour comprendre que vous m'aviez menti.

— Je n'ai pas… Je préfère le train, c'est tout.

— Oh, conscience écologique ?

— Absolument.

— Étonnant, pour quelqu'un qui produit des tonnes de déchets textiles tous les ans.

Elle l'ignora superbement, contrariée mais d'une arrogance noble, toute trace d'innocence évanouie. Sur cet aspect, d'ailleurs, Vinckel s'en voulut de s'être fait berner, même l'ombre d'un instant. Il s'assit à côté d'elle et leva le nez vers les écrans d'affichage, la liste déroulante des arrivées et des départs, les numéros de voitures, de quais, les horaires évolutifs, les retards inévitables.

Les probables destinations d'une criminelle en puissance.

— Où fuyez-vous comme ça, Marjolaine ?

Elle souriait. Peut-être. Elle inspecta les alentours et se fit le plaisir de souligner qu'il était seul.

— Lâché par votre fidèle toutou ?

— Maze ? Retenu ailleurs.

— Dommage. Je l'aimais bien. Mieux que vous. Je ne sais pas… Plus franc du collier, sans doute. Moins cachottier.

Vinckel accusa le coup, sidéré par l'audace de cette femme à laquelle Maze, justement, aurait opposé l'une de ses maximes dont lui seul avait le secret, ici à base d'hôpital et de charité.

— Il participe à l'examen de la voiture. Enfin, de ce qu'il en reste. Ce n'est pas joli à voir. C'est un randonneur qui a donné l'alerte, vous le saviez ?

— Je ne saisis pas…

— Mais si.

— Quelle voiture ?

— Ce doit être épuisant, à la longue, de jouer la comédie.

— Et vous de courir après le vent.

Vinckel changea de position, espérant atténuer son mal de dos qui ne fit qu'empirer.

— Maquiller le meurtre d'Éric en suicide, c'était finement joué, dit-il. J'y ai cru. Tout le monde y a cru. À un détail près.

Elle resta de marbre, il continua :

— Nos techniciens ont passé l'habitacle au peigne fin. Ils y ont retrouvé un ongle.

— Par chance, j'ai encore tous les miens.

— Un faux ongle, précisa-t-il. Le genre d'artifice

dont vous raffolez. Vous en portiez lors de l'audition menée par mon *toutou*. Vous en portiez aussi, quand vous avez tué Éric de sang-froid.

— Comment osez-vous ?

— Vous l'avez tué avant de le précipiter du haut de la falaise.

— Calomnies !

— Les résultats d'ADN nous le diront.

— Prévenez-moi quand vous les aurez. À l'heure actuelle, vous n'avez rien. Raison pour laquelle vous ne pouvez m'arrêter.

Elle se leva d'un bond, rehaussant la sangle de son sac.

— Mon train est là.

— Je vous rends nerveuse ?

— Pas plus que de le rater.

— Laissez-moi deviner, hasarda Vinckel en étudiant les écrans au plafond. Madrid ? Rome ? Non. Une femme de votre classe exige plus de raffinement. Genève. C'est ça. La Suisse, un des rares pays où vous n'avez pas encore mis les pieds, à en juger la déco de votre villa.

— Observateur.

— Votre collection est sensationnelle. J'ai particulièrement apprécié la statuette péruvienne. Celle en terre cuite.

— Vraiment ?

— Un objet remarquable. Dommage qu'il soit abîmé.

— Vous en êtes sûr ?

— Oui. Méchamment éraflée, votre statuette. Comme si on s'en était servi pour frapper quelque chose. Ou quelqu'un.

— Ce que vous insinuez…

— Je n'insinue rien, j'accuse. L'examen du corps d'Éric a montré la présence de lésions derrière le crâne. Des résidus de terre cuite constellent son cuir chevelu. Pour une coïncidence…

— Laissez-moi tranquille. (Elle empoigna l'anse télescopique de sa valise et commença à s'éloigner.)

— Éric s'apprêtait à dévoiler la vérité au grand jour, n'est-ce pas ?

— Rien ne m'oblige à vous répondre.

Elle força l'allure, il se fit distancer.

— Tout remonte à huit ans, le jour où la petite Sarah a perdu la vie !

Elle s'immobilisa, se retourna :

— Vous avez été très clair et non, je n'étais pas sur le siège passager au moment de l'accident.

Elle fit volte-face et remonta à tire-d'aile l'escalier menant au quai, laissant Vinckel en plan, battu, terrassé.

Il s'effondra sur la première marche, le dos bloqué. Y resta assez longtemps pour entendre la mécanique du train se mettre en branle, siffler, cahoter et glisser pesamment sur la voie en quittant la gare. Il se releva péniblement, attirant la curiosité des voyageurs. Ne lui restait plus qu'à traîner sa carcasse rigidifiée jusqu'à sa voiture. Il n'était même pas certain de pouvoir conduire. Il demanderait à Pauline, si nécessaire. Pauline… Comment réagirait-elle en apprenant que sa rivale avait mis les voiles ?

Vinckel ne pouvait pas s'en vouloir, pas complètement. Il l'avait poursuivie jusqu'à ses retranchements, à bout de forces, à bout de preuves.

Son seul regret ? Qu'elle ait eu le dernier mot :

Je n'étais pas sur le siège passager au moment de l'accident.

Elle ne mentait pas. Pas cette fois.

Vous avez raison, pensa-t-il en se dirigeant laborieusement vers la sortie. *Vous étiez au volant.*

38

Marjolaine s'était dégoté un compartiment pour elle toute seule en première classe et s'en réjouissait. Elle n'aurait supporté la présence de personne. Besoin de se recentrer, de faire le point.

Elle inclina le dossier de son siège et étendit les jambes. Tâcha de se détendre. Le voyage serait long, le reste de ses jours incertain. Elle allait négocier un virage à 180 degrés, endosser une nouvelle identité, une nouvelle existence. Elle allait quitter la lumière pour côtoyer les ombres de l'anonymat. Elle n'aurait plus d'autre choix que de se rompre au plus noble des sacrifices : abandonner sa quête de réussite. Oublier les sommets atteints avec tant d'acharnement. Oublier jusqu'à sa dignité. La chute serait brutale.

Elle sortit son kit de maquillage. Des rides avaient refait surface qu'elle n'aurait plus les moyens de camoufler. Les séances de bistouri appartenaient à une époque révolue. Pour l'heure, un soupçon de fond de teint ferait l'affaire. Voilà, déjà elle s'abaissait aux habitudes du commun des mortels. C'en était navrant.

Elle rangea vite son petit miroir, de peur d'y découvrir l'image d'une femme ordinaire. Elle en avait la chair de poule.

Cet enquêteur avait bien failli la cueillir sur le fil. Il s'en était fallu d'un cheveu. D'un ongle, plutôt. Elle se mordit la lèvre. Elle avait été négligente. Elle avait agi à brûle-pourpoint, à l'instar de cette soirée, huit ans auparavant. Les choses se répétaient. Les ennuis ne vous poursuivaient pas mais gravitaient autour de vous, vous encerclaient, prêts à se resserrer.

Elle laissa errer son regard par la vitre, contemplant le paysage comme on regarde le passé, insaisissable.

Huit ans, déjà.

Ils avaient fait l'amour chez elle, comme de coutume. Cette fois-là, leurs ébats avaient manqué de fougue, leurs étreintes de passion. Les gestes mécaniques, les baisers insipides, la conclusion inachevée. Ni plaisir sincère ni ravissement. Bercée par sa propre respiration, elle s'était assoupie.

Réveillée au bout d'une heure dans un lit vide et froid. Un mot sur sa table de chevet. *Je suis désolé*. Aussi bref qu'efficace. Elle l'avait jeté dans un tiroir sans y penser, ce mot, mais sans jamais l'oublier non plus. Elle avait enfilé sa nuisette et dévalé l'escalier vers le salon pour le trouver, avachi dans le fauteuil club en suédine qu'il avait consciencieusement rapproché du minibar. Un verre à la main, l'œil morne et luisant, l'élocution cotonneuse :

— Je… peux plus continuer.

S'en était suivi un laïus laborieux à propos de ses états d'âme, de sa culpabilité, de l'amour qu'il ne cesserait jamais de témoigner à son épouse. Il étouffait. Il allait quitter Marjolaine une bonne fois pour toutes. Tracer un trait indélébile sur leur histoire. Réintégrer son foyer, reprendre sa vie en main. Se consacrer à ceux qui comptaient vraiment.

Marjolaine s'était sentie souillée, abusée. Comme si, finalement, c'était elle qu'on avait trompée.

Imbibée d'une rage brûlante, elle avait tâtonné le meuble le plus proche pour y rafler le premier objet venu et le lui jeter dessus. Vase, lampe, cadre… n'importe quoi aurait fait l'affaire, pourvu qu'il se le prenne dans les dents. Sa main avait délogé de son support une rose des sables rapportée de Tunisie qui était tombée par terre. Marjolaine avait observé un instant la roche qui s'était scindée en deux morceaux, voyant dans cette fracture minérale l'allégorie de son histoire avec Éric.

Elle avait essayé de le raisonner, mais il s'était montré hermétique à tout argument. Il avait terminé son verre, s'était levé et dirigé en titubant vers la porte où elle l'avait rattrapé. Retenu. Puis insulté. *Salaud. Moins que rien.* Pour qui se prenait-il ? Était-il tombé sur la tête ? Avait-il oublié qui elle était ?

— Personne, tu m'entends, personne n'a jamais osé me jeter de la sorte ! On traite mieux un mouchoir usagé !

Éric avait balayé sa plaidoirie d'un geste mou, puis plongé dans la nuit vers sa voiture.

— Fous-moi la paix…

Il n'avait plus de compte à lui rendre.

— Oublie-moi.

Parce que, lui, il l'oublierait. Il changerait de numéro,

d'adresse, de région. Il ne voulait plus rien avoir à faire avec elle.

— Tu t'en remettras.

Elle avait essayé de le retenir, de l'enlacer, de l'embrasser. Il l'avait repoussée.

— Pardon pour le caillou..., avait-il simplement baragouiné, alors qu'il atteignait sa voiture.

— Le quoi ?

— Le caillou... tu sais... la rose des sables. Pardon de l'avoir cassée...

Ces seuls mots avaient fait comprendre à Marjolaine qu'il avait dépassé le point de non-retour. Qu'il errait désormais dans cet état de confusion dans lequel l'ivresse le plongeait tout entier, amenant sa mémoire à trébucher.

— Tu ne peux pas conduire dans cet état, avait-elle décrété. Reste dormir, je t'en prie. Passe la nuit ici. Nous reparlerons de tout cela demain.

— Parler de quoi ? On s'est tout dit.

Elle avait insisté pour le raccompagner. Même odieux, il ne méritait pas de mourir. Pas ce soir. Elle l'avait attaché sur le siège passager. Il s'était aussitôt endormi. Elle l'avait reconduit auprès des siens, consciente de porter assistance à l'homme qui avait capturé son cœur avec autant de brio qu'il n'en avait déployé pour le détruire. Elle était brisée, dévastée. Elle en avait pleuré, oubliant la route un court instant. Rien qu'un instant...

La silhouette avait jailli de la droite.

Marjolaine n'avait rien pu faire, sauf enfoncer la pédale des freins. Le pare-chocs avait œuvré : la fillette avait voltigé dans les airs avant de retomber tel un pantin désarticulé. Ce qui aux yeux de Marjolaine avait duré une éternité ne s'était étalé que sur un battement de cœur. Au choc mât avait succédé un silence macabre, le brouhaha de la fête en sourdine.

Marjolaine s'était éjectée de la voiture et ruée sur la fillette pour constater les dégâts, irréversibles. Penchée sur le petit corps inerte, elle avait entrevu l'avenir qui lui était réservé. Le cataclysme qui allait s'abattre sur elle. L'enquête inévitable, le procès à charge, le séjour de longue durée en prison. On la traînerait dans la boue, on profanerait sa réputation. Elle en sortirait ruinée et à jamais étiquetée : *criminelle.*

Éric s'était réveillé, puis extirpé maladroitement du véhicule. Il s'était rapproché à son tour, désorienté, les mains sur la tête.

— Oh, mon Dieu…

— Calme-toi, Éric. C'était un accident, un simple accident. Il faut qu'on réfléchisse, il faut…

— C'est moi… Oh mon Dieu c'est moi qui ai fait ça ?

Marjolaine l'avait dévisagé, stupéfaite. Pendant une seconde, elle avait songé à le reprendre, le rassurer, l'affranchir d'un poids qui n'était pas le sien. Lui dire qu'il se trompait. Qu'elle était fautive, pas lui.

Mais de ses lèvres entrouvertes n'avait jailli qu'un mot :

— Oui.

Si simple, si futile et pourtant la clé de son avenir.

— Oui, c'est toi. J'ai bien essayé de te retenir, mais tu as insisté pour conduire. Tu n'aurais pas dû. Regarde ce que tu as fait.

Surveillant les alentours, elle avait constaté que l'endroit était désert. Et vu, ensuite, ce garçon venir vers eux en courant.

— Je suis désolé, répétait Éric, le visage tordu d'effroi. Désolé, je… Il faut appeler les secours !

Elle l'avait obligé à la regarder bien en face.

— C'est trop tard. Tu l'as tuée.

— Oh mon Dieu, oh non, je… je voulais pas, c'était… c'était un accident…

— Accident ou pas, tu vas finir tes jours en prison.

Sur ces mots, elle était vite remontée à bord du Dokker, prenant soin de choisir la place du passager. Puis elle s'était contentée d'observer la suite des événements.

Il était ivre. C'était sa voiture à lui, c'était son visage, que le garçon avait vus. Les éléments s'emboitaient pour le tenir responsable des faits. Et s'il osait nier, elle userait de ses relations. Elle était puissante, influente. Ce serait sa parole contre la sienne. Le poids d'une figure hautement populaire contre celui d'un ivrogne insignifiant.

Éric savait de quoi elle était capable. D'un claquement de doigts, elle pouvait réduire sa vie en charpie. Il l'avait suppliée, implorée de ne pas le dénoncer. Il ferait ce qu'elle désirait, et si son silence avait un prix, il s'en acquitterait docilement.

Elle n'exigeait rien de moins qu'un amour inconditionnel. Sa présence, son attention, tout.

Éric s'était plié à la volonté de son amante. Il avait honoré leurs rendez-vous, toujours à l'insu de sa femme, laquelle ne s'était doutée de rien. Ils faisaient l'amour chez elle ou au chalet et, invariablement, ils s'engueulaient. Les étincelles du début s'étaient propagées jusqu'à l'incendie. D'ardentes querelles aux mêlées enflammées. Leurs altercations avaient pris l'ampleur d'une guerre civile de plus en plus violente. Ils s'étaient battus comme des chiens dans ce chalet. En avaient souillé de leur sang les lames du plancher.

L'accident n'était devenu, au fil des années, qu'une simple histoire à balayer sous le tapis de leur conscience. Leur relation basée sur un *statu quo* aussi crucial pour l'un que pour l'autre. Jusqu'à ce que le passé ressurgisse.

Un soir, Éric était venu la trouver chez elle. Il était bouleversé. Quelqu'un s'était introduit à son domicile et avait enlevé ses enfants.

— Le fils Khormal… C'est lui, c'est sûr. Il veut me faire payer !

— Calme-toi.

— Tu ne comprends pas, il… Il sait que j'ai tué sa sœur !

— Tu t'en es bien sorti jusque-là. Garde la tête froide et tout ira bien.

— Non ! Je te parle de mes enfants, là !

— Je sais.

— Ça ne peut plus durer, il faut que ça cesse. C'est allé beaucoup trop loin. On doit aller se dénoncer. On doit rétablir la justice. Je payerai pour mes actes, pourvu que mes enfants me soient rendus.

Elle se souvenait de l'avoir réconforté, de lui avoir caressé la joue tout en acquiesçant, compréhensive. De l'avoir gardé dans ses bras un petit moment, lui faisant comprendre qu'elle le soutiendrait dans ses démarches.

Les enfants étaient la priorité. Il fallait les retrouver. Ils iraient à la police et raconteraient la vérité. Ensemble.

Marjolaine se souvenait ensuite de l'avoir accompagné vers la sortie. Elle avait emporté, au passage, une statuette importée d'un voyage d'affaires au Pérou. Elle avait suivi Éric jusqu'à sa voiture.

Lui fracasser le crâne, elle n'en avait qu'un souvenir confus. Mais son image : effondré à ses pieds, inconscient, les yeux révulsés… était précise à sa mémoire. Elle n'avait pas cherché à savoir s'il était mort. Ça ne faisait pas grande différence. Elle l'avait hissé à bord du Dokker, s'y était reprise à trois fois pour le maintenir en place.

Elle était retournée dans la maison pour remettre la statuette sur son socle et récupérer le bout de papier au fond du tiroir : *Je suis désolé*. Elle avait fourré ce pathétique mot d'excuse dans la poche de son amant. *Retour à l'envoyeur*, se souvenait-elle d'avoir pensé, comme si la situation, finalement, comportait une touche d'ironie. Après quoi, elle avait conduit le Dokker sur les routes montagneuses jusqu'à dénicher l'endroit idéal. L'à-pic vertigineux qui marquerait l'épilogue de leur histoire.

Elle avait placé Éric au volant et constaté qu'il respirait encore. Aucune différence, vraiment. Elle avait désactivé l'airbag pendant qu'il marmonnait doucement, la bave aux lèvres.

— Pardon, mon chou, mais je ne tiens pas à aller au trou avec toi.

Elle lui avait chuchoté un *au revoir* empreint d'une nostalgie mordante. Elle avait desserré le frein à main et s'était dégagée pour regarder la voiture glisser lentement sur la pente, puis plonger dans le vide.

Le Dokker avait éclaté en bas dans un fracas qu'elle entendait encore aujourd'hui.

Elle était rentrée à pied, émue. Après tout, Éric Delande avait été sa plus belle prise.

39

Quand Milo s'éloigna de la porte à reculons jusqu'au fond du bunker, il avait la gorge en feu à force d'avoir crié. Il ne put que chuchoter un dernier *ça va aller* à l'intention d'Emma qui ne fit même plus semblant d'y croire. La fillette ne lui avait pas adressé la parole depuis qu'il s'était mis en tête de lancer ses appels par l'orifice de la porte. En fait, en observant sa sœur plus attentivement – ratatinée, amorphe, étouffant sa peluche dans ses bras – Milo se surprit à craindre un silence définitif. Elle avait ce regard fixe, tourné vers ce qui subsistait encore de plus innocent en elle.

Cette épreuve, présageait-il, les avait meurtris tous deux jusqu'aux plus petites cellules de leur corps. La fin approchait. Personne ne viendrait les chercher. Livrés à eux-mêmes, oubliés du monde, ce qui, étrangement, n'inquiétait plus Milo outre mesure. En concevant, puis cultivant l'idée de mourir dans ce trou, il avait fini par l'accepter. Ce qui le terrifiait, c'était le temps que ça prendrait.

Il s'approcha de sa sœur. Il regrettait de n'avoir jamais su lui dire combien il en était fier. Combien il la trouvait courageuse et, plus que tout, combien il l'aimait. Il enroula son bras autour de son cou et l'embrassa sur le front. Jadis, elle l'aurait âprement repoussé. Aujourd'hui, elle ne fit qu'incliner la tête pour la poser sur son épaule.

— Emma… commença-t-il. J'ai jamais été très doué pour te montrer que tu comptes beaucoup pour moi, alors… euh…

Mince, même là, c'était difficile.

— Je… Enfin, tu sais, je…

Il baissa les yeux sur la peluche et se tut. Bourriquet. L'âne asthénique qui avait pris une place de choix dans la famille. Râpé, rapiécé, déchiré et recousu plus souvent qu'un fantassin de première ligne. Ce compagnon, Milo ne l'avait jamais porté dans son cœur et voilà qu'avec un peu de chance – un miracle – il pourrait bien constituer leur dernier espoir. Milo s'empara de la peluche, suscitant chez sa sœur un élan mou de protestation.

— Pardon, il faut que…

Il plongea la main à l'intérieur pour en fouiller le rembourrage. Le visage froissé par la concentration, sa langue entre les lèvres, il vida la peluche de ses touffes de coton, avant d'en extraire ce qu'il cherchait. Une chose que la fillette reconnut aussitôt :

— Alors depuis le début…

— Je suis désolé, dit Milo en lui rendant Bourriquet. J'ai menti. C'est là que je les avais planqués.

— Mes ballons…

Milo emporta le sachet vers la porte contre laquelle il s'agenouilla.

Et piocha un ballon violet.

— Ta couleur préférée, remarqua-t-il.

— Qu'est-ce que tu vas faire ?

Milo déglutit.

Il introduisit le ballon dans l'orifice de la porte, l'empêchant de s'envoler.

— Je suis pas sûr que ça marchera. Mais je crois qu'il faut tenter le coup. Je crois…

La voix de sa sœur, soudain, se fit autoritaire, presque brutale :

— Fais-le.

*

Non.

Fais-le.

Mauvaise idée.

Lopez bataillait ferme. Dans le miroir fissuré de sa salle de bains, son reflet lui renvoyait deux visages, deux éventualités. Deux camps adverses : l'un brûlant d'y retourner, l'autre adepte de la prudence, préférant rester à l'abri.

Vas-y.

Pour que je perde mon poste ? Non merci.

Rien n'interdit d'aller se promener en forêt.

Se promener. Voilà. L'argument attendu, infaillible, celui qu'elle espérait. Lopez n'avait rien à y redire. Faire un tour en civil, sans arme ni uniforme. Que pourrait-on lui reprocher ?

Elle enfila un short, un t-shirt, remit la main sur sa paire de sneakers et sur les clés de sa voiture personnelle, une Clio gris métallisé revue et modifiée à sa sauce. Jantes alu, phares LED à effet bleuté et finissions des chromes, les vestiges d'une époque révolue, celle de l'ère tuning qu'elle avait délaissée au profit de causes plus utiles.

Les mains sur le volant, une onde d'hésitation la pétrifia.

Quelqu'un va me voir.

Reste discrète et personne ne te remarquera.

Profil bas, d'accord.

Elle fit vrombir le moteur et décolla.

Discrète, Lopez, discrète.

Elle abandonna sa Clio à une encablure de la vieille ferme et continua à pied. Le vent s'atténuait au bout de quatre jours d'intensité variable, mais s'arrangeait encore pour ramasser la poussière et la jeter aux yeux – sorte d'animal agonisant crachant désespérément les dernières gouttes de son venin.

En approchant du site, Lopez commença à distinguer les voix des membres de l'équipe technique à pied d'œuvre. Le groupe s'était réduit à une dizaine d'experts, passant au crible la bâtisse et ses alentours, répétant les mêmes protocoles, les mêmes gestes. Empruntant des voies déjà connues, des chemins déjà ratissés, espérant dénicher la trace, le signe, l'indice. L'impossible. Les visages graves, les mines défaites. Les esprits accablés par la lourdeur de la fatalité.

Un ruban de signalisation barrait désormais le sentier de terre, aussi Lopez ne s'aventura pas plus loin. Elle s'accroupit et examina les traces de roues. Celles laissées par la camionnette quittaient le sentier, puis obliquaient vers le nord, suivant la départementale où elles s'estompaient après quelques mètres, s'évaporant au premier virage.

On a déjà remonté cette piste, tu le sais.

Lopez poursuivit quand même, à l'aveugle. Elle imaginait le ravisseur au volant de la camionnette, les enfants à bord se sachant condamnés. Ce qu'ils avaient ressenti au cours de ce trajet dépassait la peur que chacun connaissait. Même terrorisés, ils avaient dû rester soudés tous les deux jusqu'à la fin de leur calvaire.

Sauf que…

Leur calvaire n'est pas fini.

Lopez étudia les accotements flanqués d'épicéas, de pins et autres châtaigniers. Elle perçut le gazouillement des oiseaux, les stridulations des grillons, le clapotis d'un ruisseau quelque part en contrebas.

Elle parcourut quatre kilomètres au moins avant de s'arrêter. De rendre les armes.

Elle pivota de 360 degrés, les mains sur les hanches.

Pauvre fille. Qu'est-ce que t'espérais ?

On avait déjà mis le nez dans les moindres recoins, fouillé la zone, retourné le décor et étudié l'éventail des possibilités. Sans résultat.

Idiote. Elle se trouvait idiote. Avait-elle cru réussir là où tout un régiment s'était cassé les dents ? Était-elle à ce point incompétente, délirante ?

Le commandant Vinckel avait eu raison, tout compte fait, de l'écarter de l'affaire ; le directeur d'appuyer la décision. Elle commençait même à croire son père qui lui avait toujours répété qu'elle n'était bonne à rien. Turbulente, effrontée. Incapable de faire ses preuves dans la cour des grands. Un vrai gâchis… Ne restait plus qu'à rentrer. Ajouter cette défaite à la longue liste de sa vie. C'était terminé.

Terminé.

Lopez serra les poings. Elle tourna les talons et repartit par où elle était venue.

Dans son dos, un ballon de baudruche détaché de la futaie traversa la départementale et s'enfonça dans les fourrés de l'autre côté.

40

Lorsqu'il regagna sa voiture devant la gare ferroviaire, Vinckel tenait à peine debout. Tendu, mâché, contraint de livrer une lutte inégale contre son propre corps. Cette fois c'était officiel, le commandant Hans Vinckel était hors service et devrait s'éloigner du terrain pendant quelque temps, peut-être quelques semaines. Mais dans l'immédiat, ce n'était pas ce qui le tracassait le plus : Pauline l'attendait de pied ferme et allait exiger des éclaircissements. Il devrait s'en tenir à la vérité, ne rien lui cacher. Ni le poids des éléments ligués contre Marjolaine dans cette affaire, ni la carence en preuves tangibles pour les corroborer à temps. Le timing, crucial, avait joué en faveur de la suspecte.

Il fit le tour du véhicule pour toquer à sa vitre. Et suspendit son geste. Prenant le risque de se pencher, il jeta un œil à l'intérieur.

— Nom de Dieu, Pauline…

L'habitacle était vide.

*

Elle avait sauté dans la voiture de queue juste avant la fermeture des portes. Consciente d'avoir commis une folie, mais une folie délicieuse. De celle qui exalte vos sens et vous pousse vers l'avant. Ce qu'elle était en train de faire, justement, un wagon après l'autre, sous l'indifférence des passagers, lesquels la regardaient sans s'attarder. Personne n'aurait pu se douter de ce que ce bout de femme ordinaire abritait d'extraordinaire. De tout ce qu'elle avait traversé : la peur, la douleur, les revers, les trahisons… qui, en cet instant, lui servaient de carburant.

Elle quitta un wagon pour un autre. Ses yeux oscillaient de droite à gauche, fouillaient les rangées de sièges, recherchant celle qui s'était évertuée à lui bousiller la vie. Parfois elle accrochait un visage et pensait la tenir, puis elle réalisait son erreur et poursuivait, sans trêve, méthodiquement. Elle progressait par à-coups comme on s'enfonce dans une eau froide. Usant du même procédé de discrétion qui lui avait valu, quelques minutes plus tôt, de se fondre dans la masse et d'esquiver l'attention de Vinckel alors qu'elle les épiait, lui et l'autre salope.

Rester dans la voiture ? Et puis quoi, encore ?

Elle s'était faufilée dans le hall de la gare et dirigée furtivement vers le Starbucks pour commander un *Frappuccino* qu'elle avait fait mine de siroter, postée à une table, à distance raisonnable pour ne pas être repérée et suivre leur conversation. Elle avait entendu Vinckel abreuver Marjolaine de sous-entendus audacieux mais si précaires que la poufiasse n'avait eu qu'à souffler dessus pour les démonter l'un après l'autre. D'une arrogance rare, mais justifiée.

Depuis son poste d'observation, Pauline avait vu les choses s'éclaircir, comme si on avait ôté le dernier voile qui traînait encore devant ses yeux. Tout était devenu limpide. Elle avait attendu que Vinckel batte en retraite et que Marjolaine monte à bord du train pour y embarquer à sa suite.

Elle remontait à présent la colonne vertébrale d'un TGV dont le chef de gare, au micro, lui confirma la destination et la qualité d'acuité de Vinckel qui avait tapé dans le mille : Genève. La ligne serait interrompue par une dizaine d'arrêts, mais Pauline ne doutait pas que l'infâme connasse prolongerait sa fuite jusqu'au terminus. Qu'elle s'envolerait le plus loin possible. Sauf si Pauline lui coupait les ailes.

Un contrôleur la dévisagea quand ils se croisèrent au milieu d'une allée. Elle détourna le regard et fit profil bas, consciente des risques encourus à resquiller. Un contrôle marquerait la fin prématurée de son voyage clandestin. Elle tourna le dos à l'agent et changea de wagon. Derrière les fenêtres, le paysage urbain se délitait progressivement au profit des étendues de la campagne haut-garonnaise. Le roulement des vallons pavés d'or et d'ocre partait se briser contre la chaîne accidentée des Pyrénées. Parmi ces dunes brodées d'émeraude jaillissaient les tourelles des clochers que Pauline, intuitivement, associait à des phares semés ici et là au gré du temps.

Son portable sonna. Vinckel. Il était revenu à la voiture. Il avait constaté sa disparition et compris où elle se trouvait. Il devait fulminer.

Oui, elle s'en voulait de lui avoir joué ce tour et oui, elle en paierait le prix d'une façon ou d'une autre. Mais elle n'avait réfléchi qu'une microseconde et préféré tenter sa chance plutôt que de la perdre. Parfois une impulsion suffisait pour renverser le destin.

Son portable larmoyait encore dans sa poche au moment où elle pénétra le territoire immaculé de la première classe. Le confort feutré des nantis. Des sièges plus vastes, plus espacés avec leurs repose-pieds, leurs têtières enveloppantes. La foule écrémée, filtrée. Ne subsistait qu'un homme en cravate absorbé par l'écran de son ordinateur et un autre, quelques places plus loin, plongé dans le Figaro.

C'est en passant devant un salon privatisé que Pauline finit par la débusquer.

Elle était là, derrière la vitre, à demi affalée sur une banquette rouge chaleureuse. Elle scrutait l'horizon d'un air conquérant.

Pauline se figea. Elle se contenta de la regarder. Ce qu'elle ressentait n'avait rien à voir avec la rage explosive qu'elle avait imaginée. Elle était calme, sereine. Intriguée, même. Comme on examine une nouvelle espèce animale tombée dans les mailles de son piège. Quelque chose de délectable dans le fait d'observer en se sachant ignorée. Quelque chose de prédateur.

Elle prolongea le plaisir puis, enfin, elle pressa le bouton de la porte et s'infiltra à l'intérieur. Referma précautionneusement derrière elle.

Marjolaine, qui regardait toujours par la vitre, ne fit qu'un geste désinvolte à son intention : vous pouvez disposer, je n'ai besoin de rien. Et puis brusquement, comme si elle avait senti la menace, elle se retourna, crispée. Elle resta prostrée, sur ses gardes, jusqu'à ce que sa fierté naturelle ne reprenne l'ascendant, qu'elle relève le menton et pince les lèvres. Aux premières secondes d'effroi succéda l'aplomb qui la caractérisait. Elle se composa un air de défi que Pauline aurait volontiers réduit en pièces. Ce qu'elle comptait faire, d'ailleurs, mais pas avant d'avoir laissé à cette garce l'opportunité de s'exprimer.

Elle prit place sur la banquette opposée.

— Tu me reconnais ?

— Oui, vous êtes…

— Pas de vouvoiement entre nous. On a dépassé la limite de l'intimité depuis longtemps. On a partagé un homme, tu te souviens ? Partager une cabine de train, tu admettras que c'est négligeable.

Marjolaine lorgna dans le couloir comme quelqu'un passait. Elle ouvrit la bouche, puis se ravisa.

— Tu ne vas tout de même pas appeler au secours, dit Pauline en souriant. Alerter un agent, créer un mouvement de panique, ce serait une grossière erreur. Toi et moi savons pertinemment qu'il n'y aurait rien de bon à attirer l'attention. Ni pour l'une ni pour l'autre.

— Qu'est-ce que tu veux ?

— Qu'on me rende ma vie. Mes enfants.

— J'ignore où ils sont. Je n'ai rien à voir avec leur enlèvement.

— Au contraire. Tu en es le catalyseur.

— Je ne pouvais pas prévoir…

— Tout acte entraîne des conséquences !

Pauline s'aperçut qu'elle avait non seulement crié, mais qu'elle serrait les poings à se blanchir les phalanges.

— Tu es une adulte, dit-elle un ton plus bas, tu dois assumer tes conneries.

— Je n'ai rien fait, à part…

— À part me prendre mon mari. Démanteler mon existence, la dépouiller de tout ce qui me donnait une raison de vivre. C'était comment ?

— Je ne comprends pas…

— Avec Éric, c'était comment ?

Marjolaine tourna les yeux, gênée.

— Oh, allez, il est trop tard pour jouer les mijaurées ! Trop tard pour ces manières. Alors, c'était bien ? J'espère au moins que ça valait le coup…

— C'était extraordinaire, persifla soudain Marjolaine avec un regard teinté de cruauté. Magnifique, torride et profond à la fois. Il était si tendre avec moi, si attentionné, si impliqué… Tous ses gestes, tous ses mots…

Pauline frémit malgré elle.

— Quels mots ?

— D'amour. À n'en plus finir. Car il m'a aimée, oui, de façon inconditionnelle. C'est bien simple, il ne pouvait plus se passer de moi. Il était si passionné… L'était-il autant avec toi ?

Pauline se garda de répondre, partagée entre l'envie furieuse de la crucifier sur place et le besoin d'en connaître davantage sur elle, sur ses motivations, sa relation avec Éric.

— Alors ce n'était pas que physique.

— Non, ça allait bien au-delà. Ses sentiments pour

moi étaient authentiques. Autant que les miens à son égard. Il m'avait même confié…

Elle s'interrompit, mais à seule fin de ménager ses effets.

— Quoi ?

— Il pensait te quitter et refaire sa vie avec moi.

— C'est drôle, mais j'ai beaucoup de mal à avaler la moindre giclée de ta diarrhée verbale.

— Élégant.

— J'ai surpris ta conversation avec le commandant Vinckel, tout à l'heure. Je t'ai observée, Marjolaine. J'ai vu tes réactions face à ses accusations : le meurtre de la petite, Sarah, puis celui de mon mari… La mise en scène pour faire croire au suicide… Tout est vrai. Je l'ai vu dans tes yeux.

Marjolaine secoua la tête en soupirant : cette entrevue était d'un ennui mortel.

— Le commandant Vinckel, ricana-t-elle. Quel guignol. Tu devrais songer à lui proposer ta candidature, il l'accepterait sans hésiter. Tu es aussi incompétente que n'importe lequel des agents de son équipe. Tu ferais fureur.

— Pourquoi continuer à nier ?

— Innocente jusqu'à preuve du contraire, c'est bien ce que l'on dit, non ? Dans mon cas, les preuves n'existent pas.

— Détrompe-toi. Elles te poursuivent. Elles finiront par te rattraper.

Marjolaine cilla. Une ombre passa sur son visage. Sa main disparut dans son sac et ressortit aussitôt.

— On ne peut fumer nulle part, sur cette planète, c'est désolant.

— Comme si les règles t'importaient…

— J'aimerais beaucoup que tu partes, maintenant. J'ai dépensé une somme rondelette pour que ce salon me soit exclusivement dédié.

— Non, je vais rester. Tu as tellement abusé de mon espace privé ces dernières années, que je compte en faire autant avec le tien.

— Tu parles encore d'Éric ?

— Qui d'autre ?

Marjolaine éclata d'un rire éperdu, théâtral.

— Tu es si naïve, ma pauvre fille ! Qu'est-ce que tu crois ? Que j'ai forcé ton mari à coucher avec moi ? Que j'ai collé un couteau sous sa gorge pour qu'il m'aime ? Il était malheureux avec toi, raison pour laquelle il s'est rapproché de moi.

— C'est faux. On était très heureux, avant que tu t'immisces dans nos vies.

Marjolaine haussa les épaules.

— Continue de te voiler la face si ça te chante, mais le constat est là, indéniable : je suis celle qu'il a choisie. C'est moi qui ai gagné. Et toi… tu resteras toujours son second choix. La roue de secours.

Pauline s'était levée sans s'en rendre compte, propulsée par une haine frénétique. Le sang en fusion. Elle surplombait son adversaire qui, même d'en dessous, parvenait à la prendre de haut.

— Tu perds tes moyens, Pauline.

— Sale pétasse…

— Tu rétrécis, tu es minuscule. Tu ne m'arrives pas à la cheville. Tu n'es qu'une éternelle perdante, tu…

D'un geste prompt, Pauline lui serra le cou, la plaquant contre le dossier et lui coupant le souffle.

— Ferme-la.

— … Tu te révèles enfin, on dirait… Ha… Impulsive, violente… Ta vraie nature…

— Ne renverse pas les rôles.

Pauline serra plus fort. C'était incontrôlable. L'autre ne cherchait même pas à se défendre, gardant les mains posées sur ses cuisses, se contentant de regarder son assaillante avec une insolence immuable. Sa voix s'était réduite à un filet rauque :

— Tu vas faire quoi ?

— Te tuer.

— Ça demande un certain courage…

— Tu en sais quelque chose.

Le rire de Marjolaine se brisa en un croassement étouffé. La peau de son visage vira au parme. Elle suffoquait.

— Si tu es décidée… vas-y franchement. Ne te retiens pas… Ne me fais pas perdre mon temps…

Pauline s'exécuta, pressant encore plus fort, arrachant un petit gémissement chez Marjolaine dont les yeux et la bouche s'arrondirent.

Plus Pauline serrait, plus le besoin de la tuer se précisait, impérieux. Ses doigts enfoncés dans sa peau étaient entraînés par une force qui la dépassait. Rien d'autre n'avait d'importance, plus rien n'existait autour. Les pulsations au creux de ses mains d'un cœur qui déjà ralentissait. Le souffle de la vie qui, petit à petit, quittait la victime qui avait été son bourreau. Serrer encore. Serrer pour purger ses malheurs.

Marjolaine eut un soubresaut. Et, doucement, elle ferma les yeux.

41

Milo répéta la manœuvre sous l'œil attentif de sa sœur : introduire le ballon dans l'orifice, le gonfler au maximum, faire un nœud, lâcher. Compter sur le vent. Et espérer.

Que quelqu'un les voie, ces signaux de fumée bariolés : magenta, turquoise, safran, grenadine, anis, abricot, saphir… Les mêmes gestes, répétés depuis plus d'une heure, effectués à intervalles réguliers, au goutte-à-goutte pour étaler l'espoir comme un fond de confiture.

Sur les vingt-cinq ballons que contenait le sachet, deux avaient éclaté pendant l'opération, six autres s'étaient empêtrés dans les branches avant même de s'envoler.

Milo continua.

Faire passer le ballon dans le trou de la porte, souffler, nouer, lâcher… Espérer.

42

Pauline descendit du train en gare de Carcassonne et longea le quai avec le sentiment de flotter au-dessus du sol. L'air hagard, choqué. Ses mains tremblaient, elle les fourra dans ses poches. Ce qui s'était passé dans cette cabine la poursuivrait à tout jamais.

— Madame ? dit une voix derrière elle.

L'homme était petit, râblé, la cinquantaine, paré d'un uniforme de la SNCF. Son regard trahissait une inquiétude rompue de méfiance, ce qui fit prendre conscience à Pauline de son apparence dégradée.

— Madame, vous allez bien ?

Elle s'apprêtait à tout avouer. Du début de son calvaire à sa conclusion. Divulguer à cet homme l'horreur de ces derniers jours. S'alléger d'une fraction du poids de l'insoutenable.

Elle se retint à temps.

— Je vais bien.

Il plissa les yeux.

— Vous tremblez.

— Je… ça va.

— Vous êtes sûre ?

— Oui. Le mal des transports.

Il fit mine de comprendre, mais continua de se gratter sous la casquette.

— Je n'ai pas pu m'empêcher de constater que vous chanceliez en quittant le train. Pardonnez-moi, mais… Vous avez bu ?

— Je vous dis que ça va. (Elle se força à sourire.) Je vais bien, maintenant. Merci.

Elle lui tourna le dos et prit la direction du hall d'une démarche qu'elle espérait confiante. Le type continua de l'observer un moment, avant qu'un usager ne le sollicite en le questionnant. Quelques minutes après, le train repartait et quittait la gare en emportant Marjolaine vers d'autres contrées.

Pauline s'effondra sur un banc. Elle respira amplement et, quelque peu rassérénée, prit son téléphone. Une pression sur la touche de rappel et Vinckel décrocha au quart de tour, tonitruant :

— Qu'est-ce que tu fiches ?

— Il fallait que je la rencontre.

— Pourquoi ?

— J'avais besoin de savoir contre qui je devrais diriger ma haine le restant de mes jours.

— Tu l'as vue ?

— Oui.

Vinckel retenait son souffle.

— Dis-moi que tu n'as rien fait de stupide. Promets-moi que tu n'as pas fait de bêtise.

Ça, je ne peux pas le promettre, songea Pauline en se remémorant la scène surréaliste qui avait eu lieu dans ce wagon. La violence inouïe qu'elle avait déployée, toute cette rage libérée d'un bloc… Et ce visage… Celui de Marjolaine en train de s'asphyxier entre ses mains. Bleuâtre, les yeux injectés de sang. Ses spasmes de plus en plus resserrés à l'approche de la syncope. De la mort.

Oui, c'était stupide. Et oui, j'ai fait une bêtise.

Lorsque Pauline avait retiré ses mains, Marjolaine avait absorbé une goulée d'oxygène aussi soudaine qu'essentielle. Pauline s'était délectée de la regarder tousser aux larmes en se frictionnant la gorge. De l'avoir écrasée au point d'en extraire tout le jus de son arrogance. Penchée sur elle, ensuite, ses lèvres au creux de l'oreille, elle lui avait soufflé la raison de sa clémence : elle n'avait rien d'un monstre, et c'était précisément ce qui les différenciait, toutes les deux. Puis elle s'était éjectée de la cabine et éloignée le plus loin possible. Au premier arrêt, elle était descendue.

Une énorme bêtise, tout bien considéré, d'avoir épargné la vie de celle qui avait bousillé la sienne.

— Je ne l'ai pas tuée, si c'est ce que tu veux savoir, répondit Pauline au téléphone. Je l'ai laissée continuer son petit chemin.

Vinckel manifesta un soulagement en demi-teinte. À ses contractures dorsales s'ajoutait une profonde insatisfaction professionnelle.

— Qui sait où elle sera quand nous aurons rassemblé les preuves pour l'inculper ?…

— Toi, dit Pauline.

— Comment ?

— Toi, tu le sauras. C'est toi qui étais dans ce train,

pas moi. C'est toi qui as affronté Marjolaine, pas moi. Toi encore qui as réussi à la piéger.

— Mais enfin, tu fabules, haleta Vinckel. Je n'ai même pas réussi à la suivre. En ce moment même, je suis coincé sur le siège de ma voiture. Il faut se rendre à l'évidence, elle nous a échappé.

— Le traceur, Hans.

Un silence se propagea.

Pauline reprit :

— Le mouchard que ton équipe a voulu me mettre dessus.

— Je croyais que tu t'en étais débarrassé.

— Je n'ai jamais dit cela. Je l'ai conservé. Puis je te l'ai rendu. Je te l'ai remis en main propre, souviens-toi.

— C'est insensé…

— Fais un effort, Hans. Souviens-toi. Tu l'as récupéré. Tu es monté à bord de ce train. Tu as profité de ta confrontation avec Marjolaine pour le placer au fond de son sac à main, à son insu.

— Alors, tu as…

— Non. Pas moi. Toi.

Et elle raccrocha.

43

La déflagration fit sursauter Lopez, qui se retourna.

Elle palpa à sa hanche l'arme qui lui manquait, se rappelant qu'elle l'avait laissée chez elle. Elle ne vit rien devant elle que cette interminable langue de bitume, déroulée entre ses franges végétales.

Jusqu'à ce que son œil accroche du rouge. Emmêlés dans les ronces : des lambeaux de latex qu'elle cueillit comme un fruit mûr.

On aurait dit... Levant les yeux, elle le vit. Un autre ballon. Jaune, cette fois. Il flottait en se dandinant au niveau des cimes.

44

Deux ans plus tard

Noël se profile. Le village, sclérosé par un temps de neige qui menace, arbore ses atours festifs. Pauline gagne le sommet de la Côte des Moulins, les mains enfoncées dans les poches de sa parka. C'est dans cette rue qu'elle s'est récemment établie. Des cartons de déménagement encombrent les pièces de son nouveau logement, lequel est certes plus petit que la maison qu'elle occupait avant mais dont les murs sont vierges de toute tragédie. Et puis elle s'y plaît. Pour rien au monde elle ne reviendrait en arrière.

Elle est en retard pour son rendez-vous mais ne se presse pas. Il l'attendra.

Elle savoure cet instant, ce sentiment d'être désirée. Elle se permet même une halte à la devanture d'un institut de beauté, à l'angle de la place des Promenades et de l'Avenue du Général Leclerc. Elle se jauge dans la vitre et fait l'état des lieux : cernes masqués, fond de teint appliqué, fard à paupières, rouge à lèvres discret.

Quarante ans passés, elle a limité la casse. Elle ajuste sa coiffure : un carré plongeant taillé pour affiner son visage et mettre ses yeux en valeur. Un coup de folie.

Nouvelle coupe, nouvelle vie.

On parle souvent de nouveau départ, mais ça, Pauline n'y croit pas. Le terme sous-entend que rien n'a existé avant, qu'en pressant une touche on efface tout et on recommence sur une page immaculée. La page de son passé, Pauline n'a fait que la tourner. Elle existe quelque part dans le grand livre de sa vie. Elle ne disparaîtra jamais. Ne reste plus qu'à écrire la suite.

Et la suite, ça commence par la salle bondée du restaurant où elle vient d'entrer. Depuis la table du fond, un homme lui fait signe. Pauline le rejoint et s'excuse pour son retard. Il élude par une accolade. Il a l'impression de l'avoir attendue toute sa vie, de toute façon. Nerveux comme au premier rencard. Depuis le temps que l'un et l'autre ne se sont pas prêtés à ce jeu…

Ils bavardent, ils commandent à boire et, naturellement, la conversation dérive vers les enfants.

Milo a douze ans, aujourd'hui. Emma, huit.

Ils se tiennent côte à côte sur la photo qu'elle sort de son portefeuille pour les lui montrer. Souriants. On pourrait croire que rien ne s'est jamais passé.

Pauline a réquisitionné sa mère pour les garder, ce soir. En dehors de la famille, elle ne fait plus confiance à personne. Il lui faudra beaucoup de temps pour s'ouvrir aux autres de nouveau. Pour ce qui est de s'ouvrir à un homme…

Le spécimen à sa table devra faire ses preuves et gagner sa confiance. Elle ne veut rien précipiter.

Il comprend.

Il est de nature optimiste, il sait déjà que leur histoire ne peut que durer. Il se trompe rarement, Pauline doit bien le reconnaître. À la brigade de police où il officie, il est connu pour la finesse de son intuition.

Il avait raison, déjà, pour l'huile d'olive.